Inge Fasching

Die Katze schweigt

Ein Wormser Krimi

Rediroma-Verlag

Bibliografische Information der Deutschen Nationalbibliothek:
Die Deutsche Nationalbibliothek verzeichnet diese Publikation in der Deutschen Nationalbibliografie; detaillierte bibliografische Daten sind im Internet über http://dnb. ddb. de abrufbar.

ISBN 978-3-96103-084-2

www. rediroma-verlag. de
10,95 Euro (D)

Kapitel 1

Man nannte sie Bella und man sagte über sie, sie sei hübsch, das wusste sie ohnehin. Aber sie hörte es immer wieder gern.

Bella war eine Katze. Sie hatte ein weiches glänzendes graues Fell und weiße Pfoten. In jeder Fensterscheibe spiegelte sie sich selbstverliebt und konnte stundenlang vor dem Spiegel, den Frau Maria Bolte im Wohnzimmer hängen hatte, sitzen, um sich anzusehen. Frau Maria Bolte war ihr Mensch. Bella hatte kein »Frauchen« und schon gar kein »Herrchen« das war Hundescheiß! Sie nannte Frau Bolte liebevoll Maura, … Maurrrra! Das schnurrte sich gut, viel besser als Maria.

An dem Abend hatte sich Bella wieder einmal entschlossen, im nahen Dom zu nächtigen, da war es angenehm kühl und still. Außerdem roch es so gut nach Weihrauch, den Geruch liebte sie. Von der Stephans-Gasse bis zum Dom war es nicht allzu weit. Sie schlich an den Häuserwänden entlang und passte auf, dass keine von den Blechkisten sie erwischte, die so einen Krach machten und erbärmlich stanken. Die Menschen nannten sie Autos und machten viel Aufhebens um die Dinger.

Um acht Uhr abends schloss im Sommer der Küster die Kirchentüren ab und Bella wusste, wie sie unbemerkt an ihm vorbeikam. Drinnen war es finster, das ewige Licht im Altarraum beleuchte spärlich die Aspitz und durch die farbigen Glasfenster drang das letzte Sonnenlicht in den hohen Innenraum. Bella kannte sich hier aus, sie war nicht zum ersten Mal hier. Erst einmal versteckte sie sich in einer der hinteren Bankreihen, bis der Küster Leopold in der Sakristei verschwunden war. Dann schlenderte sie gemächlich zu dem Beichtstuhl hin, wo sie wusste, dass darin ein weiches Kissen auf der Sitzfläche lag. Bevor sie da hinaufsprang, beschäftigte sie sich ausgiebig mit ihrer Fellpflege und dem Putzen ihres Bestecks, wie sie ihre Vorderpfoten bezeichnete. Heute Abend hatte Maura frische Leber für sie aus der Metzgerei mitgebracht und sie hatte ausgiebig und dankbar nach der Malzeit geschnurrt. Sie wusste, was sich gehörte, und Maurrrrra hatte es gefallen.

Auf dem roten Samtkissen machte sie es sich bequem, da, wo sonst der Dom-Dekan Gehmacher saß, wenn er sich die Sünden seiner Schäfchen anhörte. Da würde Bella gerne mal lauschen, was sich so alles hinter den gut bürgerlichen Fassaden abspielte, aber bis jetzt hatte sie es noch nicht geschafft, sich bei Tag unbemerkt im Dom aufzuhalten.

Vor dem Beichtstuhl huschte eine Maus vorbei. »Kruzitürken Mausespeck« mauzte Bella, »warte nur, bis ich Hunger habe, dann ist es mit dir geschehen!« Die Maus saß sekundenlang wie fixiert vor dem Beichtstuhl und verschwand dann eilig in ihrem Mauseloch.

Bella rollte sich ein und in der nächsten Minute fielen ihr die Augen zu.

Nach einer Weile zuckte sie hoch. Irgendwer machte sich an der Nebenpforte zu schaffen. Einbrecher? Bella schob mit einer Pfote den Vorhang zur Seite, um zu sehen was geschah, zu nachtschlafender Zeit. Zwei Gestalten waren hereingekommen, die einen schweren Sack hinter sich herzogen. Sie wisperten kurz miteinander, stritten halblaut … und zerrten dann den Sack bis zum Hauptgang und dann die Altarstufen hinauf. Dort ließen sie ihn liegen und entfernten sich ebenso schnell, wie sie gekommen waren … durch den Nebeneingang. Der Vollmond hatte inzwischen das Mittelfenster erreicht und beleuchtete die Szene gespenstig.

Mit Bellas Schlaf war es erst einmal vorbei. Sie war neugierig geworden. Einige Minuten lauschte sie noch, und als es still blieb, verließ sie ihren Schlafplatz und schlich an den Bankreihen vorbei nach vorne. Ganz vorsichtig näherte sie sich dem Sack, der da auf der Altartreppe lag. Er stank nach Pferdemist. »Igitt!«, das erkannte sie gleich. Sie hasste die »großen Biester« und ging denen am besten aus dem Weg, seit so ein riesiger »Brauner« nach ihr geschlagen hatte. Sie war mit knapper Not entkommen.

Dann sah sie den Fleck, der sich auf dem roten Teppich ausbreitete, … Blut! Bellas Fell sträubte sich und ihr Schwanz war struppig wie eine Toilettenbürste. Sie schnupperte noch einmal … da war ein Mensch in dem Sack und der war wahrscheinlich nicht mehr am Leben. Darüber musste sie nachdenken! Sie schlich zum Beichtstuhl zurück, putzte sich ihre Pfoten und ihre Ohren, Das tat sie immer, wenn sie intensiv nachdachte. Sie würde abwarten, was passierte. Und als es eine Weile still blieb und nichts sich im Dom rührte, beschloss sie, noch etwas zu schlafen. Auf keinen Fall wollte sie versäumen, wenn der Küster am nächsten Morgen den Sack entdeckte und nachsehen würde, was man da hingelegt hatte. Wahrscheinlich würde sich Kommissar Bender darum kümmern müssen. Sie mochte den Wichtigtuer nicht, der seit einiger Zeit im oberen Stock bei Maura wohnte. Vorher war das Haus ganz allein ihr Reich gewesen, bis der Bruder von Maura seiner Schwester eingeredet hatte, das unbewohnte Stockwerk zu renovieren, um es dann zu vermieten.

Bella konnte sich gut an die Zeit erinnern, als Handwerker tagtäglich lärmten, klopften und hämmerten, übelriechende Farbe auf den Wänden verteilten, am Abend gingen … um am nächsten Morgen wieder aufzutauchen. Sie hatte mal einen Farbeimer umgeworfen und war dummerweise durch die ausgelaufene Farbe getappt und hatte Spuren hinterlassen mit ihren Pfoten. Da war was los gewesen. Der Dicke, der offensichtlich unter den Männern das Sagen hatte, hatte auf ihre Pfotenspuren gedeutet und etwas von einer »blöden Katze« gesagt. Sie hatte sich im Garten unter einer Hortensienhecke versteckt, aber alles gehört. Maura war auch mit ihr böse gewesen und sie hatte tagelang nur das langweilige Dosenfutter auf ihrem Teller vorgefunden. Bis sie es gewagt hatte, Maurrrra wieder um die Beine zu streichen, und die hatte sich erweichen lassen und ihr verziehen. Gesagt hatte sie dann: »Ich weiß, du hast es nicht extra gemacht!«

»Ha! Hat die eine Ahnung!« Aber sie hatte es nicht verhindern können, dass der Kommissar eingezogen war. Wenn er am Morgen weg war, war sie nach oben geschlichen, um zu inspizieren, was der so alles in den Kisten hatte, die von kräftigen Kerlen die Treppe hochgewuchtet worden waren.

Jede Menge Bücher, die räumte Herr Bender am Abend in die aufgestellten Regale. Und nachdem er an einem Abend viel gehämmert hatte, waren Fotos an der Wand, untere anderen von einem grässlichen, weiß-schwarz getupften Hund zu sehen, der aussah, als wollte er mit dem Fell zum Karneval. Gottlob schien der das Zeitliche gesegnet zu haben. Das wäre ja noch schöner, so ein Kläffer im Haus, … aber das hätte ihre Maura nicht zugelassen.

Die Küche von dem neuen Mieter roch neu und steril, da war nichts zu holen. Dann wurde ein ausladendes Ledersofa geliefert, viel zu hart und unbequem, hatte sie nach einem kurzen Test festgestellt. Auf dem Tisch stand ein Flimmerkasten, der sie interessierte, sie wusste nur noch nicht, wie und wo man ihn in Gang setzte. Der Kommissar saß viele Stunden davor, drückte einige Tasten und murmelte manches Mal vor sich hin. Das Beste von seiner Einrichtung war ein abgenutzter Samtsessel, der vor dem Balkonfenster stand, der versprach, geeignet zu sein für ein geruhsames Mittagsschläfchen. Bis der Kommissar sie dort erwischt hatte, waren sie sich noch nicht begegnet.

Er hätte sich beinahe auf sie gesetzt, als er sich mit seiner Zeitung auf dem Sessel niederlassen wollte, und hatte sich sehr erschrocken. Mit der zusammengefalteten Zeitung wollte er nach ihr schlagen, aber sie war schneller gewesen und unter dem Sofa verschwunden. Krächzend hatte er sich niedergekniet, um sie zu verjagen. Da war sie hinter dem Vorhang verschwunden, dann unter seinem Bett und wieder unterm Sofa. Sie hatte gegrinst, weil er schnaufte und ihre Kondition einwandfrei die bessere war. Dann hatte er die obere Tür aufgerissen und nach Frau Bolte gerufen, fast schon hysterisch hatte es geklungen. Bella hatte sich über den Balkon nach unten gehangelt und sich das Gezeter von einem sicheren Platz aus angehört.

Er hatte gesagte, er möchte niemals mehr die Katze in seiner Wohnung vorfinden, sonst würde er ausziehen. Er wäre sowieso mehr ein Hundefreund. Sein Dalmatiner sei leider im vorigen Herbst verstorben und er habe bis jetzt keine Zeit gehabt, sich um einen Nachfolger zu kümmern.

Da hatte Maura gesagt, da müsse er sich eine andere Wohnung suchen. Sie würde keinen Hund in ihrem Haus dulden und ihre Katze müsse sich erst daran gewöhnen, dass sie bei ihm oben nicht willkommen sei! An dem

Abend hatte sich Bella an Maura gekuschelt und ihr lange, dankbar, etwas vorgeschnurrt.

Kapitel 2

Wie an jedem Werktag, kam Küster Leopold Horchel kurz vor acht am Morgen, um die Pforten vom Dom aufzuschließen. Er hantierte einige Zeit am Schloss vom Seitenportal, um dann festzustellen, dass dieses unverschlossen war. Siedend heiß überlegte er, ob er vergessen hatte, dort abzuschließen. Erinnerte sich dann aber, dass die graue Katze noch hineingehuscht war, bevor er das Portal abgeschlossen hatte. Die Katze glaubte wohl, dass er sie nie bemerke, dabei wusste er, dass sie hin und wieder im Dom nächtigte. Er ließ sie gewähren, sie jagte sicher die Mäuse, die sich in jeder größeren Kirche aufhielten. Hier im Dom war ihm schon lange keine Maus über den Weg gelaufen.

Er blieb erst einmal im Inneren neben der Tür stehen. Einbrecher?, dachte er als erstes und sah sich um. Vorerst konnte er keine Zerstörung feststellen und alle Heiligen Figuren waren an ihrem Platz. Vorsichtig näherte er sich dem Altarraum, es war immer noch etwas diesig in dem großen hohen Kirchenschiff und er wollte, bevor er das Hauptportal aufschloss, in der Sakristei das Licht einschalten, um nachzusehen ob die vergoldeten Leuchter auf dem Altar noch da waren. Beinahe wäre er auf der Altartreppe gestolpert. Da lag etwas, was da nicht hingehörte. Ein prallgefüllter Sack … daneben eine klebrige Füssigkeit, die von einer Stufe auf die nächste getropft war, und Pfotenspuren auf dem Teppich, die sich auf dem Marmorboden fortsetzten. »Aha, die Katze war auch schon da«, murmelte er und sah sich den Sack näher an. Da war ein Mensch drinnen, stellte er mit Entsetzen fest, und der lebte sicher nicht mehr, sonst wäre nicht so viel Blut auf der Altar-Treppe. Er wankte zur Sakristei, um mit zitternden Fingern

Licht zu machen. Dann ließ er sich auf den Stufen nieder, so weit wie möglich entfernt von dem Sack, den er nicht anfassen wollte. In der Hosentasche suchte er nach seinem Smartphone und wählte mit zittrigen Fingern 110.

Polizei Hauptmeister Weber hörte sich den etwas fahrigen Bericht an, hakte nach, stellte ein paar sachliche Fragen und sagte dann, er würde Kommissar Bender informieren, sie kämen dann umgehend. Er solle nichts anfassen und dafür sorgen, dass keine Personen den Dom betreten. Nun, das Hauptportal war ja noch verschlossen, obwohl bereits von draußen kräftig dagegen geklopft wurde. Sein Gehilfe, Emil Krüger, der sich auch als Stadtführer betätigte, begehrte Einlass und wunderte sich über das noch verschlossene Hauptportal. Küster Horchel schloss auf und verwehrte Emil Krüger den Einlass. Er sah, dass sich bereits um ihn einige Touristen versammelt hatten, und erinnerte sich, dass eine ökumenische Gruppe aus Bingen zu einer Dom-Besichtigung mit anschließender Andacht angemeldet war.

»Das geht heute nicht!«, hielt er die Leute zurück. Schlug vor, sie sollten vielleicht die Dreifaltigkeitskirche oder Liebfrauenkirche besichtigen. Krüger murrte, er habe einen genauen Plan, wohin er die Touristen führen wollte, und davon wich er nur ungern ab. Horchel schloss das Portal von außen ab und erwartete vor der Tür die Polizei. Inzwischen überlegte er, ob er den Domprobst informieren sollte. Er störte am Montagmorgen diesen nur ungern. Montag war »Pfarrer Sonntag«, da war kein Gottesdienst und der Pfarrer erholte sich von den zwei Gottesdiensten, die er an den Sonntagen abhalten musste.

Pfarrer Gehmacher meldete sich dann auch reichlich ungehalten, sicher hatte er auf dem Display gesehen, dass es der Küster war, der ihn störte.

»Was sagen Sie da? Ein Toter … in einem Sack …? Gott im Himmel … und das in meinem Dom! Was sagen Sie … auf der Altartreppe? Haben die Menschen heutzutage gar keinen Respekt mehr? ... Das ist ja eine Katastrophe … Ich komme sofort!«

Vorher kam die Polizei. Und ein Notarztwagen. Augenblicklich versammelten sich Passanten, die auf dem Weg zur Arbeit waren oder zum Markt wollten, vor dem Dom. Polizeimeister Weber trennte mit einem rotweißen Absperrband den Eingangsbereich ab und postierte einen jungen Polizisten davor. Inzwischen war der Küster wieder Herr der Lage und geleitete den Polizeimeister, den Arzt und die drei Sanitäter aus dem Notarztwagen durch den Dom. Kurz danach traf die Gerichtsmedizinerin Frau Doktor Meiser ein, fast gleichzeitig mit dem Hauptkommissar Rolf Bender. Der veranlasste, dass die Verschnürung um den Sack aufgeschnitten und der Sack erst von unten und dann von oben abgestreift wurde. Es waren zwei Säcke, die den Toten verhüllten.

Ein Seufzen war zu vernehmen, das gleichzeitiges Erstaunen und Entsetzen ausdrückte.

Der Tote war jung, ein gut aussehender Mann … gewesen. Er war mit einer hochwertigen schwarzen Lederjacke bekleidet, das feine Hemd war blutverschmiert und die Markenjeans verdreckt. Er lag halb seitlich gedreht. Seine Augen waren weit geöffnet und blicklos. Sein lockiges Haar, ehemals blond, hatte jetzt die Farbe von fahlem Eisen angenommen … und am Kopf befand sich eine blutverkrustete Wunde.

»Erschlagen mit einem harten Objekt mit einer scharfen Kante!« Die Gerichtsmedizinerin zeigte auf die Wunde und meinte, das sei die wahrscheinliche Todesursache. Der rektualen Temperatur nach zu schließen, sei er zwischen zwanzig und zweiundzwanzig Uhr gestorben … plus, minus.

Die Besatzung vom Notarztwagen hatte sich bereits wieder zurückgezogen, nachdem die Kollegin von der Gerichtsmedizin festgestellt hatte, dass da nichts mehr zu retten sei.

»Ist der Mann jemandem bekannt?«, fragte Hauptkommissar Bender.

Pfarrer Gehmacher bekreuzigte sich, sagte dann, es sei »dieser Holländer«, der in letzter Zeit immer mit dem Bürgermeister unterwegs gewesen war. Er habe ihn nur mal kurz kennengelernt, das sei schon einige Wochen her. Er dachte kurz nach und sagte dann, es sei am fünfzigsten Geburtstag von Henriette Kraft, der Frau des Bürgermeisters gewesen.

»Ich war mit vielen anderen Gästen vom Bürgermeister auf das Weingut in Horchheim eingeladen gewesen. Dieser junge Mann war auch dort. Er hatte heftig mit Siglinde Kraft geflirtet und später, als ich zu einem Verdauungsspaziergang auf dem Grundstück unterwegs war, habe ich die beiden ertappt, wie sie sich in der Gartenlaube geküsst hatten. Ich muss gestehen, ich war sehr erstaunt darüber, da mir die Schwester von Günter Kraft immer sehr spröde vorgekommen war.«

»Entschuldigung, wenn ich Sie unterbreche, ich wollte nur wissen, ob Sie den Toten hier kannten? Seinen Namen und wozu er sich hier in Worms aufgehalten hatte?«, unterbrach etwas ungeduldig der Hauptkommissar die Erinnerung vom Domdekan.

Der Pfarrer zuckte mit den Schultern, er wirkte verärgert, er war nicht gewohnt, dass man seine Rede so einfach unterbrach. Den Namen habe er vergessen, er sah hilfesuchend seinen Küster an. Der sagte dann »Siegfried von … Irgendwas und Irgendwo.« So genau könne er sich nicht erinnern und der Pfarrer meinte, immer noch gekränkt, da man ihn unterbrochen hatte, der Mann sei bis vor kurzem ein völlig Fremder hier in Worms gewesen. Die anderen nickten.

»Ein Siegfried! Von Irgendwo? ... tot im Wormser Dom! Das passt doch! Fast wie in der Nibelungensage! Siegfried, der deutscheste aller Helden!«, sagte der Hauptkommissar mit etwas Ironie. Vorsichtig fasste er in die Hosentasche von dem Toten, während die Gerichtsmedizinerin den Toten etwas angehoben hatte.

Er förderte eine schwarze Kroko-Lederbörse zu Tage. Vierhundertzwanzig Euro Bargeld, einige Kreditkarten und einen Ausweis, der besagte, dass der Tote Siegfried van Heesen hieß, aus Utrecht in den Niederlanden stammte und dort im Jahre 1979 geboren worden war. Seine Größe war mit einmeterneunundachtzig angegeben, dass seine Augen blau und keine besonderen Kennzeichen vorhanden waren.

»Kein Lindenblatt auf der Schulter?«, fragte Leopold. Es sollte ein Witz sein, eine Anspielung auf die Nibelungensage. Der Kommissar warf ihm einen genervten Blick zu.

»Da … da war eine Katz!« Pfarrer Gehmacher deutete aufgeregt zu einer Säule, auf der eine Gips Figur stand, die die heilige »Hildegard von Bingen« darstellte. »Hinter der

Figur hat sie sich versteckt, ich habe sie ganz deutlich gesehen!«

Küster Horchel nahm sich Zeit, um nachzusehen. »Hochwürden, Sie müssen sich getäuscht haben!«, sagte er und sah die Katze, die gerade noch hinter der ersten Bankreihe verschwand.

»Heute wirst du Schwierigkeiten haben, unbemerkt aus dem Dom zu kommen!«, murmelte er vor sich hin, mit einer gewissen Schadenfreude der Katze gegenüber.

Der Polizeifotograf hatte inzwischen einige Scheinwerfer aufgestellt, die die Szene in grelles Licht tauchten Als er alle Aufnahmen von der Leiche im Kasten hatte, packte er seine Geräte weg. Vier Männer hoben den Toten in einen Blechsarg und fragten: »Wohin?«

»Natürlich in die Gerichtsmedizin!« Frau Doktor Meiser schüttelte den Kopf über diese dusselige Frage.

»Wann erfahre ich mehr?«, wollte Bender wissen.

»Lassen Sie mir ein paar Stunden Zeit.« Aber sie glaube, dass die Todesursache eindeutig sei, nach der Kopfwunde zu urteilen, meinte die Gerichtsmedizinerin und schloss ihre Tasche. Sagte dann, sie müsse jetzt erst mal frühstücken, und der Kommissar dachte, wie gern er sich ihr anschließen würde, sein Magen knurrte sei geraumer Zeit. Auch er war ohne Frühstück aus dem Haus geeilt. Aber hier gab es noch einiges zu klären. Außerdem kam gerade Günter Kraft, der Bürgermeister, den Mittelgang entlang gestürmt.

Wer hat den wohl informiert?, dachte verärgert der Kommissar, der von der Anwesenheit des Bürgermeisters nicht gerade begeistert war. Die Abneigung der beiden war gegenseitig. Die wenigen Male, wo sie sich begegnet waren, war es stets wegen Nichtigkeiten zu Auseinandersetzungen gekommen. Der Bürgermeister wirkte jung und dynamisch. Vor einigen Monaten hatte er mit großer Mehrheit und Bravour seine zweite Amtszeit angetreten.

Kraft sah sich um, wollte wissen wo der Tote sei. Wenn es sich wirklich um Siegfried van Heesen handele, der würde so gut wie zu seiner Familie gehören. Er möchte ihn umgehend sehen. »Schon unterwegs!« Der Kommissar deutete mit etwas Schadenfreude zur Tür. Herr Kraft sollte sich am nächsten Morgen in der Gerichtsmedizin einfinden. Wenn er den Toten so genau zu kennen glaubte, könne er ihn auch identifizieren. Der Bürgermeister jammerte und bedauerte laut seine Schwester, die sich mit Siegfried erst vor einigen Tagen verlobt hatte. Und die Familie in Utrecht, die man nicht kannte, müsse man doch auch informieren.

»Das lassen Sie mal unsere Aufgabe sein! Erst einmal müssen wir sicher sein, ob der Tote auch der ist, der auf dem Ausweis zu sehen ist, das Foto ist einige Jahre alt.«

Der Kommissar wandte sich zum Gehen, er hoffte, die Gerichtsmedizinerin in einem der Cafés am Neumarkt zu finden.

»Der Dom bleibt heute abgesperrt!«, ordnete er an. Die Kollegen von der »Spusi« sowie von der K. T. U. wären unterwegs und würden sicher bald hier sein, um das Umfeld zu untersuchen.

Dompfarrer Gehmacher nickte ergeben. Er fühlte sich schwindelig und nicht in der Lage, allein die Stufen hoch zu steigen. Der Küster wollte ihn stützten, da hielt ihn der Kommissar fest.

»Moment, Herr Horchel, an Sie habe ich noch ein paar Fragen. Und auf Sie, Herr Dekan, komme ich auch noch zurück.« Erst einmal wandte er sich an den Küster.

»Wann genau haben sie den Sack … beziehungsweise den Toten entdeckt?«

Horchel sagte, dass er an den Werktagen die Kirche um acht Uhr aufschließen würde. Nur an den Sonntagen eine Stunde früher.

»Und wann haben Sie das letzte Mal am gestrigen Tag die Kirche verlassen?«

Horchel überlegte kurz. »Es muss gegen zwanzig Uhr gewesen sein, aber da lag der Sack noch nicht auf der Altartreppe, das wäre mir aufgefallen.«

Der Bürgermeister hatte sich inzwischen die fast schwarze Blutlache angesehen und der Kommissar schnauzte ihn an, er solle ja nichts anfassen und womöglich den Tat- oder Fundort verunreinigen. Günter Kraft ging einen Schritt zurück, murmelte, der Kommissar sollte sich nicht so anstellen. Außerdem seien da Spuren auf dem Teppich, es würde aussehen wie Tierpfoten.

Der Kommissar ärgerte sich, dass ihm das bis jetzt entgangen war, und erinnerte sich, dass der Pfarrer glaubte, eine Katze gesehen zu haben. Und wenn er nachdachte, glaubte er auch, die zu kennen. Er wandte sich an den Bürgermeister und sagte, er solle morgen um zehn in der Gerichtsmedizin sein zur Identifizierung des Toten. Dann ordnete er an, dass alle Anwesenden den Dom verlassen sollten und sich in den nächsten Tagen bereithalten, für weitere Befragungen. Er wartete, bis die Kollegen von der Spusi eintrafen, und ging dann zum Neumarkt, wo er immer noch hoffte, Frau Doktor Meiser zu treffen.

Enttäuscht, dass er sie nicht fand, kaufte er sich zwei belegte Brötchen, fuhr zurück in das Polizeipräsidium und bat Frau Hausbach, ihm einen Kaffee zu machen. Kaum hatte er den ersten Schluck genommen, machte sich sein

Smartphone bemerkbar. Staatsanwalt Dr. Petri forderte ihn auf, umgehend in sein Büro zu kommen. Bender zog sein Jackett wieder über, das er vor einigen Minuten abgelegt hatte, und machte sich auf den Weg. Unterwegs überlegte er, wer wohl den Staatsanwalt schon informiert hatte.

Kapitel 3

Bella, die Katze, war unbemerkt, als der Sarg nach draußen getragen wurde, mit hinaus gehuscht. Sie nahm den Weg durch den nahen Heylspark, das war für sie zwar ein Umweg, aber mit weniger Gefahren verbunden als der Weg über den belebten Marktplatz.

Als sie das Häuschen von ihrem Menschen, Maria Bolte, erreicht hatte, schlich sie durch das Loch in der Liguster Hecke und machte einen Satz auf die Hausbank, da, wo Maura ein altes weiches Kissen für ihre Katze hingelegt hatte. Bella versuchte, den Schlaf nachzuholen, den sie in der vergangenen Nacht versäumt hatte, aber es gelang ihr nicht. Immer wieder musste sie an den Sack denken, den die zwei in der Dunkelheit auf die Altarstufen gelegt hatten. Und sie hatte die zwei gesehen! Sie musste grinsen, als sie daran dachte, dass der Pfarrer sie beinahe erwischt hätte, als sie, neugierig geworden, ihren Schlafplatz verlassen und sich hinter der »Heiligen Hildegard« versteckt hatte.

Mit einiger Schadenfreude dachte sie an den Kommissar, auf den jetzt jede Menge Arbeit zukommen würde.

Sie hatte den toten Mann kurz gesehen, als man den Sack entfernt hatte. Er war mausetot! Sah an und für sich ganz nett aus, nicht so grimmig wie der Kommissar.

Bella reckte und steckte sich und beschloss, weil sie nicht schlafen konnte, ihren Freund, den Kater Tassilo, zu besuchen, der zwei Häuser weiter wohnte. Sicher hatte der mal wieder alles verschlafen. Um das Nebenhaus machte sie einen Bogen, da wohnte so ein dusseliger Köter, der nicht ihr Freund war.

Der rotgescheckte Kater, der auf den Namen Tassilo hörte, schnarchte auf der Hausmatte. Bella schlich heran und zupfte ihn am linken Ohr.

Der Kater schreckte auf, warf Bella einen bitterbösen Blick zu und streckte sich ausgiebig und knurrte, sie habe ihn geweckt, er habe gerade von einer fetten Maus geträumt, nun habe er gehörigen Hunger und ginge erst einmal in die Küche zum frühstücken.

»Blödmann!«, schimpfte sie hinter ihm her und putzte ausgiebig ihre Pfoten, solange sie auf ihn wartete. Die Fellpflege war an diesem Vormittag etwas zu kurz gekommen.

Als Tassilo wieder aus dem Haus kam, knurrte er: »Was willst du am frühen Morgen?«

Er schien mit der falschen Pfote aufgestanden zu sein, ging es Bella durch den Kopf. Sie drehte sich beleidigt um, sprang auf die Mauer, mauzte, sie könne ja wieder gehen, sie habe ihm was Wichtiges erzählen wollen, worüber man in ganz Worms in den nächsten Tagen bestimmt sprechen werde. Sie könne sich die Aufregung gut vorstellen.

Tassilo kam dann doch näher, neugierig war er schon immer gewesen. Bella setzte sich in Positur und sagte dann, SIE habe im Dom einen Toten entdeckt!

Er überhörte erst einmal die Nachricht. »Hast du wieder Mal im Dom geschlafen? Irgendwann sperren sie dich in die Katakomben und da kommst du so schnell nicht mehr raus. Da kannst du dann Mäuse und Spinnen jagen und dich damit ernähren.«

Außerdem sei es viel zu gefährlich zurzeit rund um den Dom. »Da werden die Tribünen für die Festspiele aufgebaut.« Sein Mensch war bei der Aufbautruppe dabei, deshalb wusste Tassilo so gut Bescheid.

Sagte dann, er würde in den turbulenten Zeiten das Grundstück nicht verlassen und zum Dom ginge er schon gar nicht!«

»Angsthase!«, schnurrte sie, »So ein großer fetter Kater erschreckt sich vor ein bischen Krach und sicher auch vor jeder Maus!«, verspottete sie ihn. Beleidigt sah er an sich herunter und meinte, er sei weder dick noch fett, er sei ein stattlicher Kater.

»Und nun sag schon, was du gesehen hast?«

»Hab ich doch eben gesagt, einen toten Mann, den sie in einen Sack gesteckt haben und auf die Altartreppe gelegt. Blut ist an dem Sack gewesen und der Sack hat nach Pferdemist gestunken, igitt!«

Tassilo schüttelte den Kopf, meinte, da sei wieder einmal ihre Fantasie mit ihr durchgegangen, sie sollte sich nicht so viele Krimis im Fernsehen ansehen. Gelangweilt rollte er sich wieder ein auf der Fußmatte.

Bella stolzierte davon, mit hocherhobenen Kopf und steil aufgerichtetem Schwanz.

»Bist und bleibst ein Langweiler!«, knurrte sie.

Sie vergewisserte sich, dass der Köter von nebenan im Haus war, und ging dann ganz dicht an der geschlossenen Terrassentür vorbei, hinter der der Hund tobte, weil er die Katze sah und nicht raus konnte.

Maria Bolte war inzwischen von ihrem Einkauf zurück. Sie war länger ausgeblieben als gewöhnlich. Sie schimpfte gutmütig mit Bella und nannte sie eine Herumtreiberin. Bella strich ihr um die Beine, schnupperte an der Einkaufstasche und stellte fest, dass da eine Tüte wunderbar nach frischem Fleisch duftete. Schnurrend begleitete sie ihre »Maurrra« in die Küche.

»Ja, ja, ich habe dir was mitgebracht«, sagte Frau Bolte und bückte sich, um Bella hinter den Ohren zu kraulen. Als sie sich wieder aufrichtete, setzte sie sich auf einen Küchenstuhl und erzählte ganz aufgeregt ihrer Katze, was sie gehört habe. Sie hatte ja sonst niemanden, dem sie was erzählen konnte.

»Stell dir vor was ich gehört habe? Überall, beim Bäcker, beim Metzger, sogar im Blumengeschäft …«

Bella sah den blühenden Blumenstock, der aus Einkaufstasche hervor schaute. »Ja, überall erzählt man sich, dass man in unserem Dom einen Mann erschlagen habe. Stell dir vor, in unserem Dom!«

Bella schüttelte den Kopf, sie hätte gern richtiggestellt, dass der Mann bereits tot war, als man ihn brachte. Aber selbst ihre vertraute Maura verstand ihre Sprache nicht. Bella strich wieder um die immer noch nicht ausgepackte Tasche und mauzte energisch um Maura zu erinnern, dass sie Hunger habe.

Aber die war in Gedanken immer noch mit der Sensation beschäftigt und mit dem, was sie erfahren hatte. Die Bäckersfrau habe gemeint, sie, Frau Bolte, würde sicher aus erster Hand mehr erfahren, wo doch der Kommissar in ihrem Haus wohnte. Da hatte sie gesagt, dass Herr Bender ein sehr verschwiegener Mann sei, und wenn er ihr was erzählen würde, dann sei das streng vertraulich.

»Von mir erfährt diese Klatschbase nichts, rein gar nichts!«, sagte Frau Bolte wieder zu ihrer Katze und meinte, vielleicht habe er sich auch selbst umgebracht? Aber was oder wer hat ihn dann in einen Sack gesteckt?«, sinnierte Frau Bolte laut. Auf jeden Fall sei es ein Frevel, in der Kirche einen Toten abzulegen. »Und dann noch in unserem Dom!«

Bella schüttelte wieder den Kopf, sie hatte schließlich zwei Gestalten gesehen und gehört, wie sie miteinander geflüstert hatten, leider hatte sie nichts verstanden und die beiden auch noch nie vorher gesehen. Sie hob den Kopf und sah zur Treppe hin. Das schien ihr Mensch zu verstehen.

»Ja, ja, da gibt es jetzt jede Menge Arbeit für unseren Kommissar, ich habe ihn am frühen Morgen schon aus dem Haus rennen gehört. Er schien es sehr eilig gehabt zu haben.«

Bella reichte es jetzt, sie hatte Hunger, sie stupste mit ihrer Vorderpfote die Tasche um und schnupperte an den Tüten, die jetzt neben dem Blumenstock auf dem Küchenboden lagen,

Maria Bolte schimpfte und holte Handfeger und Kehrblech, mit dem sie die Erde zusammen fegte. Aber sie konnte ihrer Katze nie lange böse sein. Vor sich hin murmelnd ging sie in die Küche und füllte etwas Hackfleisch in Bellas Schüsselchen. Die beobachtete Maura, bis die es an den gewohnten Platz stellte, dann setze sie sich davor und verspeiste mit Genuss das besonders leckere Essen. Anschließend war dankbares Schnurren angesagt, Bella wusste schließlich, was sich gehörte.

Kapitel 4

Beim Staatsanwalt Dr. Petri saß natürlich schon der Bürgermeister, beide hatten sich bestimmt über den Toten unterhalten. Sie brachen ihr Gespräch abrupt ab, als Kommissar Bender den Raum betrat.

»Ich hätte es mir doch denken können, dass Herr Kraft Sie bereits informiert hat!«, sagte Bender, der von der Anwesenheit des Bürgermeisters wenig erbaut war. Der grinste und sagte, schnelle Information sei ein wichtiges Attribut in der Politik.

»Also, Herr Bender, wie schätzen Sie die Lage ein?«, kam der Staatsanwalt zur Sache.

»Ich weiß nicht, was Herr Kraft Ihnen gesagt hat, ich bin der Meinung, dass der Fundort nicht der Tatort ist!«

Der Staatsanwalt atmete auf, da sei er auf jeden Fall schon mal erleichtert, das zu hören. Man solle sich mal vorstellen, wie die Presse das ausbaden würde, wenn ein Mensch in unserem Dom ermordet worden sei. Einen solchen Skandal, und das vor den Festspielen, die in zwei Wochen eröffnet werden, können wir uns nicht leisten.«

»Unvorstellbar, eine Katastrophe! Er wisse noch gar nicht, wie er das dem Förderkreis mitteilen sollte, hoffentlich springen nicht ein paar Investoren ab.« Der Bürgermeister verdrehte dramatisch die Augen.

»Allzu nahe scheint Ihnen der Tod von dem Holländer nicht zu gehen, wo der doch angeblich ihr Freund war und Schwager hätte werden sollen?«, stellte Bender sarkastisch fest.

»Erlauben Sie mal, soll ich hier sitzen und heulen? Ich habe genug zu tun, darüber nachzudenken, wie ich es meiner Schwester beibringen soll«, konterte der Bürgermeister. Und der Familie in Utrecht müsse man ja auch die traurige Nachricht mitteilen.

Erst einmal müsse man sich sicher sein, dass der Tote auch der ist der auf dem Ausweis zu sehen war, sagte Bender. Es würde sich um ein ziemlich altes Foto handeln. Bender fragte, ob Kraft die Familie kenne? Als dieser das verneinte, sagte Bender, dass er sich auf keinen Fall mit der Familie in den Niederlanden in Verbindung setzten solle, bevor man noch nicht ganz sicher sei, dass es sich wirklich um Siegfried van Heesen handelte. Dann fragte er den Bürgermeister, wann er Siegfried van Heesen das letzte Mal gesehen habe? Der überlegte kurz. »Gestern, am späten Vormittag, nach dem Spätgottesdienst, trifft man sich im Heylsschlösschen zum Brunch. Dahin sei auch Siegfried mit Siglinde gekommen. Die beiden wären nur kurz geblieben und hätten sich schon bald wieder verabschiedet. Sie hatten sich bestimmt viel zu erzählen. Seine Schwester sei am Vorabend von einem Wanderurlaub zurückgekommen und Siegfried wollte Anfang dieser Woche mit dem Schiff zurück nach Utrecht fahren.«

»Mit dem Schiff?« Bender zog erstaunt die Augenbrauen hoch. Der Bürgermeister erklärte, dass Siegfried ein Boot im Anliegerhafen stehen habe, mit dem sei er nach Worms gekommen.

»Und nach dem Brunch haben sie ihn nicht mehr gesehen?«

Kraft überlegte kurz und sagte dann, dass er Siegfried noch ganz kurz vom Fenster aus gesehen habe, als er Siglinde am Spätnachmittag nach Hause gebracht hatte. Die beiden hätten noch eine Ewigkeit miteinander im Auto geschmust. »Wenn ich es mir jetzt vorstelle, dass es das letzte Mal war … arme Siglinde! Was kann man über den möglichen Täter sagen? Käme auch eine Frau in Frage?«

Kraft fragte Bender, wie er das einschätzen würde. Bender war erstaunt über diese Frage, zögerte, sagte dann, dazu könnte er noch wenig sagen. Der Schlag sei nach seiner Erfahrung mit enormer Kraft ausgeführt worden und es käme auf den Gegenstand an. Er würde eher auf einen männlichen Täter tippen. Obwohl es Frauen gebe, die körperlich dazu in der Lage seien. Ob er einen konkreten Verdacht habe?

Staatsanwalt Dr. Petri, der bis jetzt geschwiegen hatte, sagte: »Schluss jetzt!« Bender sollte nicht den Bürgermeister oder deren Schwester verdächtigen. Der Bürgermeister schien es jetzt eilig zu haben. Er verabschiedete sich mit Handschlag vom Staatsanwalt, den Kommissar bedachte er nur mit einem kurzen Nicken. Bender erinnerte ihn daran, dass er ihn am nächsten Morgen in der Gerichtsmedizin erwarten werde.

Staatsanwalt Petri sah auf seine Uhr, er sei mit seiner Frau zum Essen verabredet. Fügte hinzu, was er immer sagte … dass er schnelle Ergebnisse erwarte. Der Fall sollte möglichst bis zu den Festspielen gelöst werden.

Bender sagte, an ihm solle es nicht liegen, er tue sein Möglichstes. Bevor er ging, fragte er den Staatsanwalt, ob er Siegfried van Heesen gekannt habe. Dies war Dr. Petri sichtlich peinlich. Er gab zu, dass er ihm gelegentlich begegnet sei, meist im Beisein vom Bürgermeister. Es sei schon eine Tragödie, meinte er, »wenn er es denn ist«. Und er bedauerte Siglinde Kraft, die ihren Bräutigam nach so kurzer Zeit womöglich verloren habe. Während er seinen Mantel überstreifte, erwähnte er, dass der Familie Kraft kein Hiesiger gut genug war, als Mann für Siglinde. Aber von dem Holländer schien die Familie sehr angetan gewesen zu sein.

Kommissar Bender machte sich so seine Gedanken und beschloss sich schon mal in der Gerichtsmedizin bei Frau Dr. Meiser sehen zu lassen. Vielleicht konnte die schon ein paar Ergebnisse vorweisen.

In ihrem grünen Kittel sah Monika Meiser streng und beinahe unnahbar aus. Sie stand vor dem Tisch, auf dem der Tote lag. Er war nackt. Ein muskulöser Körper, gut geschnittenes männliches Gesicht mit ausgeprägten Backenknochen und hoher Stirn. Das hellblonde Haar war leicht gelockt. Der Körper fast nahtlos gebräunt und sportlich durchtrainiert.

»So stelle ich mir einen Wikinger vor!«, sagte die Meiser und der Kommissar nickte, »ein gut aussehender Typ! Da könnte man glatt neidisch werden!«, versuchte er zu scherzen. Als die Gerichtsmedizinerin nicht darauf einging, fragte er, ob sie schon sagen könne, wie er zu Tode gekommen sei.

»Wie ich schon sagte, mit einem sehr harten Gegenstand bekam er einen Schlag auf den Hinterkopf. Der oder die Täterin hat nur einmal kräftig zugeschlagen, das hat gereicht … Schädel-Hirn-Fraktur! Aber ich zeige Ihnen noch etwas, helfen Sie mir mal!«

Mit einem geschickten Griff drehten sie den Toten halb um und die Pathologin zeigte auf Spuren auf seinem Rücken. »Kratz-Spuren von Menschenhand! Die sind schon ein paar Tage alt und waren bereits am Abheilen. Aber man sollte die nicht außer Acht lassen.« Sie deckte dann den Toten mit einem grünen Tuch wieder zu. Bender grübelte … und Frau Dr. Meiser riss ihn aus seinen Überlegungen. »Wie ich im Dom schon angedeutet habe, Schädel-Hirn-Trauma! Er hat nur die eine Wunde am Kopf. Der Schlag kam von hinten, seitlich, mit einem viereckigen harten Gegenstand … ein Vorschlaghammer? Ein kantiger Stein? ... ein Kantholz? ... Aber das ist Ihr Bier, das herauszufinden. Todeszeitpunkt kann ich eingrenzen zwischen zwanzig und zweiundzwanzig Uhr. Mehr kann ich Ihnen zu diesem Zeitpunkt noch nicht sagen. Meinen endgültigen Bericht haben Sie morgen früh auf Ihrem Schreibtisch. Ebenso die Fotos.«

»Haben Sie noch irgendwas für mich? Irgendwelche Spuren bei der Leiche entdeckt?«

Sie holte eine Schale, hob mit der Pinzette einen fünf Zentimeter langen Strohhalm, den habe sie in seinen Haaren gefunden. Ein paar trockene Grashalme an der linken Schuhsohle und einige Tierhaare an einer Socke. Und andere undefinierbare, borstige Haare an seiner Jeans. Bender steckte die wenigen Utensilien vorsichtig in Beweistüten, die er immer mit sich trug, und nahm diese mit.

Gern hätte er die Meiser zum Essen eingeladen oder wenigsten zu einem Glas Wein, aber sie hatte sich schon wieder ihrer Arbeit zugewandt und er fand dann auch, dass der Ort nicht der Richtige sei, über private Dinge zu sprechen. Er musste vorsichtig an die Sache rangehen, um ihr näher zu kommen. Außerdem musste er versuchen, etwas über die Familie van Heesen herauszufinden, um diese, nachdem Günter Kraft die Leiche identifiziert hatte und sie sicher waren, dass es sich um Siegfried van Heesen handelte, über das Unglück zu informieren.

Frau Hausbach, eine Mitarbeiterin von seinem Kommissariat, hatte bereits im Internet recherchiert und legte ihrem Chef drei ausgedruckte Seiten vor. Sie wusste, dass er gern etwas Schriftliches in der Hand hatte, in dem er immer wieder mal etwas nachlesen konnte.

An der Pinnwand hatte Polizeihauptmeister Weber die Fotos geheftet, die der Polizeifotograf gebracht hatte. Da war das Foto von dem im Sack verschnürten Körper auf den Altarstufen. Dann der Tote, ohne die Verpackung. Großaufnahme von seinem Gesicht und die tiefe Kopfwunde, das blutverschmierte Hemd und die Beschreibung der übrigen Bekleidung. Die Blutlache auf der Altartreppe und ein paar Pfotenabdrücke. Die Wand war großflächig und es war Platz genug für die Fotos von verdächtigen Personen, die sie hoffnungsvollerweise in den nächsten Tagen sammeln würden. Aber noch war die Fläche fast leer.

Bender heftete die Tüte mit den Fundstücken dazu, grübelte noch eine Weile und las dann aufmerksam das, was Frau Hausbach im Internet über die Familie van Heesen gefunden hatte.

Die van Heesens waren in Utrecht, seit Mitte fünfzehntes Jahrhundert ansässig. Damals als Kaufleute im Wollhandel tätig. Seit 1845 verdiente ein Zweig der Familie mit einer groß angelegten Bierbrauerei gutes Geld. Die Privatbrauerei befand sich ganz in der Nähe vom Huis Doorn, in dem der deutsche Kaiser, Wilhelm II, von 1920 bis 1941 im Exil gelebt hatte. Später, nach dem Zweiten Weltkrieg, hatten die van Heesens in Huis Qudaen eine völlig neue Brauereianlage aufgebaut. Die Fotos davon hatte Frau Hausbach aus dem Internet ausgedruckt. Zu sehen war ein ansehnliches Anwesen. Die Getreidesilos etwas verdeckt hinter einer Pappelgruppe. Das Sudhaus, in dem sich die Maischbottichen und die Gärtanks befanden, waren in einem hohen Klinkerbau untergebracht. In einem zurückversetzten Bau die Filtration und die Abfüllanlage. Zwischen den einzelnen Gebäuden waren die Wege mit weißem Kies bedeckt und mit Buchsbaumhecken voneinander abgegrenzt.

»Das sieht alles nach Reichtum und Wohlstand aus!«, brummte der Kommissar vor sich hin. Dann waren da noch einige Pressefotos und -berichte über die Familie. Die van Heesens gehörten zur besten Gesellschaft von Utrecht. Vielleicht sogar zu den reichsten Familien von Holland. Auf einem Foto war Herr van Heesen zu sehen, vornehm im Frack, an seiner Seite Ehefrau Juljana, Tochter von der Diamantenschleiferei Asmusen aus Antwerpen. Frau van Heesen war im Jahre 2004 kurz nach dieser Aufnahme ihrer schweren Krankheit erlegen. Eine weitere Aufnahme zeigte drei Männer bei einer Bootstaufe. Vater und Sohn van Heesen. Soweit zu erkennen war, könnte es der Tote sein. Mit auf dem Foto war noch ein unbekannter junger Mann. Diese Aufnahme steckte der Kommissar ein, nahm sein Jackett vom Haken und warf es über seine Schulter, sagte, er sei jetzt außer Haus und käme sicher an dem Tag nicht mehr zurück ins Büro.

Er begab sich zu dem Park Hotel »Prinz Carl« wo Siegfried van Heesen abgestiegen war, was er von Kraft erfahren hatte. Kommissar Bender verzichtete auf seinen Dienstwagen und hatte sich zu Fuß auf den Weg gemacht. Unterwegs konnte er gut nachdenken und brauchte sich nicht auf den Verkehr zu konzentrieren.

An der Rezeption wusste man noch nicht Bescheid. Herr van Heesen habe hin und wieder auf seinem Boot übernachtet, da habe man sich um den Gast keine Sorgen gemacht, wenn er über Nacht wegblieb. Ja, er habe seit zweitem Mai ein Apartment gemietet, mit zwei Schlafzimmern und einem Wohnraum. Das eine Zimmer habe bis vor kurzem Herr Vincent Klasen bewohnt ein Freund von Van Heesen, der aber vor ein paar Tagen abgereist sei. Herr Bender zeigte das Foto von den drei Herren der Dame an der Rezeption. Sie deutete auf Siegfried van Heesen und dessen Freund Vincent Klasen, das seien die beiden Herren, die hier gewohnt hätten. Nachdem er der Dame mitgeteilt hatte, dass Herr van Heesen nicht mehr unter den Lebenden weilte, gab sie ihm die Zimmerkarte des Apartments, in dem er sich umsehen wollte. Nachdem die Hotelangestellte Siegfried van Heesen erkannt hatte, konnte Bender sicher sein, dass es sich bei dem Toten um die Person handelte.

Die Zimmer von den ehemaligen umgebauten Kasernen waren geräumig. Aus hohen Fenstern sah man hinaus auf eine gepflegte Parkanlage. Im Zimmer waren Kleidungsstücke verstreut, alle von feinster Qualität mit bekannten Markenlabeln und im Bad jede Menge hochwertige Pflegeprodukte. Bender öffnete den Kleiderschrank, in dem außer einem dunklen Anzug und einem Trenchcoat einige Pullover, Hemden und Jeans lagen. In den Schubladenfächern Wäsche und Socken, ziemlich durcheinander. Der Ordentlichste schien dieser van Heesen sicher nicht gewesen zu sein. Das Nebenzimmer wirkte unbewohnt, da hatte wohl der Freund gewohnt, der aus ungeklärten Gründen früher abgereist war. Um den müsse man sich kümmern, beschoss Bender. Er überlegte, dass Bürgermeister Kraft den anderen jungen Mann doch auch gekannt haben müsse? Warum hatte er den mit keiner Silbe erwähnt? Er nahm sich vor, den Bürgermeister am morgigen Tag gehörig in die Mangel zu nehmen. Dann entdeckte er den gesuchten Laptop unter einem hellgelben Cashmere-Pullover. Den

Laptop nahm er mit. Im Papierkorb befand sich leider nichts, den hatte das Zimmermädchen bereits geleert.

Auf dem Heimweg tätigte er noch ein paar Einkäufe und freute sich auf ein Glas Rotwein, das er in aller Ruhe auf dem Balkon trinken würde.

Frau Bolte kehrte vor der Haustür, da, wo es nichts zu kehren gab, offensichtlich, um ihn abzupassen. Als er mit einem Gruß an ihr vorbei wollte, sagte sie, dass es doch ungeheuerlich sei, dass man einen Toten im Dom gefunden habe. Er nickte und stolperte fast über den Besen, den sie ihm vor die Füße hielt.

Da würde ja bestimmt jede Menge Ermittlungsarbeit auf ihn zukommen? Als er daraufhin nur nickte, wagte sie zu fragen, ob er schon etwas Näheres wisse. Er schüttelte den Kopf, »Und wenn … dürfte ich nicht darüber reden, das wissen Sie doch, und jetzt lassen Sie mich ins Haus.«

Enttäuscht zog sie den Besen zurück und sah ihm nach, als er die Treppe hinaufging. Oben in seinem Fernsehsessel hatte es sich Bella wieder einmal bequem gemacht. Sie verschwandt eilig über den Balkon, als sie seine Schritte auf der Treppe wahrgenommen hatte.

Später kam sie noch einmal vorbei, sah durch das Fenster hinein, wo Herr Bender sich am PC abmühte, die äußerst spärliche Ergebnisse zu speichern. An seiner unzufriedenen Mine konnte Bella erkennen, dass er noch nicht allzu weit gekommen war. Sie grinste und verschwand in der Dunkelheit.

Kapitel 5

Obwohl Kommissar Bender früh dran war, erwarteten ihn auf dem Gang der Gerichtsmedizin bereits Günter Kraft und eine junge Frau. »Meine Schwester Siglinde, Siegfrieds Verlobte«, stellte der Bürgermeister die Dame vor, die sich mit rot geweinten Augen an seinen Arm klammerte.

»Mein Beileid«, murmelte Bender, weil ihm nichts anders einfiel und dachte, wenn sich jetzt herausstellen würde, dass der Tote gar nicht Siegfried van Heesen war, habe sie umsonst geweint. Aber inzwischen konnte man ziemlich sicher sein, dass er der Tote war, da der inzwischen vermisst wurde.

Frau Dr. Meiser schloss Punkt acht die Tür auf und ließ die Wartenden eintreten. Aus einem gekühlten Wandfach rollte sie eine abgedeckte Bahre in die Raummitte und entfernte das Tuch von dem Gesicht der Leiche. Siglinde Kraft gab einen hohen Schmerzenslaut von sich, sie taumelte und ihr Bruder stützte sie. »Ja, es ist Siegfried van Heesen!«, bestätigte er und holte ein weißes Taschentuch aus seinem Jackett, das er seiner Schwester reichte. Die schluchzte inzwischen laut und fragte immer wieder, kaum verständlich: »Wer hat ihm das angetan?«

»Das werden wir mit Ihrer Hilfe herausfinden!«, sagte Bender und bat, dass die beiden ihn zum Kommissariat begleiten sollten. Bürgermeister Kraft lehnte das ab, sagte, seine Schwester sei dazu im Moment nicht in der Lage. Wie man sehe, hielt sie sich kaum auf den Füßen. Er würde sie heimbringen und dann käme er zum Kommissariat. Siglinde Kraft bat unter Schluchzen, ob sie einige Minuten mit ihrem Liebsten allein sein dürfe? Alle verließen den

Raum. Die Gerichtsmedizinerin behielt Siglinde Kraft durch eine Glasscheibe im Auge. Murmelte dann: »Entweder redet sie mit ihm oder sie betet für ihn!« Ihre Lippen würden sich bewegen. Nach einer Weile ging der Bürgermeister zurück in den Raum, fasste seine Schwester am Arm und zog sie von der Bahre weg. Er würde sie jetzt heimfahren und komme dann zurück. Eine weitere Stunde habe er seine Termine verschoben.

Im Kommissariat erwartete Bender die Botschaft, dass ein Kollege vom LKA hinzugezogen worden sei, der ihn beim Staatsanwalt erwarte.

»Auch das noch!«, murmelte verärgert Bender und begab sich zum Büro von Staatsanwalt Petri. Der plauderte mit einer gut aussehenden Blondine, die er als Kollegin vom LKA Wiesbaden vorstellte. Frau Geisler würde ihn bei der Ermittlung unterstützen. Da es sich bei dem Toten um einen Ausländer handelte, habe er das L. K. A. hinzuziehen müssen!

Bender verzog das Gesicht, LKA … und dann noch eine Frau!

»Auf gute Zusammenarbeit!«, wünschte Petri und grinste schadenfroh. Sagte dann, nachdem Herr Kraft bestätigt habe, dass es sich bei dem Toten wirklich um Siegfried van Heesen handelte, habe er einen Kollegen in Utrecht angerufen und ihn gebeten die Familie zu informieren. Bender sagte ärgerlich, das sei wohl seine Aufgabe gewesen. Aber innerlich atmete er auf, darüber hatte er die halbe Nacht gegrübelt, wie er am besten der Familie den Verlust beibringen konnte. Am Telefon war das doch fast unmöglich!

Vor der Pinwand stehend, bat Annemarie Geisler, sie zu informieren über den Stand der Ermittlungen. Allzu viel sei es noch nicht, meinte Bender. Sie sah sich die Fotos an und sagte, sie habe sich im Internet über die Familie van Heesen schlau gemacht. Im Zug hierher habe sie genügend Zeit gehabt. »Interessante Familie! ... aber was wollte der Sohn in Worms? Sagte Dr. Petri nicht, er sei seit Anfang Mai hier gewesen?«

»Das werden wir den Bürgermeister fragen, der angeblich oft mit ihm gesehen worden ist.« Bender seufzte, jetzt konnte er es nicht mehr hinausschieben. Nachdem der Tote identifiziert war, musste er mit Herrn Van Heesen in Utrecht sprechen. Er versuchte es zuerst unter der Privatnummer. Von der Hausdame erfuhr er, dass Herr van Heesen in die Firma gefahren sei. Als er dort anrief, wollte die Sekretärin ihn mit den üblichen Floskeln abwimmeln, bis er noch einmal seinen Namen und seinen Beruf erwähnte. Man teilte ihm mit, dass Herr van Heesen, tief betroffen über den Tod seines Sohn und vorerst für niemanden zu sprechen. Bender murmelte, »dann eben nicht!«, und atmete erleichtert auf, einen ermordeten Angehörigen einer Familie mitteilen zu müssen, war und blieb immer eine schwere Aufgabe in dem Beruf. Lieber vergrub er sich wieder in die spärlichen Informationen, bis Frau Geisler Herrn Günter Kraft hereinführte.

Ob das eine Vernehmung sei, wollte der sofort wissen, denn dann würde er seinen Anwalt hinzuziehen.

»Eine Befragung, Herr Bürgermeister, Sie scheinen der Einzige zu sein, der den Toten näher kannte, außer Ihrer Schwester, auf die wir natürlich auch zurückkommen müssen.«

Gegen das Aufnahmegerät hatte Kraft vorerst keine Einwände.

»Wann haben Sie den Toten zuletzt gesehen?«

Herr Kraft schien diese Frage erwartet zu haben. »Wie ich schon erwähnt habe, beim Brunch, am Sonntagvormittag, im Heyls-Schlösschen, gleich nach dem Gottesdienst. Als Bürgermeister lasse ich mich dort hin und wieder sehen ... man erfährt dort immer das Neuste«

»Nennen Sie mir bitte die Anwesenden.«

»Im Dom?«, versuchte er zu scherzen.

»Nein, natürlich beim Brunch!«

»Meine Frau und ich, Siglinde und Siegfried, später kam der Domdekan hinzu und brachte einen Geistlichen aus Mainz mit und noch einige Herrschaften hier aus der Stadt.«

»Was wollte Herr van Heesen hier in Worms?«

Das war die Frage, an deren Antwort Bender besonders interessiert war.

Kraft holte weit aus, berichtete, dass Siegfried van Heesens Yacht einen Motorschaden hatte und man habe das Boot in den Wormser Hafen geschleppt. Die Reparatur habe sich verzögert, da die Ersatzteile aus dem Ausland kamen. Inzwischen würde die Yacht sicher noch im Frachthafen vor Anker liegen.

»Und was hat ihn hier solange festgehalten, vom zweiten Mai an, ab dem Zeitpunkt hat er im Parkhotel Prinz Carl eingecheckt, bis zu diesem Sonntag?« Bender sah auf den Kalender. »Dem vierzehnten Juli? Fast zweieinhalb Monate?«

Kraft erklärte, dass es Siegfried hier gefallen habe. Er wollte in Worms eventuell investieren. Eine Filial-Brauerei. Wie er sicher schon wisse, sei Siegfried der Sohn von »van-Heesen-Bier«. »Beim Finden eines geeigneten Grundstückes wollte ich ihm selbstverständlich behilflich sein. Das sei doch nachvollziehbar?« Er habe dabei an zusätzliche Steuereinnahmen und vor allem an Arbeitsplätze für die Bewohner der Stadt gedacht!

»Soweit ich informiert bin, besitzt die Familie van Heesen in Utrecht eine große Brauerei. Hier im Weinbaugebiet eine Bierbrauerei?« Das sei für sie unverständlich?, mischte sich Frau Geisler ein.

Na und? Die van Heesens wollten investieren, Geld anlegen … oder wie man es nennen mag. Der Junior wollte sich profilieren. Eine Brauerei im Bierland Deutschland … warum nicht hier? Fast jeder Mann würde doch hin und wieder ein gut gezapftes Bier trinken. Und das van-Heesen-Bier sei ausgezeichnet, davon habe er sich in den letzten Wochen überzeugen können. Außerdem habe Siegfried vorgehabt, Bier mit Fruchtgeschmack zu mischen, so wie das die jungen Leute heute gerne trinken. Kraft zuckte mit den Schultern und entfernte ein Stäubchen von seinem Jacken-Revers.

»Ja warum nicht hier? Sie hatten sicherlich schon eine Idee, wo die Brauerei entstehen sollte … wie ich Sie kenne«, stellte Bender fest.

Geisler beobachtete den Kommissar und den Bürgermeister und dachte: Allzugut verstehen die zwei sich nicht!

Kraft ließ sich nicht aus der Reserve locken. Er gab zu, dass er van Heesen auf verschiedene Objekte und Grundstücke aufmerksam gemacht habe, aber es sei noch zu keiner Entscheidung gekommen.

»Dagegen hat Ihre Schwester sich sehr schnell für den Holländer entschieden!«, bemerkte Bender mit ironischem Unterton.

Ja, das sei die sprichwörtliche Liebe auf den ersten Blick gewesen, er habe sich auch gewundert, meinte der Bürgermeister und sah auf seine Uhr, sagte, er müsse zu einer Sitzung, man würde ihn erwarten.

»Das sei noch nicht alles!« Bender ließ nicht locker, fragte nach dem Freund von van Heesen, den habe Herr Kraft bis jetzt nicht erwähnt.

»Stimmt! Diesen Vincent Klasen?« Den habe er völlig vergessen. Der sei in der Werbebranche tätig, für die Van-Heesen-Brauerei und habe sich hier als Architekt aufgespielt. Natürlich habe der sich am Beginn der Bekanntschaft auch für seine Schwester interessiert. Aber schon bald gemerkt, dass er gegen Siegfried keine Chancen hatte. »Ich bitte Sie, so ein Hungerleider, ohne festen Job und ohne Vermögen. Der wäre mir nicht ins Haus gekommen!«

Kraft stand auf sagte, jetzt müsse er aber dringend zu der Sitzung. Natürlich würde er der Polizei für weitere Fragen zur Verfügung stehen und er habe nicht vor, Worms in der nächsten Zeit zu verlassen. Jetzt, wo die Festspiele in zwei Wochen eröffnet wurden, werde er hier vor Ort gebraucht. Beim Hinausgehen drehte er sich noch einmal um und fragte, ob man ihn womöglich verdächtigen würde? Bender brummte, das würde sich herausstellen. Kraft schüttelte den Kopf, meinte, das ginge zu weit … man wisse ja, wo er zu finden sei.

»Der ist mit allen Wasser gewaschen!«, sagte die Geisler, als sie allein waren, und er wisse bestimmt mehr, als er gesagt habe.

»Wir müssen mit der Schwester reden und versuchen von der etwas mehr zu erfahren«, sagte Bender. Aber erst einmal habe er Hunger. Sie könne ihn begleiten, wenn sie Lust habe, am Marktplatz gebe es ein gemütliches Bistro.

Nachdem sie eine Kleinigkeit gegessen hatten, machten sie sich auf den Weg zu Siglinde Kraft, die im Haus von ihrem Bruder, am oberen Markt, gegenüber vom Lutherdenkmal, wohnte.

Die Frau des Bürgermeisters öffnete ihnen die Tür und sagte im abweisenden Ton, ihre Schwägerin habe sich hingelegt und sei nicht in der Lage, Besuch zu empfangen.

Die Kripobeamten zeigten ihre Ausweise und sagten, sie seien nicht zu Besuch gekommen, sondern müssten Frau Siglinde Kraft dringend befragen.

Es dauerte eine Weile, während der sich die beiden in einem hellen Wohnraum umsahen, der mit Mahagonimöbeln bestückt war. Auch einige Antiquitäten waren zu sehen.

Wie schon am Morgen war Siglinde Kraft in Trauerkleidung und hatte verweinte Augen. Unschlüssig blieb sie erst einmal stehen, setzte sich dann zögernd, zu den beiden an den Tisch. Die LKA-Mitarbeiterin sagte in verständnisvollem Ton, sie seien hier, weil sie dringend ihre Hilfe benötigten. Es sei doch bestimmt auch in ihrem Sinne, dass der Mord an ihrem Verlobten aufgeklärt werde. Siglinde Kraft schnäuzte sich und nickte. Bender forderte sie auf, sie solle in aller Ruhe, der Reihe nach erzählen, wo sie Siegfried van Heesen zum ersten Mal begegnet sei und wie sich ihr Verhältnis entwickelt habe.

Siglinde Kraft störte sich an dem Wort »Verhältniss«. Sie schniefte, es sei Liebe gewesen ... »Verstehen Sie, Liebe, und kein Verhältnis!« Sie schluchzte dann laut, ihre Schultern bebten. Die Kripo-Beamten ließen ihr etwas Zeit, sich zu beruhigen. Dann erzählte Siglinde stockend, wie ihr Bruder eines Abends berichtet habe, dass ein reicher Holländer hier in ihrem Hafen mit seiner Yacht gestrandet sei.

Es muss Anfang Mai gewesen sein. Günter sagte, dass es dem jungen Mann hier in Worms gefallen würde. Er habe sich im Rathaus über die Möglichkeit erkundigt, hier ein Grundstück zu erwerben, um eine Filiale der Familienbrauerei aufzubauen.

»Mein Bruder hatte sich natürlich über die Brauerei in Utrecht informiert und gesagt das sei ein ansehnliches Unternehmen. Da war ihm mein Bruder natürlich behilflich und die beiden besichtigten in den darauffolgenden Wochen einige in Frage kommenden Objekte. Völlig überraschend hat er ihn und seinen Freund zum Geburtstagsfest meiner Schwägerin eingeladen. Siegfried hat mir gegenüber gesessen. Sein Freund, der Vincent, war mein Tischnachbar, mit dem ich mich gut unterhalten habe. Über den Tisch hinweg habe ich bemerkt, dass Siegfried mich beobachtet hat, und wenn ich hingesehen habe, hat er mit mir geflirtet. Wir haben uns angesehen … und da war gleich ein Funke übergesprungen. Er hat mich zum Tanzen aufgefordert und nicht mehr losgelassen. Mein Bruder war fast ein wenig eifersüchtig gewesen, dass sein Gast sich ausschließlich mit mir abgegeben hat. Im Garten hat er mich dann geküsst und ich habe es zugelassen. Wir haben uns verabredet, gleich für den nächsten Tag. Ich hatte ihm angeboten, ihm die Stadt zu zeigen. Von da an habe ich jeder Verabredung entgegengefiebert. Wir haben uns erst einmal heimlich getroffen, ohne Günter und ohne Siegfrieds Freund darüber zu informieren.«

Bender sagte, dass sie über den Freund bis jetzt kaum etwas wussten. Sie überlegte und sagte dann, der Vincent sei ein netter Typ und er habe sich wohl auch in sie verliebt. Sie habe ihm aber bald schon zu verstehen gegeben, dass Siegfried für sie die große Liebe sei. Das habe er dann akzeptieren müssen. Vor ein paar Tagen sei er abgereist. Vorausgegangen sei eine heftige Auseinandersetzung zwischen den Freunden gewesen, es ging da wohl um das Brauerei-Projekt. Aber sie wisse nicht allzu viel darüber. Siegfried habe es nur beiläufig erwähnt und gesagt, er käme allein zurecht und brauche hier keinen Aufpasser. Er war erbost darüber, dass Vincent seinem Vater hinter seinem Rücken fast täglich Bericht erstattet hatte. Und das hatte Siegfried nicht gewusst und erst später herausgefunden.

»In der Zeit, die Herr van Heesen hier in Worms geweilt hat, muss er doch sich doch für ein bestimmtes Grundstück besonders interessiert haben?«, hakte Bender nach.

Kam es ihnen nur so vor oder war Siglinde Kraft erschrocken über die Frage? Sie zögerte kurz, sagte dann, dass das Gut Falkenfels es ihm angetan habe, darüber habe er in der letzten Zeit oft gesprochen und auch mit ihrem Bruder darüber diskutiert. Aber die Gräfin habe nicht verkaufen wollen, das habe ihm ihr Bruder sofort gesagt, dass da nichts zu machen sei. Und sie wisse darüber nichts Näheres. Man habe auch mit der Gräfin von Falkenfels keine gesellschaftliche Verbindung. Die würde sehr zurückgezogen leben.

Bender holte tief Luft. »Entschuldigen Sie, ich muss Ihnen die Frage stellen, haben Sie Ihrem Verlobten Kratzer auf dem Rücken zugefügt? Beim stürmischen Sex soll das schon mal vorkommen!«

Er sah, wie sie abwechselnd weiß und rot im Gesicht wurde. »Wie meinen Sie das?«

»So, wie ich es gesagt habe!« Er schob ihr das Foto über den Tisch, auf dem Siegfrieds Rücken zu sehen war. Siglinde nahm mit zitternder Hand das Foto kurz in die Hand warf einen Blick darauf und schob es wieder zu ihm hin. Sie meinte, vielleicht habe er sich im Dornengestrüpp verletzt. Er habe ihr erzählt, dass er im Rhein geschwommen sei und dass am Ufer sich dichtes Gestrüpp befinde.

»Nein! Das sind Verletzungen von Menschenhand!«

Die Geisler mischte sich ein und sagte, bei einem intensiven Liebesspiel käme es hin und wieder zu Verletzungen dieser Art. Sie beobachteten Siglinde genau.

Siglinde errötete, sagte, das sei nicht ihr Stil. Ihr ziemlich distanzierter Blick bestätigte, dass sie die Wahrheit sagte. Sie glaubten ihr, aber wer hatte Siegfried van Heesen die Kratzer beigebracht? … Fragen über Fragen.

Nach einer Weile ließ sich die Frau des Bürgermeisters blicken und bot einen Tee an.

Das nahm Siglinde zum Anlass, sich zu erheben. Sie strich ihren Faltenrock glatt und sagte, sie sei nicht mehr in der Lage weitere Fragen zu beantworten, sie sei völlig erschöpft, man möchte sie entschuldigen. Eilig verschwand sie. Die beiden zeigten Verständnis und verzichteten auf den angebotenen Tee, wollten schon gehen, dann entschlossen sie sich, die Gelegenheit zu nutzen und der Hausherrin einige Fragen zu stellen. Frau Kraft sagte, sie habe Herrn van Heesen am wenigsten gekannt. Sie habe die beiden jungen Männer an ihrem Geburtstag das erste Mal gesehen. Da habe sie sich allerdings gewundert, dass ihr Mann zwei völlig Fremde eingeladen habe. Ansonsten habe sie genug mit dem Haushalt zu tun und sei selten bei den Gesprächen anwesend gewesen. Seit einiger Zeit würde ihr kranker alter Vater hier im Haus leben und sie würde viel Zeit mit ihm verbringen. Die Kommissare warteten, ob sie noch etwas sagen wollte. Sie schien nachzudenken, sagte dann, sie sei sehr überrascht gewesen, dass die sonst so spröde Schwägerin sich Hals über Kopf in den Holländer verliebt habe und die beiden sich sogar verlobt hätten.

Man könne sich gar nicht vorstellen, wie viele junge Männer sie im Laufe der Jahre habe abblitzen lassen. Keiner sei ihr und vor allem ihrem Bruder gut genug gewesen. Sie habe inzwischen geglaubt, dass Siglinde bestimmt mal eine sogenannte alte Jungfer werde. Und da sei ausgerechnet an ihrem Fünfzigsten dieser Siegfried aufgetaucht und habe das Herz von Siglinde im Sturm erobert.

Nachdem Frau Kraft angefangen hatte zu reden, war sie nicht mehr zu bremsen. Nur als Frau Geisler nach dem Gut Falkenfels fragte, für das sich van Heesen offensichtlich interessiert hatte, kniff sie die Lippen zusammen und sagte, darüber wisse sie nicht Bescheid und außerdem müsse sie sich jetzt um ihren Vater kümmern. Mit diesem Satz komplimentierte sie die beiden hinaus.

Auf der Straße sagten sie zueinander, dass man nicht allzu viel Neues erfahren habe, aber dass man über das Anwesen »Falkenfels« unbedingt mehr in Erfahrung bringen müsse.

Und das werde sie jetzt tun, meinte Frau Geisler und zeigte auf das Touristenbüro, das in Reichweite lag. Er könne inzwischen die Pressekonferenz vorbereiten, die der Staatsanwalt für den nächsten Morgen anberaumt hatte, worüber Bender, wie sie wusste, ziemlich sauer war. Er hatte zu seinem Mitarbeiter gesagt, dass er Informationen an die Presse für verfrüht hielt.

In seinem Büro angekommen las er sorgfältig noch einmal alle bis jetzt gesammelten Aussagen durch, ebenso das, was er über die Familie van Heesen in Erfahrung gebracht hatte. Als Frau Hausbach ihm mitteilte, dass der

Staatsanwalt ihn erwartete, schloss er ärgerlich seine Mappe und begab sich dort hin.

Herr Petri stand am Fenster seines Büros und sah hinunter auf den Platz vor dem Amtsgericht.

Dass so etwas gerade jetzt passieren musste, wo die Stadt sich vorbereite auf die Festspiele und so viele Prominente sich angesagt hätten, sei besonders ärgerlich, meinte der Staatsanwalt. Dann wandte er sich Bender zu. Hörte sich an, was der im Hause Kraft in Erfahrung habe bringen können.

»Die arme Siglinde!«, meinte Petri und sagte dann, er habe mit Herrn van Heesen in Utrecht gesprochen. Bender atmete innerlich auf, das bliebe ihm vorerst erspart. Nach einem kurzen Klopfen kam Frau Geisler hinzu, sie setzte sich unaufgefordert auf den Besucherstuhl und schlug ihre langen Beine übereinander. Unverabredet sprach sie nicht über das, was sie eventuell über Falkenfels erfahren hatte. Die Frau schien ihren Job gut zu machen, musste Bender zugeben. Dr. Petri sagte, Herr van Heesen komme morgen mit dem Flieger nach Frankfurt.

»Ich betrachte es als Akt der Höflichkeit, dass wir Herrn van Heesen am Frankfurter Flughafen abholen, in dieser tragischen Situation!« Der Staatsanwalt sah Bender auffordernd an.

Wen er damit meine?, fragte Bender und der Staatsanwalt konterte: »Sie natürlich!«

Bender holte tief Luft, ihm fiel alles Mögliche ein, … dass er keine Zeit habe, dass er Wichtigeres zu tun habe und auch kein Chauffeur sei … Da fasste ihn die Geisler am Arm und sagte: »Ich mache das!«

»Sie? Ich weiß nicht ob das LKA. damit einverstanden wäre?«

Man sah Petri an, dass ihm diese Lösung nicht gefiel.

»Man hat mich zwar hierher geschickt, aber wie ich meinen Job mache, das lassen Sie mal meine Sorge sein. Als Frau kann ich bestimmt besser mit dem Vater des Opfers umgehen.«

Das schien Petri dann einzusehen und er nickte. »Da fällt mir ein, in welchem Zustand ist die Leiche … Äh … der Tote. Der Vater will doch bestimmt seinen Sohn noch einmal sehen.«

»Da machen Sie sich mal keine Sorgen, Herr Staatsanwalt, Frau Dr. Meiser hat bestimmt für ausreichende Kühlung gesorgt.«

»Vielleicht sollte man den jungen Mann etwas herrichten? Die Bestatter heutzutage verstehen sich doch darauf … oder?«

»Womöglich schminken?«, empörte sich Bender. »Das wird Frau Dr. Meiser nicht zulassen und ich werde es ihr auch nicht vorschlagen!«

Frau Geisler kürzte die Debatte ab, indem sie sich nach der Fluggesellschaft und Uhrzeit erkundigte, wann Herr van Heesen zu erwarten sei. Sie werde sich das Foto von Peer van Heesen einprägen, um ihn gleich zu erkennen.

»Also, Frau Geisler fährt zum Flughafen und Sie, Bender, erwarte ich um neun Uhr dreißig im Großen Saal zur Presse Konferenz!«, ordnete der Staatsanwalt an und gab den beiden zu verstehen dass die »Audienz« beendet sei.

»Und was haben Sie über das Anwesen Falkenfels herausgefunden?«, wollte Bender auf dem Weg zu ihrem Büro wissen.

»Nicht allzuviel!« Das Gut sei im Laufe der Zeit ziemlich heruntergekommen, woran der verstorbene letzte Graf nicht ganz unschuldig gewesen sei. Er habe über seine

Verhältnisse gelebt. Man wusste von Frauengeschichten und seiner Spielleidenschaft! Seine Tochter, Gräfin Constanze, lebe dagegen sehr zurückgezogen und versuche mit ihrem Reitstall etwas Geld zu verdienen. Sie gibt Reitstunden und hat einige Einstellpferde in ihren Ställen. Schon so manches Grundstück, das mal im Besitz derer von Falken Fels gewesen sei, sei in den vergangenen Jahren veräußert worden. Mehr sei aus den Mitarbeiterinnen vom Touristen Büro nicht hervorzulocken gewesen. Allerdings hätten sie noch erwähnt, dass sie sich nicht vorstellen könnten, dass die Gräfin irgendwann mal bereit gewesen sei, ihre Burg zu veräußern. In der Vergangenheit seien Japaner daran interessiert gewesen, hätten eine hohe Summe angeboten, aber die habe sie einfach abblitzen lassen.

Nun das sei doch schon mal eine ganze Menge!, lobte Bender seine Kollegin und zweifelte daran, dass man ihm so viel gesagt hätte.

»Aber erst einmal bleibt das unter uns! Kein Wort über Falkenfels. Wir sehen uns das Anwesen in den nächsten Tagen an.« Er sei gespannt, was der Staatsanwalt der Presse mitteilen werde. Die Ermittlungen seien doch noch ganz am Anfang. Er, Bender habe sich vorgenommen, sich sehr zurückhaltend zu äußern, wenn überhaupt!

Am Abend traf Bender seine Vermieterin im Vorgarten an. Sie zupfte Unkraut aus den Rosenrabatten. Er blieb bei ihr stehen und fragte, was man sich über den Mord in der Stadt erzählen würde. Frau Bolte zuckte mit der Schulter sagte, sie gebe nichts auf Klatsch und Tratsch. Sie setzte sich auf die Hausbank, wo die Katze zusammengerollt auf ihrem Kissen döste.

Bender schien heute gesprächig zu sein. So ganz gegen seine übliche Gewohnheit setzte er sich neben sie und schob die Katze etwas zur Seite. Die streckte sich und funkelte den Kommissar böse an, sprang dann von der Bank und verschwand unter einem Strauch.

Als von Frau Bolte nichts kam, fragte er, ob sie die Gräfin Constanze von Falkenfels kennen würde. Sofort horchte sie auf und wollte wissen, ob die etwa verdächtig sei? »Keineswegs!«, beruhigte er seine Vermieterin. Er habe nur gehört, dass sich Siegfried van Heesen für das Anwesen interessiert habe.

»Vielleicht auch für die Gräfin?«, fragte sie listig.

Das wisse er nicht und es sei ihm auch nichts darüber bekannt.

»Nun ja, sie ist sehr apart, wenn man Rothaarige mag, aber auch sehr hochnäsig, mischt sich nicht gern unter das Volk. Zum Einkaufen fährt sie mit ihrem alten Auto nach Mannheim, erzählt man sich. Und auch … dass, sie mal was mit dem Bürgermeister hatte! Aber das sei vielleicht nur Gerede und bestimmt schon sehr lange her, deshalb sagen Sie niemandem, dass ich Ihnen das gesagt habe!«

»Bleibt unter uns!«, versprach der Kommissar und speicherte in seinem Kopf diese Information.

Frau Bolte sagte, die Gräfin sei eine gute Reiterin und gebe Reitstunden! ... mehr wisse sie nicht. Fügte hinzu, schließlich müsse sie mit irgendwas ihren Unterhalt verdienen, nachdem der alte Graf ihr nur Schulden hinterlassen habe … »Sagt man!« Frau Bolte schlug ihre Zeitung auf. Bender merkte, dass sie nicht gewillt war, ihm noch etwas zu erzählen. Er wünschte ihr einen angenehmen Abend und ging die Treppe hinauf zu seiner Wohnung.

Bella hatte so getan, als würde sie schlafen, aber ihr war kein Wort entgangen. Besonders da, wo es um Pferde und Reiten ging, war sie hellhörig geworden. Wenn nur Tassilo etwas intelligenter wäre, könnte sie das mit ihm besprechen, aber der doofe Kater hatte nur Fressen und Schlafen im Sinn. Sie nahm sich vor, sich mal wieder am PC vom Kommissar zu informieren, über den Stand der Ermittlungen. Wenn Bender an seiner Flimmerkiste saß, konnte sie ihm vom Balkongeländer aus über die Schulter sehen. Sie durfte sich nur nicht erwischen lassen.

Kapitel 6

Am nächsten Morgen war die Katze ausgiebig damit beschäftigt, ihr Fell zu pflegen. Da hielt eine von den Blechkisten, die die Menschen Auto nannten, vor dem Haus. Fridolin, der Bruder ihrer Maura, stieg aus und schleppte einige Steigen Obst ins Haus. Es war wieder soweit, dass Maura so ein klebriges süßes Zeug kochte, das sie in Gläser abfüllte. Bella hatte mal daran geleckt und sich die Zunge verbrannt. Er brachte auch wie immer in einem Körbchen Eier mit und Bella wunderte sich wieder mal, wie groß sie waren, und überlegte wie groß die Vögel wohl sein mochten, die diese Eier legten.

Fridolin fragte, was man über den Mord im Dom hören würde und ob ihr Kommissar vorankomme. Und ob man schon Verdächtige festgenommen habe. Wie überall in der Umgebung von Worms was das Thema in aller Munde.

»Nein, bis jetzt scheint er noch völlig im Dunkeln zu tappen!«, beantwortete Maria Bolte die Fragen ihres Bruders. Bella hatte die Ohren gespitzt, wie immer, wenn es um den Toten ging, den sie schließlich entdeckt hatte. Die beiden waren in der Küche verschwunden und Bella beschnüffelte ausgiebig das Auto. Die linke Fensterscheibe war offen und mit einem Satz war die Katze drinnen. Auch hier gab es allerlei zu beschnuppern, und als sie alles erkundet hatte, rollte sie sich auf der Rückbank zusammen und machte ein Schläfchen.

Als sich das Gefährt in Bewegung setzte, schreckte sie auf und sah die Häuser von der Stephans Gasse vorbei laufen. Als das Gefährt um die Ecke bog, rutschte sie von der Bank und kauerte sich am Boden zusammen. Ihr klägliches Miauen überhörte Fridolin. Im Autoradio ertönte laute

Opernmusik und er sang die Arie des Papageno laut und falsch mit.

Es schien eine endlose Zeit vergangen zu sein, bis die Blechkiste endlich anhielt. Bella war schwindlig. Als er die Tür öffnete, war sie blitzschnell vor ihm draußen. Raste über den Hof, wo fette große Vögel scharrten, die erschreckt auseinanderstoben. Auf der Hof Mauer brachte sie sich in Sicherheit. Fridolin Bolte entdeckte sie und schimpfte: »Du blöde Katz, hast dich in meinem Auto versteckt, was soll ich hier mit dir anfangen?«

Bella funkelte ihn von der hohen Mauer herunter an. Blöde Katze! Das würde sie ihm bei Gelegenheit heimzahlen. Mit »Miez, Miez!« wollte er sie von der Mauer locken, sie grinste, … erst einmal musste er sich beruhigen und sie auch. Er ging ins Haus und kam dann mit einem Teller, in dem Milch war, zurück. Er stellte den Teller neben die Mauer und lockte er sie mit seinem dämlichen »Miez, Miez …«. Sie rührte sich nicht, wenn sie auch gern von der Milch getrunken hätte.

»Dann eben nicht!«, knurrte er und ging ins Haus. Sie beobachtete von ihrem Aussichtspunkt die dicken Vögel, die sich gackernd dem Teller näherten. Als drei von der Sorte ganz nahe waren, sprang Bella von der Mauer und landete direkt neben dem Teller. Großes Geflatter, die fetten Vögel konnten kaum fliegen, höchstens einen halben Meter über dem Boden, machten aber großes Gezeter dabei. Fridolin kam aus dem Haus und schimpfte, sie würde seine »Hühner« verschrecken, und versuchte, die Katze einzufangen. Aber Bella war schneller, sie rannte an ihm vorbei und verschwand durch die offene Haustür im Haus. Dort suchte sie sich sofort einen Platz unter dem Sofa in der hintersten Ecke, wo er nicht hinkam. Einige Minuten suchte er sie, vor sich hin schimpfend, kroch auf allen Vieren auf dem Boden herum, bis er sie entdeckte. Bella war nicht gewillt, aus ihrer Ecke hervorzukommen. Als er sich ihr mit dem Besenstiel näherte, läutete das Telefon. Er hob immer noch schimpfend ab und sagte, ziemlich verärgert: »Ja, sie ist hier, deine blöde Katze. Sie hat sich in meinem Auto verkrochen und ich habe sie erst bemerkt, als sie hier raus sprang. Und seitdem hält sie mich und meine armen Hühner in Bewegung.«

Bella ließ ein lautes klägliches Miauen vernehmen, sodass Maura sie am Telefon hören konnte. »Willst du sie sprechen?«, spottete Fridolin und hielt das Telefon unter das Sofa. Bella mauzte wieder laut und kläglich … »Nein … ich tue ihr nichts!«, versprach er. Trotzdem traute sie sich immer noch nicht, ihren sicheren Platz zu verlassen.

Dann hörte sie Geschirr klappern aus der Küche und ihr wurde bewusst, dass sie Hunger hatte. Hätte sie mal nicht die Milch verschmäht, über die sich jetzt sicher die Vögel, die er Hühner nannte, hergemacht hatten.

Nach einer Weile kam Fridolin in die Wohnstube und stellte einen Teller mit Milch und ein Brettchen mit klein geschnittenen Teilchen hin. Bella schnupperte und stellte fest, dass es ganz appetitlich roch, was immer das war. Sie wartete, bis es still war im Haus, und wagte sich dann aus ihrer Ecke. Es waren Brotwürfel, mit Leberwurst bestrichen, die er ihr serviert hatte. Bella schüttelte den Kopf über das, was man ihr hier anbot. Aber weil sie inzwischen erbärmlichen Hunger hatte, leckte sie die Leberwurst von dem Brot und dann auch noch den Teller mit Milch aus. Gesättigt sah sie sich um, das Sofa schien ganz gemütlich zu sein. Das Kissen, das darauf lag, trampelte sie sich zurecht, rollte sich darauf ein und schlief tief und fest.

Als es schon etwas hell draußen war, wurde sie von einem markerschütternden Schrei aufgeweckt und das mehrmals hintereinander. Sie sprang auf die Fensterbank, von wo sie auf den Hof sehen konnte. Einer von den Vögeln spazierte herum und krähte dabei erbärmlich laut. So ein eingebildeter arroganter Vogel, knurrte sie, wie der sich aufspielte. Nein, hier wollte sie nicht bleiben. Sie war eine gebildete Stadtkatze und keineswegs ein »Landei«. Sie sah sich um, verspürte ein dringendes Bedürfnis nach der vielen Milch und der fetten Leberwurst. Neben ihr stand eine Grünpflanze, in deren Topf sie ein Loch scharrte und sich erleichterte. Wohlerzogen scharrte sie das Loch wieder zu und rundum auf dem Fensterbrett und davor auf dem Boden war dann reichlich Erde verstreut. Sie hörte Fridolin in der Küche rumoren und gleich darauf war er im Hof zu sehen, wo er den fetten Vögeln Körner hinstreute.

»Faules Gesindel«, knurrte Bella. Diese sogenannten Hühner waren nicht in der Lage, selbst für ihr Futter zu sorgen. Nur einige Minuten hatte sie nicht aufgepasst und nicht bemerkt, dass Fridolin zurück im Haus war. Sie erschrak, als Fridolin nach ihr griff. Er packte sie buchstäblich am Kragen und trug sie hinaus über den Hof. Sie zappelte und versuchte sich zu befreien, aber er hatte sie fest im Griff und trug sie in die Hütte, gegenüber vom Haus, Dort setzte er sie auf den Boden und schloss sofort die Tür hinter sich. Jetzt war sie gefangen. Im Halbdunkel sah sie sich um, es stank erbärmlich und überall hatten diese Hühner ihre Hinterlassenschaft verteilt, es schien sich um deren Nachtquartier zu handeln. Im Stroh raschelte es, ein ihr bekanntes Geräusch … eine Maus, gut genährt, huschte einen halben Meter von ihr entfernt vorbei. In Bella erwachte sofort der Jagdinstinkt, eine Sekunde ganz still und dann einen Satz, die Maus taumelte nur leicht getroffen und wollte flüchten. Die Katze versetzte ihr einen zweiten Schlag mit der Pfote, die Maus rollte ein Stück weit, war wie fixiert und raffte sich noch einmal auf. Es gelang ihr ein letzter Fluchtversuch, bevor Bella ihre tödlichen Krallen ausfuhr und die Maus erlegte. Dann biss sie ihr die Kehle durch, verzehrte ein paar Weichteile und überlegte dabei, ob sie ihr Opfer Fridolin darbringen sollte? Aber sicher würde der ihr Geschenk nicht zu würdigen wissen. Sie hörte, wie er die Blechkiste in Gang setzte. Es ging heimwärts! Kaum hatte er das Tor geöffnet, war sie schon draußen, rannte noch einmal über den Hof, ließ die Hühner erschreckt hochflattern und sprang dann in das Auto, wo alle vier Türen offenstanden. »Na, es geht doch!«, murmelte Fridolin und warf ihr ein Kissen zu, auf dem sie sich auf der Rückbank bequem machen konnte.

Beim Fahren schaltete er das Radio wieder ein und sang mit lauter Stimme »Oh sole mio«. Bella legte die Ohren bei, vergrub ihren Kopf in den Pfoten, damit sie den grässlichen Gesang nicht hören musste. Nach einiger Zeit vernahm sie von draußen vertraute Geräusche. Sie waren zurück in ihrer Stadt. Sie reckte den Kopf und sah die gewaltigen Türme von »ihrem Dom« und dann die bekannten Häuser in der Stephansgasse. Als das Auto anhielt und Fridolin eine Tür öffnete, huschte sie an ihm vorbei und war in ihrem Vorgarten.

Zu Hause … Maura, ihre Maurrrra, erwartete sie schon. Bella schnurrte um ihre Beine und Maria Bolte nahm ihre Katze auf den Arm und kraulte ihr liebevoll das Fell. »Da bist du ja wieder, du Ausreißerin, das kommt davon, wenn man so neugierig ist und überall herumschnüffeln muss!«

Fridolin zog sie am Ohr und sagte, ein wenig Dankbarkeit hätte er schon verdient. Bella funkelte ihn an, sie hatte nicht vergessen, dass er sie »blöde Katze« genannt hatte.

Kapitel 7

Am Donnerstagmorgen erwartete Kommissar Bender in der Gerichtsmedizin Herrn van Heesen. Frau Dr. Meiser hatte den Toten aus dem Kühlfach geholt und ihn auf einer Bahre in die Mitte gerollt. Sie hatte das grüne Tuch von seinem Gesicht genommen und Bender betrachtete vor sich hinmurmelnd noch einmal ausgiebig den Toten. Er hatte sich in den vergangenen Tagen stark verändert. Sein Gesicht war marmorbleich unter der Bräune geworden und das wellige Haar wirkte wie aus Stein gemeißelt. Der Tote ähnelte einer klassischen Figur, die Leonardo da Vinci einst geschaffen hatte.

Dann kam Frau Geisler und brachte van Heesen und der junge Mann an seiner Seite musste Siegfrieds ehemaliger Freund, Vincent Klasen, sein. Die Geisler hatte die Herren im Hotel abgeholt und hierher begleitet. Mit steifen Schritten bewegte sich van Heesen zu der Bahre hin. Vincent stützte ihn am Ellenbogen. Der Vater stöhnte vernehmlich und presste die Lippen zusammen. Bedeckte dann mit seinen Händen sein Gesicht, seine Schultern bebten. Vincent bat, dass man sie einige Minuten allein mit dem Toten lasse. Die Kommissare und die Gerichtsmedizinerin verschwanden im Nebenraum. Nachdem einige Minuten vergangen waren, kamen sie zurück, sprachen dem Vater ihr Beileid aus und Bender fragte, ob die Herren bereit seien, auf dem Kommissariat einige Fragen zu beantworten. Beide nickten etwas zögerlich. Vincent besprach sich kurz mit Siegfrieds Vater und fragte dann, wann sie den Toten überführen lassen könnten. Die Leiche sei ab sofort freigegeben, sagte Bender.

Im Kommissariat erwartete sie der Staatsanwalt, der wortgewandt seine Teilnahme bekundete. Van Heesen nickte nur, mit versteinertem Gesicht. Vincent Klasen erklärte, Herr van Heesen würde etwas Deutsch verstehen, aber die Sprache nicht beherrschen. Er würde für ihn übersetzen, deshalb sei er hauptsächlich mitgekommen.

»Können Sie uns sagen, was Ihr Sohn, beziehungsweise ihr Freund …«, und Bender wandte sich dem jungen Mann zu, »hier in Worms wollten?«

Vincent Klaasen sprach halblaut mit dem Vater und übersetzte dann, dass der Vater seinem Sohn eine gewisse Selbstständigkeit habe gewähren wollen. Siegfried hatte ein Konzept entwickelt für moderne Biermixgetränke, die heutzutage von jungen Leuten bevorzugt werden. Herr van Heesen wollte das in seiner Stammbrauerei in Utrecht aus Tradition nicht einführen. Gleichzeitig hatte ihm sein Steuerberater geraten, im Ausland zu investieren und so habe Herr van Heesen die beiden Männer losgeschickt, eine geeignete Stadt dafür zu finden.

Der alte Mann schaute immer wieder von einem zum anderen bei Vincents Erklärung, sodass Bender das Gefühl nicht loswurde, dass der Mann die deutsche Sprache besser verstand, als er zugeben wollte.

Klasen berichtete von dem Motorschaden am Schiff und dass sie gezwungen waren, hier vor Anker zu gehen. »Während das Schiff auf Reede lag, sahen wir uns in der Stadt um. Ich habe Siegfried auf Wunsch von Herrn van Heesen als Freund und Berater begleitet. Da ich Architektur studiert habe, schien ich für Herrn van Heesen der richtige Begleiter zu sein.«

»Und waren Sie es?«, fragte Frau Geisler etwas ironisch. »Und warum sind Sie dann so überraschend abgereist, bevor es zu einem Abschluss gekommen war?«

Der junge Mann war sichtlich verlegen, übersetzte für van Heesen und sagte dann, dass es zu Meinungsverschiedenheiten zwischen ihm und Siegfried gekommen sei. Er habe Worms, das von Weinbergen umgeben sei, von Anfang an als nicht besonders geeignet gehalten für ihren Plan.

Bender sagte, Herr Kraft, der Bürgermeister, habe das anders gesehen und habe einige Objekte zur Auswahl ihnen vorgestellt. Soviel ihnen bis jetzt bekannt sei, habe ein Anwesen davon in engerer Wahl gestanden?

Vincent zuckte mit der Schulter sagte, darüber wisse er nicht Bescheid. Als er abgereist sei, wäre keines von den Grundstücken in Frage gekommen.

Wieder sagte Herr van Heesen etwas zu dem jungen Mann und der übersetzte, dass der Vater gern die Verlobte und auch die Familie Kraft kennenlernen wollte. Während des Gesprächs hatte sich der Staatsanwalt schweigend mit dem Rücken an das Fenster gelehnt. Sofort erklärte er sich bereit, die Herrschaften zu der Familie Kraft zu begleiten und sie mit der Familie bekannt zu machen.

Man sah Bender an, dass ihm das nicht in den Kram passte. Er ärgerte sich, dass sich Dr. Petri ständig in seine Ermittlungen einmischte.

Man betrachtete dann das Gespräch als beendet. Frau Geisler warf Bender einen verstehenden Blick zu und sagte, sie werde mitkommen. Dazu konnte selbst Staatsanwalt Dr. Petri keine Einwände vorbringen, immerhin war sie eine Mitarbeiterin vom LKA und ihm nicht unterstellt.

Bender begab sich inzwischen zum Dom und meldete sich beim Domdekan an. Der ließ ihm ausrichten er habe einen Besucher vom Bistum Mainz, und vertröstete Bender auf eine halbe Stunde. Bender beschloss, sich im Dom umzusehen, der inzwischen wieder geöffnet war. Zahlreiche Touristen schlenderten mehr oder weniger andächtig durch die halbdunkle, romanische Basilika. In dem hohen Raum war es an diesem heißen Sommertag angenehm schattig und kühl. Der Hochaltar war mit einer dicken roten Kordel abgesperrt und Bender hatte das Gefühl, dass die Besucher, die davor standen, auf die Altartreppe starrten. Die war inzwischen sorgfältig gereinigt worden, sodass der Blutfleck nicht mehr zu sehen war. Bender überprüfte die Seitenpforte, die dem Altarraum am nächsten war. Sie war verschlossen, stellte er fest und fragte sich, warum sie am Sonntagabend offen gewesen war. Wer hatte außer dem Küster einen Schlüssel dafür? Er besah sich das Schloss von außen und stellte mit seiner Lupe, die er stets mit sich führte, einige Kratzspuren am Schlüsselloch fest.

Seitlich vom Dom war Hämmern und Klopfen zu vernehmen. Handwerker waren damit beschäftigt, die Tribünen für die Festspiele aufzubauen. Auf der Bühne neben dem Dom probten Schauspieler, die vom Regisseur lautstarke Anweisungen bekamen. Bender erkannte »Dieter Wedel«, der die Festspiele auch in diesem Jahr leitete.

Die halbe Stunde war um. Im Pfarrhaus verabschiedete Domdekan Gemacher seinen Gast. Etwas ungehalten ließ er Bender gleich wissen, dass er alles bereits gesagt habe. Er wäre froh, wenn die Polizei den Mord umgehend aufklären würde. Ganz Worms würde sich für den Mord interessieren. Sogar der Bischof habe ihn angerufen, um ihn zu befragen, und er selbst könne dazu herzlich wenig sagen.

Bender sagte seinen üblichen Spruch, dass sie nach allen Seiten ermitteln würden und sie seien angewiesen auf jeden Hinweis, den sie bekämen. Gemacher wiederholte, wie gesagt, er könne sicher nicht weiter helfen. Er habe in der Nacht von Sonntag auf Montag gut geschlafen und nichts bemerkt. Sein Schlafzimmer gehe hinten hinaus, da sei es ruhiger.

»Trotzdem bitte ich Sie, mir einige Fragen zu beantworten.« Bender blieb hartnäckig. Der Pfarrer schlug vor, einige Schritte zu gehen, während sie sich unterhielten.

Bender wollte wissen, wann er Siegfried van Heesen das letzte Mal gesehen habe. Am Sonntagvormittag, gleich nach dem Hochamt im Heyls-Schlösschen. »Es ist eine liebgewonnene Gewohnheit geworden, sich dort zu treffen, über meine Predigt zu reflektieren und ein zweites Frühstück einzunehmen.«

»Wer trifft sich dort? Können Sie mir die Leute nennen?«

»Oh, mal sehen ob ich die zusammen bringe! Der Apotheker Müller von der Hagen Apotheke. Egon Emser, der Kurator vom Nibelungen-Museum mit Gattin. Die Rektorin vom Gymnasium, Frau Dr Hecht. Dr. Pfeiffer, Oberarzt von den Städtischen Klinken … meine Wenigkeit und natürlich Herr Kraft, unser Bürgermeister … ach ja, Staatsanwalt Dr. Petri war auch anwesend. Der Bürgermeister hat Siegfried van Heesen mitgebracht. Etwas später kam dann auch noch Siglinde Kraft, die mit dem van Heesen bald wieder verschwand. Ich erinnere mich, dass sich Kraft einige Minuten mit dem Sparkassenleiter, Herrn Huber, unterhielt … den habe ich vergessen zu erwähnen. Es musste ein vertrauliches Gespräch zwischen den beiden gewesen sein, da sie sich vom Tisch entfernt hatten und auf der Terrasse miteinander diskutierten. Fragen Sie mich nicht, worüber. Als ich mich gegen zwei von der Gruppe verabschiedete, um meinen Mittagsschlaf zu halten, sah ich Siglinde mit dem Holländer auf einer Bank sitzen …und als ich ihn dann wiedersah … war er schon tot. «

Sie gingen schweigend weiter, der Pfarrer sagte, er würde für den Toten beten. Bender meinte, das könne nicht schaden.

Dann erwähnte Pfarrer Gehmacher, dass er mit seinem Domkapitelar gesprochen habe und sie seien der Meinung, dass man einen festlichen Trauergottesdienst im Dom abhalten sollte. Er habe gehört, dass der Vater von dem Verstorbenen in Worms sei, da sei es doch ein christlicher Gedanke… das mit einem Gedenkgottesdienst! Er sah den Kommissar fragend an. Der sagte, das sei nicht seine Sache, das müsse er selber regeln. »Der Bürgermeister kann Ihnen da sicher weiter helfen. In seinem Haus hellt sich zurzeit der Vater und der Freund des Toten auf!«

Bender sagte, er müsse auch mit dem Küster reden und bestellte den, da der nicht anwesend war, auf das Kommissariat.

In der Mittagszeit ging er nach Hause. Das ganze Haus duftete nach frisch gekochter Marmelade und Frau Bolte erzählte freudenstrahlend, ihre Katze sei wieder da. Sie habe sich gestern große Sorgen gemacht, da sie unauffindbar war. Dabei sei sie mit ihrem Bruder in Leiselheim gewesen. Er habe sie vor einer Stunde zurückgebracht. Bender meinte, die Katze wäre doch oft mal unterwegs, das sei doch nichts Neues! Aber am Morgen habe sie dann immer auf der Hausbank gelegen, behauptete seine Vermieterin. Bender meinte, ihrer Katze ginge es besser als manch einem Kind. Sie sah ihm kopfschüttelnd nach, als er nach oben ging. In seinem Lieblingssessel hatte es sich wieder einmal Bella bequem gemacht, die aber sofort über den Balkon verschwand, als sie ihn kommen hörte. Trotzdem hatte er sie gesehen und schimpfte hinter ihr her, sagte, er könne die Balkontür nicht offen lassen, ohne dass die verflixte Katze hier bei ihm herumschnüffelte. »Ein für alle mal möchte er sich das verbieten!«, rief er nach unten.

Frau Bolte hörte es, sagte zu Bella: »Der beruhigt sich auch wieder!«

Als er am Nachmittag zurück in das Kommissariat kam, wurde er bereits von Küster Horchel erwartet. Frau Hausbach hatte ihm einen Kaffee geholt und plauderte mit ihm über die anstehenden Festspiele.

Kommissar Bender bat ihn in sein Büro und kam gleich zur Sache. Der Küster war ein wichtiger Zeuge, er hatte schließlich die Leiche entdeckt.

Ja, er sei sehr erschrocken gewesen und beinahe über den Sack gestolpert. Danach habe er sich Gedanken gemacht, ob er etwa vergessen habe, das Seitenportal abzuschließen. Natürlich habe er gleich an Einbrecher gedacht und sich umgesehen, ob etwas fehlte oder zerstört war. Gott lob, würde nichts im Dom fehlen, davon habe er sich inzwischen überzeugt. Als er den Blutfleck neben dem Sack gesehen habe, da habe er den Sack nur ein ganz wenig berührt und feststellen müssen, dass da ein Mensch lag. Sofort habe er dann die Polizei informiert und draußen vor dem Dom auf die Beamten gewartet. Ja, auch das Seitenportal habe er wieder abgeschlossen, damit keine Touristen den Dom betreten konnten. Nein, gekannt habe er den Toten nicht, ihn nur hin und wieder in der Stadt gesehen, im Schlepptau von Bürgermeister Kraft.

Bender lobte den Küster, er habe umsichtig gehandelt, und bat ihn, seine Fingerabdrücke zu hinterlassen.

Leopold Horchel reagierte erschrocken, man würde ihn doch hoffentlich nicht verdächtigen?

»Im Gegenteil, damit wir Sie ausschließen können!«

Später rief der Direktor vom Hotel Prinz Carl an und sagte der Porsche Carera sei vom Hotel-Parkplatz verschwunden. Ob die Polizei ihn eventuell sichergestellt habe? Bender verneinte die Frage und gab den Rat, dass die Firma von der Autovermietung das Auto als vermisst melden sollte. Er knurrte vor sich hin, er habe genug um die Ohren, dass er sich nicht noch um ein verschwundenes Auto kümmern könnte.

Inzwischen waren van Heesen, Vincent Klasen, Staatsanwalt Dr. Petri und Frau Geisler im Hause des Bürgermeisters. Der war dann auch, kurz nach Eintreffen der Gäste erschienen. Siglinde Kraft, in tiefschwarzer Trauerkleidung, saß fast teilnahmslos zusammengekauert in der Sofaecke und Siegfrieds Vater bemühte sich, sie möglichst unauffällig zu beobachten. Frau Kraft servierte Kaffee und Marmorkuchen und Günter Kraft führte das Gespräch fast ausschließlich. Er erzählte, wie er die beiden jungen Männer, Siegfried und Klasen, kennengelernt hatte. Gern war er natürlich behilflich gewesen, als er erfahren hatte, dass Siegfried van Heesen ein geeignetes Objekt für den Bau einer Brauerei suchen würde. Er habe die beiden jungen Herren überzeugt, dass Worms genau der richtige Ort sei für ihr Unterfangen. Er sah dabei immer wieder beifallheischend Vincent an, der dann immer mal dazu nickte und für den alten Herrn übersetzte.

Und dann erzählte er, dass er zuerst gar nicht bemerkt habe, dass seine Schwester und Siegfried sich näher gekommen waren. »Sag doch auch einmal was, Siglinde!«, forderte er seine Schwester auf. Die zuckte zusammen und verließ schluchzend den Raum. Sie sei untröstlich, entschuldigte Kraft ihren Abgang. Das Glück habe halt nur allzu kurz gewährt.

Van Heesen hatte die junge Frau die ganze Zeit angesehen, die seine Schwiegertochter hätte werden sollen. Siegfried hatte am Telefon von ihr geschwärmt und gesagt, dass er gleich gewusst habe, als sie sich begegnet waren, dass Siglinde die Frau fürs Leben sei. Etwas spöttisch hatte er seinen Sohn an so manche Liebelei erinnert und gefragt, was mit Anna sei, mit der er doch bis vor Kurzem zusammen gewohnt habe? Das sei vorbei, hatte Siegfried gesagt und er, sein Vater hatte das bedauert. Anna Kleve wäre eine sogenannte gute Partie gewesen. Die einzige Tochter von Heinrich Kleve, der drei Juweliergeschäfte in Utrecht und Umgebung hatte. Diese Wormser Bürgermeister-Familie war bestimmt auch wohlhabend, aber kein Vergleich mit der Juwelier-Erbin. Der Bürgermeister war für ihn ein geschwätziger Blender. Seine Frau wortkarg, unscheinbar und sicher einige Jahre älter. Sicher betrog er sie. Siglinde war eine Schönheit, wenn man von ihren verheulten Augen absah. Sie schien seinem Sohn in kurzer Zeit den Kopf verdreht zu haben.

»Vorbei!«, seufzte er, das deutsche Wort war ihm über die Lippen gerutscht. Er verstand und sprach die Sprache sehr gut, wollte das aber nur ungern zugeben. Man erfuhr mehr, wenn man so tat, als sei man der Sprache nicht ganz mächtig. Er sagte dann zu Vincent, er wolle jetzt alles über das Anwesen wissen, von dem sein Sohn in den letzten

Tagen gesprochen habe. So weit ihm bekannt sei, habe die Transaktion kurz vor dem Abschluss gestanden?

Vincent war es sichtlich peinlich, die Forderung von van Heesen zu übersetzen. Er wand sich wie ein Aal und sagte, es seien bis zu seiner Abreise einige Objekte in Frage gekommen, es sei ihm nicht bekannt, welches sich davon herauskristallisiert habe.

»Dann werden wir uns alle Objekte in den nächsten Tagen ansehen! Und Sie, Herr Bürgermeister, werden uns dabei unterstützen!«, wandte sich Frau Geisler an Herrn Kraft. Der merkte, dass es nichts nützte, Arbeit vorzuschieben. Die Frau konnte man nicht um den Finger wickeln, was ihm meistes, insbesondere bei Frauen, gelang.

Sie bat ihn, dass er seine Schwester zurückholen möge, sie möchte sich mit ihr unterhalten. Das sei unbedingt nötig.

Kraft verließ den Raum, kam nach einer Weile mit seiner Schwester zurück in das Wohnzimmer. Sie wolle allein mit ihr reden, sagte Frau Geisler und schlug vor, ein paar Schritte zu laufen. Im Garten sei es sicher schattig und angenehmer als im Zimmer. Siglinde nickte dankbar, öffnete die Terrassentür und die Kommissarin folgte ihr. Sie gingen einige Schritte und setzten sich dann auf eine Bank, die im Schatten von einem Birnbaum stand. Siglinde schnäuzte sich in ihr Taschentuch, das sie unentwegt in ihren Händen knetete.

Unaufgefordert erzählte sie dann, dass sie Siegfried Mitte Mai kennengelernt habe, als ihr Bruder die beiden jungen Männer zum Geburtstagsfest ihrer Schwägerin mitgebracht hatte. Siegfried habe sofort mit ihr geflirtet und sie sei gleich seinem Charme erlegen.

»Verstehen Sie, ich bin sonst sehr zurückhaltend jungen Männern gegenüber, aber Siegfried war so ganz anders. Lustig, charmant und er sah so gut aus … ich fühlte mich zu ihm hingezogen, wie noch zu keinem Mann zuvor. Ihm schien es genau so zu gehen. Schon am nächsten Tag haben wir uns verabredet. Ich zeigte ihm die Stadt, wir waren zusammen Eis essen und gingen später am Rhein spazieren. Am Denkmal von Hagen von Tronje machte er Witze über unser beider Vornamen, die so ähnlich waren. Er fragte, warum ich nicht Krimhild heißen würde, wie in der Sage, in die sich sein Namensvetter Siegfried verliebt hatte. Ich machte ihn darauf aufmerksam, dass der Held aus der Sage ermordet wurde, von eben diesem Hagen von Tronje. Siegfried hatte gelacht und gemeint, ihm würde schon nichts geschehen.« Siglinde schluckte und hielt sekundenlang inne. Erzählte dann weiter; »Als das Schiff wieder flott war, hat er uns zu einer kleinen Rhein-Partie eingeladen. Die meiste Zeit habe ich an dem Abend neben ihm am Steuer gestanden, das er mir sogar eine Zeitlang überließ. Die anderen waren am Oberdeck und testeten das van-Heesen-Bier. Siegfried erzählte mir von Utrecht und von seinem Leben. Er hat mir gestanden, dass er in der Vergangenheit viele Beziehungen gehabt habe, die schon nach kurzer Zeit in die Brüche gegangen waren. Wir küssten uns und er machte mir einen Heiratsantrag,… bei Mondschein auf dem Rhein. Können Sie sich vorstellen, wie romantisch das war? Diesen Ring hat er mir an den Finger gesteckt.« Sie zeigte den Ring mit dem Herz aus Diamanten. Dann erzählte sie weiter …

»Das Schiff tuckerte langsam in Ufernähe und von oben waren die fröhlichen Stimmen der anderen zu hören. Ich habe glückselig seinen Antrag angenommen und hatte keine Bedenken, dass wir uns erst so kurz kannten. Es war die sprichwörtliche Liebe auf den ersten Blick gewesen.« Wieder schluchzte sie.

Die Geisler nickte, was sollte sie auch dazu sagen? Sie überlegte, dass dem Mord vielleicht ein Eifersuchtsdrama voraus gegangen sein könnte? Es wäre doch möglich, dass eine von den Ex Freundinnen aus Utrecht nach Worms gekommen war und Ansprüche geltend gemacht hatte? Und als sich Siegfried weigerte, von Siglinde zu lassen, hatte die ihn aus Wut erschlagen? Oder Siglinde hatte doch einen heimlichen Verehrer gehabt, der zugeschlagen hatte, nachdem er bemerkte, dass ihm die Felle fortschwammen … Alles schon da gewesen!

Sie sah auf die zitternden Hände von Siglinde Kraft, die sich ganz ihren Erinnerungen hingab. Man dürfe nichts ausschließen, nahm sich die Geisler vor, aber die Frau konnte sie beim besten Willen nicht zu den Verdächtigen zählen. Sie musste ihn wirklich geliebt haben.

Geisler versuchte, den Faden wieder aufzunehmen. »Sie haben doch sicher auch über sein Vorhaben hier in Worms gesprochen?«

Siglinde schreckte auf. »Ja, hin und wieder«, gab sie zögernd zu, aber da wären sie nicht einer Meinung gewesen. Geisler horchte auf. »Warum? Was hat Ihnen nicht gefallen?«

»Ich weiß nicht, ob Worms gerade der richtige Ort gewesen ist, für eine Brauerei, umgeben von Weinbergen?« Sie erzählte, dass Siegfried sich nicht davon abringen hatte lassen, sich hier nach geeigneten Objekten umzusehen. Immer wieder wäre er mit seinem Freund und ihrem Bruder unterwegs gewesen, um sich mehr oder weniger geeignete Anwesen anzusehen, die zum Verkauf standen.

»War da auch das Gut Falkenfels darunter?«

»Ich glaube, ja, obwohl ich fest davon überzeugt bin, dass die Gräfin nicht verkaufen wollte. Man erzählte sich, dass sie vor Jahren ein lukratives Angebot abgelehnt habe, dass Japaner gemacht hatten. Mein Bruder war damals sehr wütend gewesen. Er hatte die Sache eingefädelt und gesagt, die hochmütige Gräfin sei nicht in der Lage, ein so großzügiges Angebot abzulehnen.«

»Kennen Sie die Gräfin näher? Worms ist doch überschaubar. Sicher haben Sie hin und wieder gesellschaftliche Kontakte?«

Siglinde schüttelte den Kopf, sie war sichtlich nervös. »Nein, schon lange nicht mehr, seit mein Bruder sich für Henny entschieden hat.«

»Heißt das, dass ihr Bruder und die Gräfin mal ein Paar waren?«

»Sie waren so gut wie verlobt. Es war vor der Zeit, als Günter sich um das Amt des Bürgermeisters beworben hatte. Sie waren Kommilitonen gewesen. Constanze hatte was dagegen, dass er in die Politik ging. Aber er hat sich noch nie etwas ausreden lassen. Hennys Vater war damals in der Stadt sehr angesehen und hatte politischen Einfluss. Er hat meinen Bruder bei der Wahl unterstützt und Henny hat sich bei der Wahlpropaganda eingebracht. Da sind sich die beiden nähergekommen. Günter hat schon immer gewusst, wo seine Vorteile liegen. Schon damals wusste man, dass das Rittergut stark verschuldet gewesen war. Henny dagegen war eine reiche Erbin.«

»Wie lange ist das her?«

»Mehr als zehn Jahre! … Günter wurde inzwischen in seinem Amt als Bürgermeister bestätigt«

Siglinde stand auf, strich ihr Haar nach hinten, ihr blonder Knoten hatte sich gelöst und ihr Haar fiel ihr locker über die Schultern. Sie wären ein schönes Paar gewesen, diese Siglinde Kraft und Siegfried, der aus den Niederlanden gekommen war, dachte die Geisler. Sie hatte noch das Bild des Toten vor Augen.

Während sie langsam zurückschlenderten, erkundigte sie sich, was Siglinde beruflich machte.

Sie habe Lehramt studiert und unterrichte Deutsch, Geschichte und Religion an der Grundschule in Horchheim. Zurzeit seien Ferien und das sei gut so. Sie wäre zu diesem Zeitpunkt auch nicht in der Lage zu unterrichten.

»Wann haben Sie Siegfried das letzte Mal gesehen?« Siglinde Kraft brauchte nicht nachzudenken. »Am Sonntag, an dem Tag, wo er ermordet wurde. Nach dem Gottesdienst hat er vor dem Dom auf mich gewartet. Siegfried ist ... war Protestant. Wir sind dann zusammen zum Heyls-Schlösschen gegangen, auf die Terrasse, wo man sich nach der Messe trifft.«

Auf die Frage von Frau Geisler zählte sie die Leute auf, die der Domdekan auch genannt und Bender notiert hatte. Sie seien aber nur kurz dort geblieben.

»Wir wollten noch etwas allein sein. Wir hatten uns eine Woche lang nicht gesehen!«

Siglinde erzählte, dass sie mit einer befreundeten Kollegin eine Woche zum Wandern in Südtirol waren. Das sei schon lange geplant gewesen und sie habe die Freundin nicht hängen lassen wollen. Siegfried hatte sie am Vorabend am Bahnhof abgeholt. Sie seien sich in die Arme gefallen, als seien sie wochenlang getrennt gewesen. Sie habe dann mit ihm die Nacht auf dem Boot verbracht. Frau Geisler sah, dass Siglinde errötete, bei diesem Geständnis.

Da hatte er dann davon gesprochen, dass er in den nächsten Tagen das Boot zurückbringen wollte. Er wollte sich mit seinem Vater besprechen und dann wiederkommen. »Ob er sich für ein Projekt entschieden hatte, das kann ich Ihnen nicht sagen.«

Sie erzählte, dass Siegfried sie habe überreden wollen, mit ihm zu fahren. Aber das wollte sie noch nicht. Sie habe ihm gesagt, sie brauche noch etwas Zeit. Aber Siegfried habe versprochen, ganz schnell zurück zu kommen.

Siglinde schnäuzte sich wieder, ihre Stimme versagte, sie fasste die Beamtin fest am Arm und fragte: »Warum dauerte unser Glück nur so kurz? Warum bin ich an dem Abend nicht bei ihm geblieben? Statt mit meinem Bruder zu der Jubiläumsfeier zu fahren. Dann würde er noch leben … oder man hätte uns beide umgebracht!

»Wie kommen Sie auf diese Idee?«

Siglinde zuckte mit der Schulter. »Ich weiß es ja auch nicht!«

»Wo waren Sie an diesem Abend?«

»Siegfried hat mich gegen siebzehn Uhr nach Hause gebracht. Wir hatten eine Einladung, Günter, Henny und ich. Der Rektor von meiner Schule hat sein vierzigstes Dienstjubiläum gefeiert und dazu waren wir eingeladen. Siegfried wollte das Schiff klar machen, das Auto zurückgeben und noch so allerlei erledigen, bevor er am nächsten Morgen ablegen wollte. Ich kann Ihnen nicht sagen, wo er an dem Abend noch war. Als ich ihn gegen Mitternacht im Hotel anrufen wollte, um ihm gute Nacht zu sagen, ging er nicht mehr an sein Handy.«

Frau Geisler sagte, dass er um diese Zeit schon nicht mehr lebte. Siglinde konnte man kaum verstehen, so sehr schluchzte sie. Immer wieder stammelte sie: »Wer hat ihn umgebracht, wer hat ihm das angetan? Er war so liebenswert, … alle haben ihn gemocht!«

»Offensichtlich nicht alle!«, meinte die Geisler.

Günter Kraft begleitete die holländischen Gäste zu einem renommierten Bestattungsunternehmen, wo Peer van Heesen den Sarg aussuchte, in dem sein Sohn in seine Heimat überführt werden sollte. Den Gedenkgottesdienst, den der Bürgermeister im Auftrag vom Domdekan angeboten hatte, lehnte er höflich ab.

Siglinde Kraft quälte sich tagelang mit der Frage, ob sie nach Holland fliegen sollte, um an der Beerdigung teilzunehmen. Peer van Heesen hatte sie nicht dazu aufgefordert.

Als sie sich am Nachmittag im Kommissariat wieder besprachen, erinnerte die Geisler den Kommissar, dass die Holländer am nächsten Tag abreisen wollten. »Und dann sind sie erst einmal für uns außer Reichweite.« Sie schlug vor, dass sie unbedingt »dem Klasen« noch einmal auf den Zahn fühlen sollten. Die Geisler war sich sicher, dass es Unstimmigkeiten gegeben habe zwischen den Freunden und den Grund sollten sie versuchen herauszufinden!

Bender zog schon einmal seine Krawatte zu Recht und schnappte sich sein Leinen-Jacket. »Sie sehen, ich bin bereit! Und Sie haben recht, er hat sich bis jetzt sehr geschickt, unserer Befragung entzogen. Es war alles sehr allgemein, was er von sich gegeben hat. Er hat Siegfried van Heesen wahrscheinlich besser gekannt als sein Vater.«

»Und die Freunde waren hier wochenlang zusammen gewesen, bis es zu einem Streit gekommen ist!«, fügte Frau

Geisler hinzu und meinte, im Hotel Prinz Carl gebe es sicher auch etwas zu essen.

Er nickte. »Wenn die Befragung was bringt, lade ich Sie ein!«

Die Herren seien auf ihren Zimmern, teilte man ihnen im Hotel mit. Bender fragte nach einem Konferenzraum, in dem man Klasen befragen konnte. Vincent Klasen war sichtlich nervös, als Bender ihn telefonisch dorthin beorderte. Es nützte nichts, dass er vorgab er sei am Packen, denn morgen, in aller Frühe, wollten sie abreisen.

»Wir müssen Sie noch einmal kurz befragen!«, eröffnete Bender das Gespräch. Er sei schließlich mit dem Toten hier in Worms die meiste Zeit zusammen gewesen. Die Geisler rückte ihren Laptop zurecht, um seine Angaben gleich mitzuschreiben, da ein Mikrofon hier nicht zur Verfügung stand.

»Und das macht mich etwa verdächtig? Wie ich bereits ausgesagt habe, bin ich am 8. Juli abgereist, und da hat Siegfried noch einige Tage gelebt und mein Alibi in Utrecht wurde von Herrn von Heesen bestätigt. Ich war dort jeden Tag in der Firma präsent!«

»Uns geht es mehr um die gemeinsame Zeit hier in Worms und wie und warum es zu einer Auseinandersetzung mit Ihrem Freund gekommen ist. Bitte erzählen Sie von Anfang an.«

Vincent Klasen stönte, das alles habe man doch schon mehrmals gehört. Aber die beiden bestanden darauf, es von ihm noch einmal zu hören.

Am 2. Mai seien sie hier in Worms gestrandet, der Schiffsmotor habe ausgesetzt und sie wären von einem Lotsen in den Hafen geschleppt worden.

»Da die Reparatur einige Zeit in Anspruch nehmen würde, wie man uns gleich gesagt hatte, hatten wir hier im Hotel eingecheckt. Siegfried hatte für uns ein Apartment gemietet, zwei Einzelzimmer mit einem Wohnraum dazwischen. «

Ihn habe die Stadt kulturell interessiert, Siegfried dagegen hatte von Anfang an die Idee gehabt, hier in Worms eine Filiale der van-Heesen-Brauerei aufzubauen. Am besten auf einem Grundstück, wo man alte vorhandene Gebäude mit neuen integrieren konnte. »Wir haben uns an den Bürgermeister gewandt und der versprach, uns zu helfen. Ist doch verständlich, dass ein Bürgermeister zusätzliche Steuereinnahmen und Arbeitsplätze im Hinterkopf hat. Wir haben uns ein paar Objekte angesehen, aber die Weinbau-Liga hat stets zu verhindern gewusst, dass eine weitere Brauerei in ihren Gefilden entstehen sollte. Ich war mir von Anfang an bewusst, dass die Stadt Worms nicht der richtige Ort für unser geplantes Vorhaben sei. Aber Siegfried war von der Idee wie besessen. Zumal er sich dann auch noch in die Schwester von Günter Kraft verliebt hatte. Ein weiterer Grund für ihn zu bleiben.«

Er habe ihm zum wiederholten Male davon abgeraten hier in Worms zu investieren. Täglich habe er mit Herrn van Heesen in Utrecht telefoniert, darum habe Siegfrieds Vater ihn gebeten. Er kannte seinen Sohn, der manches Mal zu schnell und unüberlegt handelte. Siegfried hatte schließlich ein Telefonat mitbekommen und habe sich übergangen gefühlt. Darüber sei es zum Streit gekommen und da sei eins zum anderen auf den Tisch gekommen. Siegfried habe ihn buchstäblich hinausgeworfen, gesagt, er käme hier allein zurecht. Danach sei er abgereist … und das wars dann! Klasen stand auf und fragte, ob er jetzt gehen könnte?

»Nein!« sagte die Geisler, forderte ihn auf, sich wieder zu setzen. Sagte, sie wollten noch etwas über Siglinde Kraft hören. Sie hätten in Erfahrung gebracht, dass er auch an ihr interessiert gewesen sei.

Vicent wurde rot, verunsichert, fragte er, wer das behauptet habe?

»Die Fragen stellen wir!«, sagte Bender kurz angebunden. »Wenn es um Mord geht, kann man keine Rücksicht auf persönliche Befindlichkeit nehmen.«

Vincent wischte sich die Schweißperlen von der Stirn und setzte sich wieder, sagte, Siglinde sei bei der Geburtstags Party von Frau Kraft seine Tischnachbarin gewesen. Er habe sich blendend mit ihr unterhalten und das habe Siegfried sichtlich nicht gepasst. Er habe sie dann zum Tanzen aufgefordert.

»Verstehen Sie, er hat sie von mir weggeholt und nicht mehr an den Tisch zurückgebracht. Ich war verärgert, er macht das immer so, wenn sich ein anderer Mann in seiner Gegenwart für eine Frau interessiert. Da lässt er seinen Charme spielen, bis die Frauen nur noch ihn sehen. Klar doch, den gut aussehenden, reichen Brauerei-Erben! Ich habe mal zu ihm gesagt, er würde für seine Leichtfertigkeit eines Tages bezahlen.« Es klang ziemlich wütend!

»Und darüber sind Sie in Streit geraten?«

»Ja und nein … ich habe mich schon bald damit abfinden müssen, dass sich Siglinde für Siegfried entschieden hatte. Schon nach kurzer Zeit haben sie sich verlobt.«

Kaum war sie eine Woche weg, hatte Siegfried mit einer anderen angebändelt. Morgens kam er heimgeschlichen wie ein streunender Kater. Er glaubte, unauffällig in das Hotel zu kommen. Aber ich habe ihn vom Fenster aus gesehen und ihn zur Rede gestellt. Da sei Siegfried völlig ausgeflippt und habe ihn förmlich rausgeworfen. »Er hat gesagt, er brauche meine Hilfe nicht mehr und schon gar nicht meine Moralpredigten. Und da habe ich meine Sachen gepackt und bin abgereist.«

Vincent sah auf seine Uhr und drängte, jetzt habe er wirklich keine Zeit mehr. Herr van Heesen sei bestimmt schon beunruhigt. Die Taxe nach Frankfurt war bestellt. Sie würden im Hayet übernachten. Der Flieger nach Amsterdam ginge schon um sechs Uhr, am nächsten Morgen. Zu Hause gebe es unendlich viel zu regeln.

Vincent war schon auf dem Weg zur Tür, da hielt ihn Frau Geisler zurück.

»Moment noch, Sie müssen uns sagen, mit wem er die Nacht zugebracht hat. Wie Sie das bezeichnet haben. Sicher haben Sie eine Vermutung?«

Beide Kommissare warteten gespannt auf die Antwort. Klasen wand sich wie ein Aal, es sei nur eine Vermutung und er wisse darüber nichts Genaues. Es sei ihm nur so rausgerutscht, sie sollten aus der Sache keine große Affäre machen. Vielleicht habe er die Nacht nur durchgezecht. Siegfried habe in der Zeit, bevor er abgereist sei, nur noch mit dem Bürgermeister gekungelt und ihn nicht mehr informiert! Wie gesagt, es sei mehr eine Vermutung und deshalb würde er jetzt nichts mehr dazu sagen.

»War er auf Falkenfels?«, fragten die beiden fast wie aus einem Munde, auf gut Glück. Klasen verzog keine Mine, zuckte mit der Schulter und blieb dabei, dass er nichts mehr zu sagen habe.

»Aber Sie waren doch mal dort … auf der Burg Falkenfels … oder?«

»Ja, mal ganz kurz, aber die Gräfin war sehr unnahbar und machte uns unverständlich klar, dass sie nicht zu verkaufen gedenke und nicht duldete, dass auf ihrem Grundstück baulich etwas verändert werde.« Klasen sagte, jetzt müsse er wirklich gehen und sie hätten keine Handhabe, ihn weiter fest zu halten.

Kapitel 8

Am nächsten Morgen saß die ganze Mannschaft, die mit dem Fall »Siegfried« zu tun hatte, im Kommissariat am Besprechungstisch, um die aktuellen Ergebnisse auszuwerten.

»Fassen wir es mal zu zusammen, hier ist der Bericht der Spusi. Sie haben den Dom und das Umfeld nach Spuren abgesucht. Im Dom Tausende Fingerabdrücke, die wir unmöglich alle auswerten können. Die Türklinke von der Nebenpforte war abgewischt worden, oder die, die den Toten dahin brachten, trugen Handschuhe. Also nichts Verwertbares! Auch kein Gegenstand wurde im Umfeld gefunden, mit dem van Heesen hätte erschlagen werden können. Nach dem Obduktionsbericht hat ein einziger Schlag auf seinen Hinterkopf gereicht, Siegfried van Heesen zu töten.«

Bender griff nach dem Bericht der KTU und den Plastiktüten, die vor ihm auf dem Tisch lagen. »Also sehen wir mal, was die Kollegen ausgewertet haben. Wir haben einen Strohhalm, den man in den Haaren von Siegfried gefunden hat … unbekannter Herkunft, ebenso der Sand, den sie von seinen Schuhsohlen abgekratzt haben. Die drei trockenen Grashalme sowie das Steinchen in einer Socke? Ach ja… noch ein paar Tierhaare unbekannter Herkunft wurden an seiner Kopfwunde und an seiner Jeans sichergestellt. Die hat die KTU noch nicht beiordnen können. Das ist alles, mehr haben wir nicht … ach ja, die Säcke, in die man den Toten gepackt hat, es waren Kartoffelsäcke … darin waren mal Kartoffeln von der Sorte *Siglinde … festkochend.*«

Das Team erlaubte sich ein verhaltenes Lachen. Gerade da kam Staatsanwalt Dr. Petri zur Tür herein und fragte mit säuerlicher Miene, ob man Grund habe zur Fröhlichkeit?«

Alle schwiegen und sahen betroffen auf ihre Hände oder in ihren Notebooks. Nur Bender wagte, die Frage zu beantworten. Nein, man habe ganz sicher keinen Grund zur allgemeinen Erheiterung, aber hin und wieder sei bei der meist traurigen Arbeit doch ein Lachen mal erlaubt? Sonst würde man es noch gänzlich verlernen! Bender klappte resignierend seinen Laptop zu.

Frau Hausbach machte sich immer mal gern wichtig, besonders wenn der Staatsanwalt anwesend war. Sie meldete sich zu Wort und meinte, es könnte doch eine Eifersuchtstat gewesen sein? So gut, wie der Mann ausgesehen habe, als er noch lebte. Sie nahm das Foto von dem Toten in die Hand und betrachtete es ausgiebig.

»Das sollten Sie uns schon erläutern?«, verlangte Frau Geisler und alle horchten mehr oder weniger interessiert auf.

Nun etwas verunsichert, versuchte sie zu erläutern was sie gemeint hatte. Sagte, dass dieser van Heesen bestimmt kein Kind von Traurigkeit gewesen sei. Sicher habe er eine feste Freundin in Utrecht gehabt, die sich so ihre Gedanken gemacht habe, warum Siegfried es in Worms so lange ausgehalten hatte. Vielleicht hatte der Klasen sie von der Verlobung unterrichtet. Da war sie hergekommen und hatte ihn zur Rede gestellt. Als sie merkte, dass das mit Siglinde eine ernste Sache war und er sogar schon von Hochzeit gesprochen hatte, war sie wütend geworden und hatte ihn im Zorn erschlagen! Könnte doch sein?

»Interessante Theorie!«, meinte Bender. »Nur hat keiner die Unbekannte in Worms zu Gesicht bekommen oder mal erwähnt!«

Die Geisler verzog keine Mine, dachte bei sich, Frauen ticken halt anders … eine ähnliche Überlegung war ihr auch schon mal durch den Kopf gegangen.

Frau Hausbach lehnte sich mit hochrotem Kopf zurück und sagte, es sei ja nur so eine Idee gewesen. Max Moser, der Neuzugang aus Rosenheim, meldete sich zu Wort und berichtete von einem ähnlichen Fall, der sich in Miesbach zugetragen habe. »Da wärs a die Ex gewesen, jo, mei, die Weiber sein halt unberechenbar, wenn's um verschmähte Liebe geht!«

Sein Onkel, Dr. Petri, warf ihm einen vernichtenden Blick zu.

»Verschmähte Liebe? Nun ja …« Das dürfe man nicht außer Acht lassen, bestätigte Bender. Er wollte seine beste Computerkraft nicht allein im Regen stehen lassen. »Es könnte ja auch sein, dass Siglinde doch noch einen ernsthaften Verehrer hatte, der sich nicht die Butter vom Brot hatte nehmen lassen? Das ist auch nur eine weitere Theorie! Und da muss man nachhaken.«

»Mager, äußerst mager!«, zischte der Staatsanwalt und verlangte von Bender eine kurze Zusammenfassung von dem, was man reell hatte. Als der geendet hatte, sagte Dr. Petri, das sei alles nichts Handfestes! Er fragte, was man wegen des verschwundenen Porsches unternommen hätte und was als nächstes geplant sei.

»Das verschwundene Auto ist nicht unser Bier, das haben wir an die Diebstahlstelle weitergegeben. Sicher ist der Porsche bereits in einem osteuropäischen Land unterwegs. Und wir, Frau Geisler und ich, werden uns heute noch auf der Burg Falkenfels umsehen. Das Anwesen wurde mehrmals erwähnt. Der junge van Heesen schien sich sehr dafür zu interessieren.«

»Ich weiß nicht, ob ich das für eine gute Idee halten soll«, meinte der Staatsanwalt, »und wenn, dann sollte man sehr sensibel mit der Gräfin umgehen. Sie mit den sprichwörtlichen Glacehandschuhen anfassen!«

Mit dieser Warnung verließ Dr. Petri den Raum.

»Was soll das denn?«, wunderte sich Frau Geisler. »Die Gräfin wird in meinen Augen immer interessanter!«

Das Navi leitete sie durch die Innenstadt in Richtung Rhein. Auf der verkehrsreichen Ludwigstraße ging es zügig voran, am Stadtpark vorbei. Als sie am Tiergarten waren, mahnte das Navi: »Bitte wenden!«

»Mist!« schimpfte Frau Geisler, holte eine Straßenkarte aus dem Handschuhfach um sich zu informieren. »Dort drüben sehe ich einen Turm! Er versteckt sich hinter den Bäumen! Aber wie kommen wir dahin? Am Salzstein hätten wir abbiegen müssen, dahinter muss sich das Anwesen verstecken.« Sie fuhren ein Stück weit am Hammelsdamm und sahen dann eine halb verfallene halbhohe Mauer, die mehrere Gebäude einzäunte. Alle waren sie aus den in der Pfalz üblichen massiven hellen Bruchsteinen gebaut. Das große Torhaus war geöffnet, ein unübersehbares Schild wies auf ein Privatgrundstück hin. Bender lenkte den Wagen durch das Tor und parkte vor der Außentreppe vom Hauptgebäude. Das Gebäude war offensichtlich sehr alt, aber noch besser in Schuss als die anderen Neben-Gebäude. Die Wände waren aus naturgrauen Steinquadern. Die helle Sandsteintreppe von unzähligen Füßen in den letzten Jahrhunderten ausgetreten und abgenutzt. Seitlich neben dem Hauptgebäude waren die Ställe, der Turm den sie nur kurz gesehen hatten, versteckte sich hinter den Kastanienbäumen.

Als sie ausstiegen, kam ein finster blickender Mann aus einem der Ställe. Fragte, ob sie das Schild am Tor nicht gelesen hätten? Das hier sei Privatgelände!

»Kripo Worms!«, stellte sich Bender vor und verlangte, die Gräfin zu sprechen. Die sei ausgeritten, sagte der Mann kurz angebunden und wollte wieder im Stall verschwinden.

Wann die Gräfin zurück sei?

»Gegen dreizehn Uhr!«, war die kurze Antwort. Die beiden überlegten und entschieden sich, im nahen Stadtpark Ausschau zu halten nach einer Gastwirtschaft, wo man eine Kleinigkeit essen konnte. Sie sahen sich noch etwas auf dem verwahrlosten Grundstück um. Gingen auf die Baumgruppe zu und entdeckten einen Turm. Der war etwa 20 Meter hoch und noch gut erhalten. Die Geisler schimpfte über das bucklige Kopfsteinpflaster, in dessen Ritzen die Absätze von ihren Sandaletten stecken blieben.

»Nicht gerade für eine Schlossbesichtigung geeignet!«, grinste Bender und stützte sie, als sie auf einem Bein pendelte, um den Absatz aus einer Ritze zu ziehen.

Pünktlich um dreizehn Uhr waren sie zurück auf Falkenfels und kamen gerade dazu, als Constanze von Falkenfels in den Hof geritten kam. Sie saß ab, strich dem dunkelbraunen Hengst liebevoll über die Mähne und übergab die Zügel dem Mann, der sie vor dem Stall erwartet hatte.

Die Gräfin war groß und sehr schlank, sicher war sie über einen Meter achtzig, wirkte durchtrainiert. Ein schmales Gesicht mit wachsamen grünen Augen. Das kastanienfarbene Haar hatte sie zu einem Pferdeschwanz straff zurückgebunden. Sie trug Reitkleidung und abgenutzte Reitstiefel. Ohne von den beiden Notiz zu nehmen, stieg sie die Steinstufen hinauf, drehte sich dann vor der mit Wappen versehenen Bronzetür um und fragte von oben herab: »Sie wollen mich sprechen?«

Bender ließ sich von ihrem arroganten Gehabe nicht einschüchtern. Er stieg ebenfalls lässig die Stufen hinauf, auf Augenhöhe stellte er sich und seine Kollegin vor. Sie zeigten ihre Ausweise, auf die die Gräfin nur einen kurzen Blick warf. Sie habe wenig Zeit, sagte sie und versperrte mit ihrer Gestalt den Eingang. Ob sie kurz hereinkommen dürften, verlangte Bender hartnäckig, sodass die Gräfin äußerst widerwillig den Eingang freigab. Geblendet von der Helligkeit draußen, erschien die dunkle Halle, in die man kam, düster. Draußen in der Mittagszeit war es heiß gewesen. Sie hatten sich im Stadtpark, wo sie gegessen hatten, einen angenehmen Schattenplatz gesucht. Hier drinnen, in der geräumigen Halle, fröstelten die Eintretenden. Die hohe Decke war mit rauchgeschwärzten Balken gestützt. An den Fenstern hingen dunkelbraune Samtportieren, die nur wenig Licht in den Raum ließen. Und die Möblierung war äußerst spärlich. Außer einem langen rustikalen Holztisch, der in der Mitte stand, umgeben von unbequem steifen Stühlen, in deren abgenutzten Lehnen das Falkenstein-Wappen noch zu ahnen war, war der Raum leer. An den Wänden dunkelrote Tapeten mit hellen quadratischen freien Flächen, da, wo mal Bilder gehangen hatten. Dominierend war der massiv gemauerte Kamin, der die ganze Längswand einnahm, in dem abgebrannte Holzscheite gestapelt waren. Auf dem Sims standen Figuren aus massivem Silber und einige gerahmten Familienfotos. Die

Gräfin lehnte sich an den Kamin und sah mit spöttischem Blick auf die Besucher.

»Lassen Sie sich Zeit! Wenn sie alles gesehen haben, sollten Sie mich vielleicht informieren, warum Sie hier sind. Wie gesagt, ich habe wenig Zeit. Um Zwei Uhr habe ich die nächste Reitstunde!« Ihr Tonfall klang barsch und arrogant.

»Sie haben bestimmt von dem Toten im Dom gehört, wir nehmen an, sie kannten Siegfried van Heesen?«, eröffnete Bender die Befragung.

»Sollte ich das?«, fragte sie zurück.

»Sie müssen ihn gekannt haben, da sie mit ihm in Verhandlung standen. Soviel wir gehört haben, wollte er ihr Anwesen kaufen.«

»Wer behauptet das?« Ihr Gesicht war vor Erregung rot angelaufen. »Ich weiß nicht, wer Sie informiert hat, aber ich sage Ihnen, dass ich keine Sekunde daran gedacht habe, das Erbe meiner Vorfahren zu verkaufen … Niemals!«

Sie stampfte dabei mit ihren Reitstiefeln auf den Boden und Benders Blick fiel auf den hellen großen Fleck vor dem Kamin, da, wo sie stand. Sicher hatte da mal ein kostbarer Teppich gelegen, ging ihm durch den Kopf. Den hatte sie wohl auch, wie die Bilder, die an den Wänden fehlten, verkaufen müssen.

»Also reden wir über Siegfried van Heesen, was können Sie uns zu seiner Person sagen?«, kam die Geisler auf das Thema zurück, wegen dem sie hier waren.

Die Gräfin zuckte mit der Schulter, sie habe ihn kaum gekannt. Erwähnte, dass Günter Kraft ihn hier her gebracht habe, um sie zum Verkauf ihres Anwesen zu überreden. »Eine Brauerei!«, sagte sie verächtlich, »hier auf meiner Burg! Absurd! Niemals würde ich das zulassen!«

»Wann haben Sie Siegfried van Heesen kennengelernt?«, fragte Bender. Ob das ein Verhör sei?, war ihre Gegenfrage.

»Nein, nur eine allgemeine Befragung!« entgegnete er. Sie überlegte kurz, sagte dann, wie sie schon gesagt habe, der Bürgermeister habe die beiden Holländer hierher gebracht, das müsse Mitte Juni gewesen sein.

»Und Sie haben sein Ansinnen sofort abgelehnt und van Heesen nie wiedergesehen?« Bender behielt sie im Auge. Wieder überlegte sie, bemühte sich gleichgültig zu antworten, ja, er sei noch zwei, drei ... mal hier gewesen, um sie umzustimmen, aber vergebens! Sie sah auf ihre Armbanduhr und sagte, gleich käme eine Reitschülerin und sie habe jetzt wirklich keine Zeit mehr.

»Noch eine Frage, Gräfin, wann haben Sie Siegfried van Heesen das letzte Mal gesehen?«

Wieder zögerte sie kurz, sagte dann, am Sonntagnachmittag sei er noch einmal hier gewesen, so gegen achtzehn Uhr, nur ganz kurz, um von ihr die endgültige Absage zu bekommen! … »Wärs das jetzt?«

An der Tür vernahm man ein Räuspern. Lautlos wie eine Katze war der Pferdeknecht dazugekommen und hatte an die Tür lehnend das Gespräch mitgehört.

»Hubert kann das bestätigen!«, sagte sie im Befehlston und zeigte auf ihn.

»Klar, Frau Gräfin! Das und noch mehr kann ich beschwören. Der van Heesen kam um achtzehn Uhr und ging bald wieder … höchstens eine halbe Stunde hat er sich hier aufgehalten!« Dabei grinste er die Kommissare unverschämt an. Draußen war unterdessen ein schicker Sportwagen vorgefahren. Ein kleines Mädchen in Reitkleidung stieg aus. Wurde von dem Mann, den die Gräfin Hubert genannt hatte, in Empfang genommen. Sie hörten, wie er zu dem Kind sagte, er habe die »Berta« bereits gesattelt, und vertröstete die Kleine, dass die Gräfin gleich käme.

Unterwegs unterhielten sich die Kommissare über das sichtlich heruntergekommene Anwesen. Und über die hochnäsige Gräfin, die sich nicht von ihrem Erbe trennen wollte. Obwohl es an allem mangelte, wie man gesehen habe. Der herumlungernde Pferdeknecht, der sicher mehr wusste, als er bereit war zu sagen, und der Tote, der nichts mehr sagen konnte.

»Na, die hätte doch froh sein können, dass sich einer für ihr Anwesen interessiert hat« meinte Bender und fügte hinzu, dass man das Gut und die beiden, die da wohnten, im Auge behalten musste. Aber die Schlüsselfigur sei nach wie vor der Bürgermeister, mit seiner Salamitechnik. Der ihnen immer nur soviel sagte, wie sie selbst herausgefunden hatten.

»Auf jeden Fall soll Frau Hausbach im Internet recherchieren und versuchen alles zu erfahren, was es über die Burg Falkenfels zu erfahren gibt.«

Allzu viel war es nicht. Das Anwesen, war seit dem sechszehnten Jahrhundert im Besitz der Grafen von Falkenfels, die damals den vorbeifahrenden Schiffen Maut abverlangten, was den Reichtum der Grafen begründete. Damals waren noch mehrere Hektar Land im Besitz derer von Falkenfels. Die letzten beiden Grafen hatten das Gut mehr oder weniger heruntergewirtschaftet und immer wieder Land verkauft. Constanzes Vater war als Spieler und Weiberheld in Worms und Umgebung bekannt gewesen. Er hinterließ seiner Tochter, als einziger Erbin, das hoch verschuldete Anwesen, das sie nun versuchte, mit allen Mitteln zu erhalten.

»Wir müssen mal die Finanzsituation überprüfen«, schlug die Geisler vor. Bender nickte und blätterte mal wieder in seinem Notizkalender. »Herr Kraft hat mir noch drei andere Objekte genannt, für die sich van Heesen interessiert hatte. Die müssen wir uns auch ansehen. Ich verstehe das nicht, Siegfried hatte doch kurz, bevor er ums Leben kam, mit seinem Vater gesprochen und ihm signalisiert, dass er das richtige Objekt gefunden habe und die Transaktion kurz bevorstehen würde. Und nun tun alle so, als habe keiner was davon gewusst. Zumindest muss der Bürgermeister davon Kenntnis haben. Warum lässt er uns im Unklaren darüber?«

»Welche Objekte hat er denn noch genannt?«, wollte Frau Geisler wissen. Bender blätterte wieder. »Da gibt es einen aufgegebenen Bahnhof zwischen Worms und Peddersheim. Ein Weingut in Horchheim, am Krummgarten gelegen, und einen Gasthof Römer Blick in Herrnsheim.«

»Dazu müssen wir ihn fragen!« Die Geisler hatte wieder den bestimmenden Blick und Bender wusste, was zu tun war.

»Das machen wir umgehend, bevor er ins Wochenende verschwindet!« Bender suchte im Schirmständer nach einem Exemplar, die immer mal von Passanten vergessen wurden. Frau Geisler zog ihre Barbour-Jacke an, seit gestern regnete es ununterbrochen.

Die Sekretärin vom Bürgermeister, versuchte das Allerheiligste, sein Büro, zu verteidigen. Ohne Termin ginge garnichts! Geisler schob sie zur Seite, klopfte kurz an und die beiden betraten Krafts Büro. Wenn der überrascht war, zeigte er es nicht, obwohl er bereits mit einem Fuß im Wochenende war. Er deutete auf die Sitzecke, wo sie Platz nehmen sollten, während er seine Mappe packte. Schimpfte dann, dass die von der Abfallwirtschaft nicht begreifen konnten, dass Extraeinsätze während der Festspiele nötig seien! Dann deutete er zum Fenster. »Schauen sie sich das Wetter an, in wenigen Tagen ist die Premiere, eine Katastrophe, wenn es weiter regnen sollte. Leider hat man aufs Wetter auch als Bürgermeister keinen Einfluss!« Er setzte sich zu ihnen und fragte, ob sie etwa einen Verdächtigen hätten.

»Leider noch nicht. Wir sind zu der Erkenntnis gelangt, dass bei Ihnen, Herr Bürgermeister, alle Fäden zusammenlaufen«, eröffnete Bender das Gespräch.

»Sie verdächtigen doch nicht etwa mich?« Kraft lachte etwas gequält.

»Wir brauchen mehr Information zu den Objekten, für die sich van Heesen interessiert hatte«, brachte es Frau Geisler auf den Punkt. Kraft tat so, als würde er nachdenken. Berichtete dann, dass er zuerst an den stillgelegten Bahnhof gedacht habe. Die Bahn wollte ihn seit Jahren verkaufen. Siegfried und sein Freund seien mit einem Mitarbeiter vom Rathaus dort gewesen, am Peddersheimer Weg. Van Heesen habe zwar das Gebäude gefallen, aber das Grundstück war für sein Vorhaben nicht groß genug. Auch die Gegend fand er zu abgelegen. Außerdem sagte er, dass er einen Hügel bevorzugen würde, wenn möglich mit Sicht auf den Rhein. Damit war das Projekt »Bahnhof« erledigt.

Kraft bestellte drei Kaffee und berichtete dann von dem Weingut in Horchheim am Krummgewann, das auf einer Anhöhe liege. Der Besitzer sei alt und seit einem Jahr verwitwet. Er sei ein alter Bekannter von seinem Schwiegervater und dem habe er versprochen, sich um einen Käufer zu bemühen. Als der alte Mann von Siegfrieds Vorhaben erfahren hatte, wollte er nicht mehr verkaufen. Er konnte es sich nicht vorstellen, dass auf seinem Weingut eine Bierbrauerei entstehen sollte.

»Also konnten wir das auch abhaken«! Dann kam Falkenfels ins Gespräch, weil er den Turm vom Rhein aus gesehen hatte. »Ich habe Siegfried gleich gesagt, dass es zwecklos sei, mit der Gräfin zu verhandeln. Sie würde nicht verkaufen. Wie gesagt, Siegfried hatte vom Schiff aus den Turm gesehen und war davon fasziniert.«

Sie hätten dann trotzdem mit der Gräfin gesprochen, und wie er geahnt habe, sei die nicht bereit gewesen, zu verkaufen.

Bender warf ein, er habe gehört, dass das Anwesen hoch verschuldet sei! Der Bürgermeister sagte ziemlich knapp, dazu könne er nichts sagen.

Aber zu dem Gasthaus in Herrnsheim da konnte er eine Menge sagen. Frau Gisela Heller, die Gastwirtin, suche seit Jahren einen Käufer. Er glaube, gehört zu haben, dass sie gerne auswandern würde, … in den Süden. Das Geschäft läuft nicht mehr so gut wie vor Jahren, als der »Römerblick« noch ein beliebtes Ausflugsziel gewesen war. « Er sei mit Siegfried und seinem Freund dahin gefahren und habe die Verbindung her gestellt. Die beiden hätten sich dort alles angesehen und schienen von der Lage angetan gewesen zu sein. Nach seiner Kenntnis seien sie dort mehrmals gewesen, es schien zu funktionieren. Sie hätten schon über den Preis für Haus und Hof verhandelt, da seien ein paar Nachbarn, alles Winzer, hellhörig geworden.

»Eine Bierbrauerei! ... Im Weinbaugebiet Herrnsheim … da sind sie dagegen Sturm gelaufen. Haben Unterschriften gesammelt, eine Gemeindeversammlung einberufen und alle Einwohner aufgehetzt.« Man habe ihn persönlich herzitiert, um die Bürger zu besänftigen. Siegfried habe sein Projekt vorgestellt. »Sie haben ihn ausgepfiffen und uns mit Weintrauben beworfen! Da hat van Heesen das Interesse am Römerblick verloren. Nur wie er mit Frau Heller umgegangen ist, das war nicht Gentleman-like. Er hat sich aus der Affäre gezogen und sich nicht mehr dort blicken lassen. Einfach weggeblieben ist er. Der Vincent Klasen hat das Zeichenmaterial abgeholt, das sie noch dort gelassen hatten, und das war's dann.«

»Gab es denn keinen schriftlichen Vorvertrag?«, fragte Frau Geisler.

»Nein es gab nichts Schriftliches! Ich war nochmal bei Frau Heller, um sie zu besänftigen. Ich sage Ihnen, die war fuchsteufelswild. Hat gedroht, den van Heesen zu erschlagen, wenn er sich noch einmal bei ihr blicken lassen würde … Erschlagen wollte sie ihn!«, wiederholte der Bürgermeister und machte eine bedeutungsvolle Pause.

»Interessant! Warum erfahren wir erst jetzt davon?« Bender war sichtlich verärgert.

Er habe der Begebenheit nicht soviel Bedeutung beigemessen, meinte Kraft und es sei ihm auch jetzt erst wieder eingefallen. Bei all der Aufregung um Siegfrieds Tod, das müsse man doch verstehen? Kraft sah auf seine Uhr, sein Termin sei in zwischen überfällig. Er stand auf und zeigte damit an, dass die Unterredung für ihn beendet war.

Bender und Geisler hatten genug gehört, sie sagten, sie werden der Sache nachgehen.

»Also das sind ja ganz neue Erkenntnisse! Ich ahnte schon, dass der Bürgermeister uns eine Menge verschwiegen hat!« Iris Geisler nickte zufrieden. »Endlich mal Fakten!«

»Wir sollten heute noch nach Herrnsheim fahren!«, schlug Bender vor.

Die Geisler schüttelte den Kopf. »Wochenende!« Sie fahre jetzt zurück nach Wiesbaden, müsse dringend in ihrer Wohnung die Blumen gießen, wenn die nicht schon vertrocknet wären. Auch wolle sie nach ihrem Freund Ausschau halten, wenn der nicht schon eine andere gefunden habe. Sie winkte eine Taxe herbei, stieg ein und winkte ihm kurz zu, bevor sie aus seinem Sichtfeld verschwunden war.

Kapitel 9

Glockengeläut vom nahen Dom weckte Bender am Sonntagmorgen. Er vergrub sich in seine Kissen und versuchte, weiterzuschlafen. Beschloss dann, das Fenster zu schließen. Der Regen hatte in der Nacht nachgelassen. Er stellte sich an das offene Fenster und atmete die frische Morgenluft. Sah seiner Vermieterin nach, die gerade das Gartentor von außen schloss. Sie war mit einem luftigen, schwarzweiß getupften Sommmerkleid bekleidet und trug einen verdrückten schwarzen Strohhut, der aussah, als hätte die Katze darauf gelegen. Frau Bolte war offensichtlich auf dem Weg zum Sonntagsgottesdienst. Bella hatte sie bis zum Törchen begleitet und suchte sich dann einen gemütlichen Platz unter der Hortensien Hecke, wo sie sich einrollte, um noch etwas zu dösen.

Bender beschloss dann aufzubleiben. Er warf die Kaffeemaschine an, stellte Geschirr und das Glas Aprikosenmarmelade, das ihm Frau Bolt gestern geschenkt hatte, auf ein Tablett und deckte auf dem Balkon den kleinen Holztisch. Aus der Küche holte er einen Stuhl und beschloss, wenn er mal wieder mehr Zeit hatte, neue Balkonmöbel anzuschaffen. Genüsslich verzehrte er die zwei Croissants, die er gestern noch besorgt hatte, und überlegte, dass er an dem schönen Sommertag einen Ausflug in die Umgebung machen könnte. In der Mittagszeit einen Imbiss nehmen auf einem der vielen Weingüter und dazu ein gutes Glas Wein trinken. Vielleicht sollte er auch ein paar Flaschen Wein kaufen. Er dachte mal wieder an Frau Dr. Meiser, die er schon immer mal einladen wollte, warum nicht hier her, auf seinen Balkon? Dann fiel ihm wieder das gestrige Gespräch mit dem Bürgermeister ein. Das heutige

Vorhaben könnte man doch verbinden, mit einem Besuch zu dem Gasthof in Herrnsheim, für den sich Siegfried nach Aussage von Herrn Kraft interessiert hatte.

Er wusste, wo Herrnsheim lag, im vergangenen Jahr hatte er in dem großen Klinikum ein Unfallopfer befragen müssen. Da konnte er auf das Navi verzichten, die belehrende Stimme störte ihn bei seinen Überlegungen. Bender knöpfte das leichte Kurzarmhemd zu und war froh, am Sonntag auf die lästige Krawatte und ein Sakko verzichten zu können.

Unterwegs fuhr er immer den Hinweisschildern »Klinikum« nach und befand sich dann auch ohne Umwege im Stadtteil Herrnsheim. Kurz bevor man abbog zum Klinikum hielt er an und suchte auf dem Wormser Stadtplan nach dem Römersteig. Schon von weitem sah er auf einer kleinen Anhöhe das Gasthaus »zum Römer«. Ein buckliger, steiniger Weg führte zu einem kleinen Parkplatz, wo er sein Auto abstellte und zu Fuß weiterging. Der Weg war noch ziemlich aufgeweicht vom gestrigen Regen. Vor dem Gasthaus angekommen, wischte er sich den Schweiß von der Stirn und beschloss wie schon so oft, wiedermal Sport zu treiben, um sich fit zu machen. Ärgerte sich, dass er bei der kleinsten Anstrengung völlig außer Atem war.

Das Gasthaus war aus den in der Pfalz ortsüblichen massiven Bruchsteinen gebaut, zweistöckig, mit kleinen Fenstern. Seitlich befand sich eine sonnenbeschienene Terrasse, auf der einige Tische und Stühle standen. Bender befürchtete schon, die Gastwirtschaft sei sonntags geschlossen, weil bei dem schönen Wetter zur Mittagsstunde keine Gäste auf der Terrasse saßen. Merkte dann aber, dass es dort in der Mittagshitze ohne Schatten nicht auszuhalten war. Die Tür zur Wirtschaft stand offen. Er trat ein, sah drei Männer, die an einem runden Tisch lautstark miteinander diskutieren. Das ältere Paar, an einem Fenstertisch, war dabei zu bezahlen. Eine große kräftige Frau mit wirrem graublondem Kraushaar nickte Bender zu. Sie trug ein ausgebleichtes Kleid im Landhausstil, wie es im Gastgewerbe hier üblich war, und brachte Bender unaufgefordert die Speisekarte, als er sich in einer Fensternische niedergelassen hatte. Die Speisekarte war überschaubar. »Spunden-Käse, Käs mit Musik, Hausmacher Wurstplatte, oder Sülze mit Remoulade«, dazu wurde jeweils, Graubrot angeboten. Er bestellte einen gespritzten Wein und sagte, er würde gern zu der Sülze Bratkartoffeln essen, das sei doch sicher möglich? Die Wirtin schüttelte den Kopf und sagte, sie habe keine warmen Speisen auf der Karte. Bender wunderte sich und begnügte sich mit einer Scheibe Brot zur Sülze.

Als sie den Teller abräumte und sie den von Bender bestellten Grauburgunder brachte, zeigte er seinen Ausweis und bat sie, dass sie sich zu ihm setzen solle. Sagte, er habe an sie einige Fragen. Sicher habe sie von dem Toten im Dom gehört, der, wie er erfahren habe, für das Gasthaus hier Interesse gezeigt habe.

Sie lehnte sich auf ihrem Stuhl zurück und fragte, sichtlich verärgert, woher er diese Information habe. Er überhörte die Frage, wollte wissen, warum sie die Gastwirtschaft verkaufen wollte.

»Sehen Sie sich doch mal um!«, erregte sie sich. »Am Sonntag in der Mittagszeit, da war früher die Hölle los und jetzt kommen gerade mal eine Handvoll Gäste!«

»Vielleicht sollten Sie Ihr Angebot mit warmen Speisen erweitern und auf Ihrer Terrasse Sonnenschirme aufstellen«, schlug Bender etwas ironisch vor.

Ihr Gesicht war vor Ärger rot angelaufen. »Wissen Sie, was ein Koch oder eine Köchin heutzutage verdienen? Das kann ich mir nicht leisten. Und zu den Sonnenschirmen, die sie vermissen, kann ich Ihnen sagen, dass die bei einem Sturm im April davongeflogen sind. Kaum hatte ich die Terrasse fertiggemacht, war tags darauf Wind aufgekommen, der sich schnell zu einem Sturm entwickelt hatte. Einiger Schaden war in der Landwirtschaft entstanden und meine vier Sonnenschirme habe ich zerfetzt in den Weinbergen wiedergefunden. Einen hatte es sogar bis zur Hauptstraße hinuntergeweht. «

»Aber heute ist ein herrlicher Sommertag, da müssten doch Gäste hierher unterwegs sein?«

»Ach, wissen Sie, die vielen Weingüter in der Umgebung haben alle einen Ausschank und bieten Schmankerln an, graben so mancher Gastwirtschaft das Wasser ab.« Sie stand auf und zapfte den Männern noch ein Bier. Dann kam sie zurück. Bender hatte das Gefühl, dass sie bereit war, mit ihm zu reden.

Ja, sie habe sich schon lange entschlossen zu verkaufen und hatte gehofft, dass dieser Holländer ernsthaft daran interessiert sei. Er habe sich die alten Baupläne angesehen, das Grundstück mehrmals vermessen, der junge Mann, der bei ihm war, hatte tagelang hier rumgesessen und gezeichnet. Hier an dem Tisch haben sie oft gesessen und geplant, in ihrer Sprache diskutiert, sie habe sie nicht immer verstanden. Aber sie waren angetan von der massiven Bauweise ihres Hauses. »Von dem Quellwasser, das auf meinem Grundstück entspringt, gleich neben dem Haus. Einen Turm wollten sie bauen und mit Bruchsteinen verkleiden, sodass er zum Hauptgebäude passen würde. Und die Schieflage vom Grundstück zu einer geraden Fläche egalisieren. Den Parkplatz aus bauen und was noch alles … sie hatten so viele Pläne und ich glaubte ihnen, sah mich schon meine Koffer packen und nach Mallorca fliegen … auf Nimmerwiedersehen. Der Bürgermeister hatte mich dann aufgeklärt, dass es um eine Brauerei ginge, die der Holländer hier bauen wollte und die vorhandenen Gebäude wolle er nutzen. Mir war es egal … nach mir die Sündflut! Aber irgendwie habe ich dann geahnt, dass es nichts wird. Hier mitten in den Weinbergen, eine Bierbrauerei … das würden die Winzer nicht zulassen. Und so war es dann auch. Sie liefen buchstäblich Sturm gegen das Vorhaben, haben Unterschriften gesammelt und eine Gemeinde-Versammlung einberufen. Der Bürgermeister musste nachgeben. Ich hatte mich schon mal erkundigt, wo ich mich auf Mallorca niederlassen könnte. Ich hatte vor, vielleicht ein Tages-Café aufzumachen, das war schon immer mein Traum gewesen. «

Sie zuckte resignierend mit ihren Schultern. Ein paar Wanderer waren angekommen, die Getränke bestellten. Als die dann auch noch Essen orderten, ging Bender nach draußen, um sich umzusehen. Der Boden war hart und steinig. Nur wenige Meter weiter, neben dem Geröll begannen die Weinberge. Er stieg die Außentreppe hinauf zur Terrasse, von der man im Dunst der mittäglichen Hitze in der Ferne den Rhein glitzern sah. Hinter dem Haus stand ein alter Volvo Combi, den beschloss er sich genauer anzusehen. Das Auto war staubig und bestimmt lange Zeit nicht gewaschen. Der Kofferraum war offen, da standen einige leere Einkaufskörbe. Auf der Rückbank lag eine graue zerrknüllte Decke. Es roch nach Hund, Bender sinnierte, mit dem Auto konnte man ohne weiters einen Menschen transportieren, und die Wirtin war kräftig genug, einen Mann zu erschlagen und weg zu schleifen.

Ehe er zu weiteren Überlegungen kam, erschrak er, ein Hund schnupperte an seinem Hosenbein. Aus dem Nichts war ein sandfarbener Golden Retriever aufgetaucht. Es schien ein friedlicher Typ zu sein. Bender hielt dem Hund seine offene Hand hin, an der er dann schnupperte. Er mochte Hunde, dachte an seinen Dalmatiner, den er leider hatte einschläfern lassen müssen. »So einer wie du wäre auch nicht zu verachten«, sagte er zu dem Hund und klopfte ihm auf den Rücken. Siedend heiß bemerkte er dann die sandfarbenen Tierhaare, die an seiner schweißnassen Hand klebten. »Das passt doch alles!«, murmelte er, während der Hund sein Interesse an ihm verloren hatte und davon trottete. Neben einem Holzstoß suchte er sich einen Schattenplatz, wo er sich niederließ, ihn aber aus wachen Augen weiter beobachtete. Bender wischte seine Hand sorgfältig an einem Papiertaschentuch ab und achtete darauf, dass die Hundehaare daran haften blieben. Das Taschentuch steckte er in einen Beweisbeutel, den er immer mit sich führte. Dann ging er zurück in das Gasthaus. Die Wirtin schien in der Küche beschäftigt zu sein, er hörte Teller klappern. An seinem Tisch stand noch das halbvolle Glas, der Wein war warm geworden und nicht mehr trinkbar.

Frau Heller trug für die Wanderer die Speisen auf und zapfte einige Biere. Bender bestellte eine große Flasche Mineralwasser und wartete, bis sie wieder Zeit für ihn hatte.

Aber sie verschanzte sich hinter dem Tresen, sodass er gezwungen war, dorthin zu gehen. Schließlich war er noch nicht fertig mit ihr.

Er müsse ihr noch zu Siegfried van Heesen ein paar Fragen stellen. Wann sie ihn zuletzt gesehen habe?

Sie überlegte und sagte, so, vor vier Wochen, genau könne sie sich nicht erinnern. Der »Mistkerl« sei von einem auf den anderen Tag nicht mehr her gekommen. Er habe seinen Freund hergeschickt, die Sachen abzuholen, die sie hiergelassen hatten und der habe auch die Rechnung bezahlt, die für Speisen und Getränke, die noch offen waren.

»So ein Feigling!«, ereiferte sie sich, er habe noch nicht einmal nötig gehabt, ihr zu sagen, dass es mit dem Verkauf nichts wird. Hier unter der Eckbank habe sie eine von den Zeichnungen gefunden, die sein Freund angefertigt hatte. Bender fragte, ob sie diese aufgehoben habe. Sie holte eine Rolle unter dem Tresen hervor. Er betrachtete die Skizze. Darauf war der Gasthof zu erkennen, die Terrasse war ersetzt worden gegen eine weitläufige Halle und etwas zurückgesetzt war ein Turm skizziert, auf dessen Dach ein riesiges Bierglas zu sehen war und der Schriftzug: »van-Heesen-Bier«. Dahinter waren noch einige Gebäude angedeutet.

Ob er die Zeichnung mitnehmen dürfe? Sie bekäme sie zurück. Sie zuckte mit der Schulter. »Was soll ich damit? Ich werde wohl bis an mein Lebensende diesen Kasten sicher nicht loswerden.« Sie berichtete weiter, dass der Bürgermeister persönlich dagewesen sei und mit ihr geredet habe. Er habe um Verständnis gebeten, dass die Winzer in ihrem Umfeld keine Bierbrauerei dulden würden. »Ich hatte hartnäckig behauptet, dass der Verkauf schon fast abgeschlossen war und gesagt, dass ich unbedingt verkaufen wollte und dass dieser Holländer der Einzige sei, der sich für mein Anwesen interessiert habe. Und dass es mir egal sei, was mit dem Grundstück geschehe. Da hatte er mich erinnert, dass ich bei der Zufahrt zur Hauptstraße nur ein Wegerecht habe und das könnte man mir entziehen. Da waren sich die Herren der Schöpfung wieder mal einig, da kommt man als allein stehende Frau nicht dagegen an. Da habe ich das Handtuch geworfen!«

Ob sie denn nicht Schriftliches in der Hand gehabt hätte?

Sie schüttelte den Kopf, sie sei mal wieder viel zu gutgläubig gewesen und habe van Heesens Wort geglaubt.

»Und danach waren Sie ziemlich wütend auf ihn, das kann man verstehen.«

Sie nickte, merkte dann aber gleich, dass das Gespräch eine andere Wendung genommen hatte.

»Sie glauben doch nicht etwa, dass ich ihn umgebracht habe?« Sie lachte laut auf.

Bender wiegte den Kopf. »Ausschließen kann ich das nicht!

»Das ist ja unglaublich, Sie kommen hierher als Gast, fragen mir ein Loch in den Bauch und wollen mir dann einen Mord in die Schuhe schieben!«

Er sah, dass sie sehr wütend war. Nun fuhr er sein stärktes Geschütz auf, indem er das wiederholte, was der Bürgermeister ihm erzählt hatte. Sie wäre so wütend gewesen, dass aus der Sache nichts geworden sei, dass sie gesagt habe, wenn der Mistkerl noch einmal hier auftauchen würde, dann würde sie ihn erschlagen! … »Und er ist erschlagen worden!«

»Meine Güte, das sagt man mal halt mal im Zorn, aber ich mache mich doch nicht unglücklich und ermorde den Kerl. Und wenn es so wäre, hätte ich ihn dann hier verscharrt und nicht noch in den Dom gefahren!«

Bender musste zu geben, dass das logisch war, … die Leiche im Dom? Das war das größte Rätsel bei diesem

Fall. Er verlangte die Rechnung und bestellte sie am morgigen Tag um acht Uhr in das Kommissariat. Er müsse ihre Fingerabdrücke abgleichen und ihre Aussage protokollieren. Dachte bei sich, sie würde sicher mit dem Auto kommen und das sei dann die beste Gelegenheit, dass die Spusi sich das Auto vornehme. Aber das sagte er ihr nicht, womöglich würde sie es dann noch vorher waschen.

Beinahe hätte er die Zeichenrolle vergessen. Als er schon fast am Parkplatz war, kehrte er noch einmal um und holte die Rolle, sagte zu der Wirtin er habe ihren Hund kennengelernt.

»Ach den Flori.« Den habe sie sich angeschafft als Wachhund, aber der wäre so lammfromm, der würde sicher jedem Einbrecher aus der Hand fressen.

»Deshalb müssen Sie halt selbst Haus und Hof verteidigen! Sicher haben sie die nötige Kraft dazu und immer einen Holzscheit bereitliegen?«

Sie lief rot an und suchte nach einer Entgegnung, sodass Bender schnell verschwand. Womöglich hätte sie ihm ein Bierglas an den Kopf geworfen.

Auf dem Weg zu seinem Auto grinste er zufrieden. Der Sonntagsausflug hatte sich gelohnt. Er hatte einiges erfahren. Ob es für eine Verhaftung reichen würde, musste sich erst noch herausstellen. Er würde ihre Fingerabdrücke nehmen lassen und die Spusi sollte inzwischen die Hundehaare unter die Lupe nehmen.

Kapitel 10

Am Montagmorgen wartete Bender ungeduldig auf Frau Heller. Es war schon nach zehn und sie war immer noch nicht da. Frau Hausbach hatte ihm gleich am Morgen mitgeteilt, dass Frau Geisler eine Mail geschickt habe, dass sie erst am Nachmittag zurück sei. Sie müsse in ihrer Dienststelle an einer Besprechung teilnehmen.

Bender brummte etwas vor sich hin und vergrub sich in seine Notizen vom gestrigen Tag, bis man ihm endlich Frau Heller meldete. Bender ließ sie in das Vernehmungszimmer bringen und ging mit Moser dorthin. Max Moser war der Kollege aus seinem Team, der am ehesten mit dem Fall vertraut war.

Bender begrüßte Frau Heller mit der Bemerkung, dass er seit acht Uhr auf sie warten würde. Mit hochrotem Kopf entschuldigte sie sich, sie habe verschlafen. Nachdem er am gestrigen Tag gegangen war, sei noch eine Radfahrergruppe gekommen und habe bis in die Nacht hinein gezecht. Als sie gegen zwei aufgebrochen waren, habe es sich endlich mal wieder umsatzmäßig für sie gelohnt.

Sie sagte, dass am Montag ihre Gastwirtschaft geschlossen sei. Da fahre sie einkaufen und würde am Nachmittag ihre Mutter besuchen. Von der Existenz ihrer Mutter hatte sie gestern nichts erwähnt? Frau Heller berichtete, die würde im Seniorenstift in der Herrmanstraße leben, schon seit drei Jahren. Günter habe sich darum gekümmert, dass ihre Mutter dort ein schönes Einzelzimmer bekommen habe.

»Günter? Meinen Sie damit etwa den Bürgermeister?«, fragte hellhörig geworden Bender. Verlegen gab sie zu, sie würden sich aus der Schulzeit her kennen. Täglich seien sie zusammen mit dem Zug nach Mainz gefahren zum Gutenberg-Gymnasium. Sie habe allerdings vor dem Abi die Schule geschmissen. Ihr Vater sei ganz plötzlich verstorben, da habe sie ihrer Mutter in der Gastwirtschaft helfen müssen. Habe keine Zeit mehr gehabt für Hausaufgaben und Lernen. Günter und Conny hätten natürlich das Abitur gemacht und sie habe gehört dass die beiden dann auch zusammen waren … als Paar. »Ich habe sie aus den Augen verloren!«

»Wer ist diese Conny? Soviel ich weiß, heißt seine Frau Henriette und wird Henny genannt!«

Gisela Heller konnte sich ein Grinsen nicht verkneifen. Sie meine nicht die langweilige Henny, sondern Constanze, die Gräfin von Falkenfels!

Aha, da war sie wieder, die Gräfin! »Sie kannten sie also näher, sie waren sogar Schulfreundinnen?«

»Ja damals … und das ist einige Jährchen her!« Seitdem habe sie Conny nicht mehr gesehen.

»Was können Sie mir über die Gräfin sagen? Sie scheint sehr zurückhaltend zu leben?«

»Gehört sie etwa auch in den Kreis Ihrer Verdächtigen?«, wollte Gisela Heller wissen.

Bender sagte ungehalten, er stelle hier die Fragen. Aber sie könne ihm weiterhelfen, wenn er etwas mehr über Falkenfels und deren Bewohner erfahren würde. Gisela Heller ließ nicht locker. »Aha, der Holländer war also auch an Falkenfels interessiert?«, mutmaßte sie.

Bender zuckte mit den Schultern, sagte, das sei möglich, aber sie solle ihm etwas über das Gut und die Gräfin berichten. Sie könne ihm nicht vormachen, dass man in der Gastwirtschaft nicht so einiges erfahre.

Frau Heller sagte, dass der Graf, der Vater von Conny, ein Spieler und Frauenheld gewesen sei. Die Mutter sei früh verstorben … man sagte aus Kummer. Mit der langjährigen Haushälterin habe er sicher ein Verhältnis gehabt und nicht nur mit ihr. Man munkelte, dass der Graf vielleicht sogar der Vater vom Hubert sei, dem Knecht, der heute noch auf dem Gut lebe. Frau Heller erinnerte sich, dass sie damit Conny immer gehänselt hätten und die sei dann sehr wütend geworden und habe dies entschieden abgestritten. Wie gesagt, sie habe Günter und Conny aus den Augen verloren. Alle Welt habe angenommen, dass Günter und Conny heiraten werden. Dann habe sich Günter Kraft um den Bürgermeister-Job beworben. Und Henriettes Vater habe ihn im Wahlkampf unterstützt. Später habe sie erfahren, dass Günter Kraft sich für die langweilige Henriette Born entschieden habe. Das hatte ihr Vater sicher geschickt eingefädelt.

Ob sie wisse, warum sich Herr Kraft und die Gräfin getrennt haben.

Da sei man nie richtig dahinter gekommen. Conny sei einige Zeit in der Schweiz gewesen, bei einer Tante, und als sie zurückkam, war Günter Bürgermeister und verlobt. Er habe sich schon als Student in der CDU angagiert und Helmut Kohl im Wahlkampf unterstützt. Wie er ja wohl wisse, wohne der Ex-Kanzler in Oggersheim, ganz in der Nähe. Dann sei es mit Krafts politischer Karriere steil bergauf gegangen. Als jüngster Kandidat habe er für den Bürgermeisterposten in Worms kandidiert. Und Hennys Vater habe ihn finanziell und mit seinen weitläufigen Beziehungen unterstützt. Seine Tochter, die Henny, habe Wahlplakate geklebt und sei bei jeder Wahlversammlung auf den Pressefotos an Günters Seite zu sehen gewesen.

»Wissen Sie, Herr Kommissar, in einer Wirtschaft erfährt man so manches. Und als es entschieden war, dass Günter

Kraft gewonnen hatte, gab der Vater von Henny noch in der Wahlnacht die Verlobung seiner einzigen Tochter mit dem angehenden Bürgermeister bekannt. Die unscheinbare Maus, mindestens acht Jahre älter als Günter, hat auf den Zeitungsfotos an seiner Seite gestrahlt wie ein Honigkuchenpferd.«

Gisela Heller hielt inne mit ihrem Bericht und bat um ein Glas Wasser. Max Moser stand auf und holte es. Sie trank das Glas leer und fragte, ob sie jetzt gehen könne oder ob sie etwa verhaftet sei.

Bender schüttelte den Kopf, dafür sei es noch zu früh, meinte er und ließ sie das Protokoll unterschreiben, das sie vorher sorgfältig durchgelesen hatte. Er hatte, bevor sie in das Verhandlungszimmer gekommen war, ihre Fingerabdrücke nehmen lassen und die Mitarbeiter hatten ihm inzwischen signalisiert, dass sie nirgends im Umfeld von der Leiche zu entdecken waren. Der Abgleich der Tierhaare dauere dagegen etwas länger.

»Also kann ich gehen?« Aber eine Frage habe sie. Bender wartete … Ob der Holländer wirklich an Falkenfells interessiert gewesen sei.

Sie wartete … »Keine Antwort ist auch eine Antwort!«, meinte sie dann und wurde von Moser hinausbegleitet.

»Dös i a ehrliche Haut, die wars eh net!«, sagte der Max zu seinem Chef.

»Na da bin ich mir nicht so sicher!« meinte Bender.

Am Abend saß er auf seinem Balkon und brütete über das, was er von der Heller alles erfahren hatte. Gern hätte er sich mit Frau Geisler darüber ausgetauscht. Die war leider von ihrer Dienststelle von dem Fall abgezogen worden. Bevor er Feierabend gemacht hatte, hatte sie mit ihm telefoniert und ihm mitgeteilt, dass sie ab sofort bei einem dringenden Fall in Frankfurt ermitteln müsse. Sie hatte ihn gebeten, sie auf dem Laufenden zu halten. Sie habe sich an das beschauliche Worms und an ihn als Kollegen gewöhnt und war neugierig, wie der Fall ausgehen würde. Außerdem hatte sie ihn gebeten, zwei Karten für die Festspiele zu besorgen. Sie würde gern mit ihm eine von den Vorstellungen besuchen. Irgendwie werde sie es schon schaffen, sich mal für einen Abend frei zu machen.

»Und wenn nicht?«, hatte er gefragt.

»Dann nehmen Sie Frau Dr. Meisel mit … oder Ihre Vermieterin!« Er hatte sie lachen gehört und es hatte ihm leid getan, dass ihre Zusammenarbeit so abrupt beendet war. Und dann hatte er sich gewundert, wie sie ausgerechnet auf Frau Dr. Meisel gekommen war.

Bevor er sich noch einmal von dem ausgezeichneten Rotwein nachgießen werde, wollte er die Aussage von Frau Heller in seinen PC tippen, dabei fiel ihm oft die eine oder andere Ungereimtheit auf. Vielleicht sollte er sich um einen Durchsuchungsbeschluss für den Römer Blick kümmern? Aber die Beweislage war noch wie dünnes Eis und wie leicht brach man da ein.

Die Katze hatte sich hochgeschlichen, saß auf der Balkonbrüstung und sah ihm über die Schulter zu, las, was er geschrieben hatte. Sie konnte auf zwei Meter Entfernung gut mitlesen, was auf dem Bildschirm stand.

»Hundehaare? Lächerlich!« Das waren keine Hundehaare, die man auf den Jeans von dem toten Mann gefunden hatte. Nein ganz gewiss nicht, da kannte sie sich aus. Einen Hund konnte sie aus fünf Meter Entfernung riechen und da war kein Hund gewesen. Sie schüttelte ihren Kopf. Wenn es denn Tierhaare waren, war dieses Tier ihr noch nicht begegnet Bender war also noch nicht viel weiter gekommen, der kluge Kommissar … auch als Katze konnte man Schadenfreude empfinden. Sie sprang von der Balkonbrüstung und huschte an ihm vorbei. Extra nahe genug, dass er sie sehen konnte. Wütend fluchte er, zog einen Hausschuh aus und warf ihn ihr nach. Aber da war sie schon längst auf der Treppe nach unten geeilt.

Sie kicherte!

Kapitel 11

Bella strich verärgert durch den Vorgarten. Jeden Abend dasselbe Spektakel, wie sie die Festspiele bei sich nannte. Inzwischen pilgerten jeden Abend viele Menschen durch die Gassen in Richtung Dom. Touristen mit Autos suchten nach freien Parkplätzen und eilten, nachdem sie einen gefunden hatten, durch die Gassen zu dem Festspiel Gelände. Wenn es dunkel wurde, flammten die Scheinwerfer auf … Grelles Licht durchschnitt die anbrechende Dunkelheit. Mal war es hell, mal dunkel. Musik setzte ein und das Geschrei von den Schauspielern war weit zu hören. Außerdem waren Bellas gewohnte nächtliche Streifzüge rund um den Dom zurzeit nicht möglich.

An dem Abend war der Kommissar zu einer Vorstellung gegangen. Schon Stunden vorher hatte er sich in Schale geschmissen und immer wieder vom Balkon Ausschau gehalten. Als dann das Auto vorfuhr, war er leichtfüßig die Treppe hinuntergeeilt, um die Dame zu begrüßen, die unschlüssig vor dem Auto gestanden hatte. Sie hatte einen rotblonden Lockenkopf und trug ein Glitzerkleid. Ganz sympathisch anzusehen! Bender hatte sie Monika genannt und war um sie herum geschwänzelt wie ein alter Kater um den Sahnetopf. Bella grinste, als sie daran dachte, so kannte sie den Kommissar nicht. Sie hatte sich dann mal gezeigt und war der Frau um die Beine gestrichen um mal an ihr zu schnuppern. Igitt! die Frau hatte einen eigentümlichen Geruch an sich … Bella konnte ihn nicht einordnen, ihr Fell hatte sich gesträubt und sie hatte sich eilig unter der Hausbank verkrochen. Von dort aus hatte sie das Gespräch verfolgt, als Bender seine Vermieterin gebeten hatte, dass Frau Dr. Meisel ihr Auto in der Einfahrt parken durfte.

Dann waren die zwei gegangen. Die Frau hatte sich bei dem Kommissar untergehakt und die beiden taten recht vertraut.

Frau Bolte hatte ihnen nachgesehen und sich dann auf die Hausbank gesetzt. Bella hatte sich neben sie gekuschelt. Maura hatte ihr erzählt, dass die Kommissarin aus Wiesbaden abgesagt habe. Da habe sie sich Hoffnung gemacht, dass Bender vielleicht sie zu der Vorstellung einladen würde.

»Pustekuchen! Er hat die Totenschänderin mitgenommen, hast du gesehen, wie er sie umschmeichelt hat?« Man hatte Maura angesehen, dass sie enttäuscht und verärgert war. Bella überlegte, ob ihre Maura vielleicht in den Kommissar verliebt sei. Dann hatte ihr Maura erzählt, dass die Frau Doktor die Toten untersuche und aufschneide, die, die umgebracht worden waren, um herauszufinden, woran sie gestorben waren. Aha! deshalb der ekelhafte Geruch!

Als es dämmerte, beschloss Bella, sich das Spektakel mal aus der Nähe anzusehen. Schlafen konnte man dabei sowieso nicht. Sie schlich immer an den Häuserwänden entlang in Richtung Dom. Dort war alles anders als gewohnt. Der Aufbau war gewaltig, da, wo die Zuschauer saßen. Bella schlängelte sich im Heyls Park an verschiedenen Zugängen vorbei, huschte dann durch eine der Eingangskontrollen, wobei ein junger Mann sie beinahe erwischt hätte.

»Da war ne Katz!«, hatte er seiner Kollegin zugerufen und die hatte gescherzt, dass die Katze sicher eine Eintrittskarte habe.

Bella war längst weg, sprang ein paar Stufen hinauf, bis sie von hellen Scheinwerfern geblendet wurde und völlig die Orientierung verloren hatte. Plötzlich befand sie sich auf der Bühne, von den Scheinwerfern voll erfasst. Da stand eine Frau im schwarzen Umhang und klagte um einen Toten. Schwor Rache … es hörte sich schaurig an. Bella huschte an ihr vorbei und die Schauspielerin vergaß kurz ihren Text und sah der Katze irritiert nach. Die Zuschauer in der ersten Reihe lachten, einige klatschten sogar Beifall.

Aber Bella wollte nur noch weg, sie war verängstigt und sie verspürte, dass ein Gewitter in der Luft lag. Sie hatte das ferne Grollen längst vernommen und als die ersten Blitze am Himmel zuckten, wollte sie sich verkriechen.

Da kam ein Mensch in einem bunten Gewand die Stufen von der Zuschauerbühne herunter. Er hatte eine eigenwillige Frisur. Bella hörte einen Mann zu seiner Frau flüstern, dass sei der Hunnenkönig Etzel!

Während die Zuschauer noch glaubten, dass Blitz und Donner zur Inszenierung gehörten, fielen die ersten dicken Regentropfen. Bella hatte inzwischen einen trockenen Platz unter den Sitzen ergattert. Ganz plötzlich setzte ein gewaltiger Platzregen ein. Die Schauspieler flüchteten in den Dom und die Zuschauer versuchten Schutz in den mit Folie umspannten Zugängen zu finden. Andere flüchteten in den Heylshof Park, um dort unter den Pavillon Unterschlupf zu suchen.

Bella hatte sich unter eine Zuschauerbank in der ersten Reihe geflüchtet. Bis es dort nass und nässer wurde. Sie hasste Regen und war gezwungen sich einen einigermaßen trockenen Platz zu suchen. Orientierungslos hastete sie über die klitschnasse Bühne und flüchtet dahin, wohin sich die Zuschauer gerettet hatten. Da, wo es trocken war, waren unzählige fremde Füße und sie wurde in der Menschenmenge einige Male unbeabsichtigt getreten. Aber wenn sie den Füßen versuchte auszuweichen, wurde sie patschnass. Ein Sommergewitter tobte am Himmel und Regenbäche flossen auf den bereits aufgeweichten Wegen. Da … da war endlich ein vertrautes Bein. Bella rieb sich am Hosenbein und gab ein jämmerliches, lang gezogenes »Mauuuu« von sich.

»Sieh mal, Rolf, da ist die Katze von deiner Vermieterin, sie scheint sich verirrt zu haben!«, sagte die Frau.

Bender knurrte: »Dachte ich es mir doch, es konnte nur Bella sein, die auf der Bühne herumstolziert war.«

»Die wird hier getreten, du musst sie hochnehmen!«, meinte die Frau und wurde Bella immer sympathischer. Kommissar Bender murmelte etwas Unverständliches, zögerte noch … dann bückte er sich zu ihr hinunter. Knurrte vor sich hin, dass nur Bella auf die Idee käme, hier aufzutauchen, und jetzt sei er gezwungen, sie zurückzubringen. Aber irgendwie tat sie ihm dann doch leid, hier im Gedränge. Er hob sie hoch und trocknete ihr Fell mit seinem blütenweißen Taschentuch. Das ließ sie sich schnurrend gefallen. Dann verkroch sie sich unter seinen Trenchcoat, da, wo es trocken und warm war. Er schüttelte sich und wollte sie wieder absetzen. Die Frau meinte, das könne er nicht tun, das arme Kätzchen würde nicht allein heimfinden, zwischen all den Menschen, die einen trockenen Platz suchten. Sie strich Bella über den Kopf und Bella ließ es sich gefallen, trotz des widerlichen Geruchs, den nur ihre feine Nase wahrnahm.

»Wenn der Regen etwas nachlässt, laufen wir an den Hauswänden entlang zu meiner Wohnung!« Bender erklärte der Frau, dass die Lokalitäten in der Nähe sicher bereits überfüllt seien und er mit der Katze nicht in ein Lokal gehen konnte. Versprach, er habe einen wunderbaren Riesling kalt gestellt sowie einen hervorragenden Rotwein im Haus. Bella grinste unter dem Mantel, amüsierte sich, wie er balzte. Nach einiger Zeit setzten sie sich in Bewegung. Bender trug die Katze nach Hause und die ließ es sich gern gefallen.

Frau Bolte hatte über ihr Nachthemd ein Umschlagtuch geschlungen und lockte im Vorgarten ihre Katze.

»Hier bringe ich Ihnen Ihre Ausreißerin!«, sagte Bender und legte Frau Bolte Bella in die Arme. Dann erzählte er, dass diese Katze es sogar geschafft habe, über die Bühne zu laufen, bevor die Vorstellung abgebrochen wurde. Er ging mit der Frau, die er Monika nannte, nach oben und Maura rubbelte Bella mit einem Frottiertuch trocken. Schimpfte mit ihr, dass eine brave Katz bei so einem Wetter zu Hause bleiben würde! Das überhörte Bella und strich um Mauras Beine, bis die den Kühlschrank öffnete und das Milchschälchen füllte.

Als Frau Bolte sich wieder schlafen gelegt hatte, verließ Bella ihren Schlafplatz auf dem Sofa und schlich die Treppe hinauf. Schon vor langer Zeit hatte sie gelernt, wie sich die Abschlusstür oben öffnen ließ. Unbemerkt von den beiden schlich sie sich ins Wohnzimmer, wo Bender und die Frau nebeneinander auf dem Sofa saßen. Die Rotweingläser waren fast geleert. Bella konnte nicht verstehen, was sie miteinander flüsterten, näher wagte sie sich nicht heran. Also wartete sie ab, was geschah. Bender öffnete ganz langsam das Glitzerkleid am Rücken der Frau. Er hatte bereits seine Krawatte und sein Jackett abgelegt. Er strich ihr über den Lockenkopf und küsste sie dann, lange und ausgiebig. Wieder flüsterten sie miteinander, sie streifte ihre Sandaletten ab und er nahm sie bei der Hand und zog sie in das Schlafzimmer. Ganz fest schloss er die Tür und

Bella gelang es nicht, auch nach einigen Sprüngen auf die Türklinke, die Tür zu öffnen. Enttäuscht lauschte sie noch eine Weile vor der Tür. Vernahm leises Lachen und sein verführerisches Gurren … so kannte Bella den Kommissar nicht. Schade dass sie nicht dabei sein konnte, sie war so neugierig, was da drinnen passierte.

Kapitel 12 (drei Monate zuvor)

Im elften Stockwerk im van-Heesen-Verwaltungsgebäude, in Utrecht herrschte eisiges Schweigen. Der Werbefilm war zweimal gelaufen und keiner klatschte Beifall. Alle sahen verunsichert zum Seniorchef hin und warteten auf dessen Reaktion.

Er hatte sie zusammengerufen, die Herren von der Geschäftsleitung, die von der Verwaltung und Herrn Deuser, den Werbechef. Der junge Mann aus dem Merchandising von Klasen & Bacher hatte den neusten Werbe Spot vorgeführt.

Siegfried van Heesen, der Sohn und Juniorchef, hatte mit seinem Freund Vincent Klasen zusammen den fünf Minuten langen Werbeclip vorgestellt, in dem das neue Bier-Mix-Getränk präsentiert wurde, womit man bei van-Heesen-Bier einsteigen wollte. Wochen vorher hatte Siegfried immer wieder seinen konservativen Vater zu überzeugen versucht, dass Bier mit Zusatz-Geschmacksstoffen jetzt bei jungen Leuten »in« sei und sie an der Mode-Geschmacksrichtung nicht vorbei gehen durften. Endlich hatte Peer van Heesen nachgegeben und Siegfried hatte mit seinem Freund eine Werbekampagne gestartet. Aber die schien dem »Alten« und seinem Clan nicht zuzusagen.

Peer van Heesen schüttelte den Kopf und murmelte, er habe lange genug darüber nachgedacht. Er möchte seinen Ruf für ein traditionell gezapftes Bier nicht aufs Spiel setzen. All die stimmungsvollen Bilder auf dem Werbefilm, die beeindruckenden Sonnenuntergänge vor den Monumenten europäischer Hauptstädte, wo junge, smarte Typen das mit Geschmacks Aromen versetzte Bier tranken. Bier mit Ingwer, mit Orangen- oder Zitronengeschmack, fegte der Seniorchef mit einer Handbewegung weg. Erklärte, er wolle die 200jährige Braukunst von van-Heesen-Bier nicht mit so einem »Modefirlefranz« aufs Spiel setzen.

Ein einsames Klatschen unterbrach sie Stille, nachdem der Seniorchef seinen Kommentar abgegeben hatte. Der altgediente Werbeleiter, Willem Deuser, konnte seine Schadenfreude nicht länger unterdrücken. Er hatte sich in den vorigen Wochen ausgebootet gefühlt, als Siegfried und sein Freund unterwegs waren, um den Film zu drehen. Siegfried schaltete den Beamer ab und seine einzige Mitarbeiterin, die nur für ihn, den Juniorchef, zuständig war, betätigte den Knopf für die elektrischen Jalousien.

Helles Tageslicht fiel in den Raum und brachte die Mitarbeiter zum Blinzeln. Die einen blätterten verunsichert in ihren Terminkalendern, andere wischten auf ihren Smartphones und taten so, als hätten sie wichtige Informationen empfangen. Keiner wagte es, den Juniorchef anzusehen, der nicht begreifen konnte, das sein Vater es sich anders überlegt hatte.

»An die Arbeit, meine Herrschaften!«, sagte Peer van Heesen und schritt mit Dynamik zur Tür. Siegfried hielt seinen Vater am Arm fest. »Aber du warst doch einverstanden, dass wir das mit dem Mixbier ausprobieren. Wir haben viel Zeit und einiges Geld investiert!«

»Was euch beiden sicher Spaß gemacht hat!«, sagte van Heesen und schüttelte die Hand seines Sohnes ab. »Denk daran, dass wir in einer Viertelstunde unsere englischen Gäste begrüßen müssen, also sei pünklich!« Und damit verließ er den Raum und alle anderen Teilnehmer, die an dieser Imagekampagne teilgenommen hatten, verstreuten sich ebenso schnell.

»Das war's dann!«, sagte Vincent Klasen und raffte mit bitterer Miene seine Unterlagen zusammen. Siegfried ließ sich auf den freigewordenen Stuhl plumpsen, auf dem sein Vater bis vor kurzem gesessen hatte. »Ich fasse es nicht, sicher hat er sich von dem ollen Willem beeinflussen lassen, während wir weg waren. Egal, wie es gelaufen ist, ich habe wochenlang umsonst gearbeitet!«

Man sah Vincent die Enttäuschung an. In Gedanken war er bereits in der kleinen Werbeagentur, die er mit einem Studienkollegen zusammen managte. Er wusste, es würde Ärger geben und vielleicht käme es sogar zu einer Trennung. Dann würde er auf der Straße stehen. Es interessierte ihn nicht, dass Siegfried versprach, dass er bei seinem Vater eine Abfindung für ihn herausschlagen wollte. Vincent schüttelte den Kopf, in der Werbebranche werde man für Erfolge bezahlt und nicht für abgelehnte Kampagnen. Almosen seien nicht üblich!

Siegfried zuckte mit den Schultern, sagte: »Man sieht sich!« Er ließ den Freund stehen und eilte seinem Vater nach.

Auf dem Weg zur Zadelstraat, wo die Werbeagentur sich im Erdgeschoss in einem der schmalen, neu restaurierten Häusern befand, kaufte Vincent eine Flasche Genever, die würde er sicher brauchen. Er sah es Eric, seinem Kompagnon, gleich an, dass der schon Bescheid wusste. Der begrüßte ihn mit den Worten: »Na, du Versager, wagst du dich überhaupt noch hierher. Weißt du, was das bedeutet, dass dieser Kunde abspringt?«

Vincent hatte den Kopf zwischen die Schultern gezogen und starrte aus dem Fenster auf die Straße.

»Wer hat es dir gesagt?«, fragte er über die Schulter hinweg.

»Na, der alte Willem Deuser, was glaubst du, wie er am Telefon triumphiert hat, dass man bei van Heesen euer Filmchen verworfen hat. Habt ihr geglaubt, ihr könntet den lang dienten Werbechef so ohne Weiteres ausbooten? Während ihr, dein spezieller Freund Siegfried und du, auf Fotoshooting wart, wird Willem schon dafür gesorgt haben, dass der Alte es sich anders überlegt.«

Eric nahm die Tüte in die Hand, worin sich der Genever befand.

»Ja, besauf dich nur, du hast Grunde genug dafür. Ich kann dich hier nicht mehr gebrauchen. Ich bin froh, wenn ich meine mühsam an Land gezogenen kleinen Aufträge mit Erfolg zu Ende bringe.«

Eric ging nach nebenan und warf die Tür hinter sich zu, dass die gläserne Zwischenwand klirrte.

Vincent räumte seinen Schreibtisch, die wenigen persönlichen Sachen und seinen Laptop zusammen. Alles passte in eine Kiste, die leer herumstand. Dann nahm er die Tüte mit der Flasche und verließ das Büro, das er mit Eric vor knappen zwei Jahren voller Hoffnungen auf Erfolge angemietet hatte.

In seinem Apartment, das nur wenige Schritte entfernt war, warf er sich in voller Montur auf die Couch und trank den Genever aus der Flasche, bis die Möbel um ihn herum zu schweben schienen. Versank dann in einen traumlosen Schlaf.

Ein Klopfen weckte ihn auf. Hämmerte es in seinem Kopf? Oder an der Tür? War es Abend oder Morgen? Wie lange war er weggetreten? Vincent stolperte über seine Füße, als er aufstand und sich zur Tür tastete, die er nur einen Spalt weit öffnete. Siegfried drängte ihn zur Seite, zerrte seinen Freund zur Couch und legte ihn dort ab. Dann zog er die Vorhänge auf und öffnete weit die Fenster. Vincent zitterte vor Kälte.

Siegfried betrachtete die Schnapsflasche, worin sich nur noch ein kleiner Rest befand.

»Da hast du dich aber gehörig zugedröhnt, dich fast krankenhausreif gesoffen … bist du wahnsinnig?«

Vincent ließ alles über sich ergehen. Nach einigen Minuten völligen Blackouts fiel ihm wieder ein, warum er sich betrunken hatte. »Eric hat mich rausgeschmissen!«, nuschelte er fast unverständlich. Es wurde ihm schwarz vor Augen. Er rannte zur Toilette, wo er sich übergab. Siegfried ging zur Küche und setzte die Kaffeemaschine in Gang. Im Küchenschrank fand er ein angebrochenes Paket mit Zwieback, das musste reichen. Vincent war leichenblass, als er sich an den Küchentisch setzte, er trank dankbar eine Tasse Kaffee knabberte lustlos an einem Zwieback und ließ den Kopf hängen.

»Mensch, Vincent, schau nicht wie ein geprügelter Hund, ich habe gestern noch mit meinem Vater ein langes Gespräch gehabt. Er hat mir erklärt, er wolle die Kunden nicht vergraulen, die jahrzehntelang unserem van-Heesen-Bier die Treue gehalten haben. Er hat aber in Aussicht gestellt, dass er eine interessante Aufgabe für uns habe. Mehr hat er nicht verraten. Sehr geheimnisvoll hat er getan. Heute Abend sollen wir zu ihm in die Villa kommen, da will er uns einweihen.«

Vincent winkte ab, er habe von Bier, besonders »van-Heesen-Bier«, die Nase gestrichen voll!

Peer van Heesen öffnete den beiden persönlich die Tür. Er trug gut sitzende Armani-Jeans und dazu einen rostbraunen edlen Rollkragen-Pulli. Er wirkte entspannt und locker, so ganz anders als der Mann, den Vincent aus der Chefetage kannte.

Er klopfte Vincent auf die Schulter und sagte, er freue sich, dass er mitgekommen sei. Es klang ehrlich, ...Vincent war noch viel zu verletzt, um das ernsthaft zu glauben.

Im Wintergarten war der Tisch gedeckt, Emylie, die Hausdame, trug die Suppe auf und bekundete ihre Freude, Siegfried mal wieder hier zu sehen. Er war vor einiger Zeit aus der van-Heesen-Villa ausgezogen, in eine Penthouse-Wohnung am Vismarkt, um der ständigen Beaufsichtigung seines Vaters zu entkommen.

Nach der Suppe zapfte Peer van Heesen eigenhändig drei Bier. Die Zapfanlage mit handbemalten, alten Keramikfliesen war sein ganzer Stolz und das gezapfte Bier schmeckte vorzüglich in den schönen Kristallkrügen. Emylie trug eine Platte mit verschiedenen gegrillten Fischsorten auf, dazu frischen Salat. Während es Vater und Sohn zu schmecken schien, stocherte Vincent immer noch lustlos in seinem Essen. Er war froh, als die Reste abgetragen wurden und Peer einen alten Aquavit kredenzte. Dann wandte er sich an Vincent und sagte, dass er verstehen würde, dass er enttäuscht sei. Er wisse auch inzwischen, dass sein Partner Eric Bacher ihn rausgeworfen habe. Das sei kein guter Stil. Jede Firma müsse auch mal einen Misserfolg wegstecken können. Aber es hätte auch im Nachwege sein Gutes, denn nun habe er Zeit für eine neue Aufgabe. Er schlug vor, dass er seinen Sohn auf einer Reise begleitete.

»Mit unserem Boot den Rhein hinauf, um zu testen wo in Deutschland gutes Bier gebraut und getrunken wird. Neue Kontakte sollten sie knüpfen, neue Märkte erobern und Ausschau halten nach einer Burg oder so einem ähnlichen Anwesen, das man erwerben konnte.«

Dort könnte dann Siegfried in eigener Verantwortung diese Mixgetränke herstellen, in Verbindung mit unserem Bier. Und er erinnerte seinen Sohn an seine Erfahrung, die er in seinem Praktikantenjahr in Amerika erworben hatte. Damals hatte er von Root-Bier geschwärmt, das man in Mittelamerika getrunken hatte. Ein aus Anis, Muskatnuss, und Wacholder gebrautes Getränk. Er hatte das seinem Sohn damals ausgeredet. Aber vielleicht sollte man darüber nachdenken und offener sein für neue Ideen. Das waren ganz neue Töne aus dem Munde des konservativen Seniorchef.

Van Heesen wandte sich an Vincent und schlug vor, dass dieser seinen Sohn beim Management und bei der Werbung beraten solle.

Den beiden jungen Männern hatte es erst einmal die Sprache verschlagen. Peer van Heesen grinste … die Überraschung war ihm gelungen. Er berichtete dann, dass man das letzte Jahr sehr erfolgreich abgeschossen und sein Steuerberater ihm empfohlen habe, zu investieren. Am besten im Ausland … und da würde sich doch das Nachbarland Deutschland anbieten, wo man ein gutes Bier zu schätzen weiß. Da, wo die Landschaft rechts und links vom Rhein so zauberhaft sei.

»Du meinst also, wir sollten ein Anwesen am Rhein finden, wo wir eine Filiale aufbauen könnten?«, hakte Siegfried nach, den das Vorhaben sofort reizte.

»Eine Filiale unter deiner Leitung, … und Vincent als Werbechef!«

Nun wandte sich van Heesen direkt an Vincent. Wie ihm bekannt sei, habe er Architektur und Mediengestaltung studiert. Da sei er der richtige Mann, um Siegfried zu beraten, was und wo etwas machbar war. Einige Millionen wolle er investieren, aber sein Geld nicht aus dem Fenster werfen. Deshalb möchte er immer auf dem Laufenden gehalten werden, mit Fotos und Berichten. Und es kommt euch zugute, dass ihr die deutsche Sprache beherrscht, man kann keine Geschäfte machen, wenn man die Landessprache nicht versteht. Er wandte sich an seinen Sohn. »Siegfried, zapfe uns ein Bier … wir wollen auf das Vorhaben trinken!«

Kapitel 13

Die Jacht lag in Rotterdam vor Anker. Die van Heesens nannten es »ihr Boot«, die Bezeichnung war stark untertrieben. Das stattliche Schiff war noch keine fünf Jahre alt und mit allem Luxus ausgestattet, den man sich vorstellen konnte. Unter Deck befanden sich ein gemütlicher Aufenthaltsraum mit Fernseher und Musikanlage sowie drei gemütliche Kabinen, die geräumig genug waren, jeweils zwei Personen zu beherbergen.

Nachdem sie für Reiseproviant gesorgt hatten, lichteten sie Ende April den Anker. Sie durchfuhren etliche Kanäle, um bei Nijmegen in den Rhein zu gelangen. Als sie an Xanten vorbei fuhren, machte Vincent seinen Freund aufmerksam, dass da der legendäre Siegfried aus der Nibelungensage hergekommen war und in Richtung Burgund gesegelt sei. Siegfried war die Sage nicht unbekannt, aber er hatte sie längst vergessen, wie so manches Schulwissen.

In Wesel gingen sie zum ersten Mal an Land. In einem kleinen Landgasthof, am Fluss gelegen, wurden sie verwöhnt mit bester deutscher Hausmamnskost. Ihr nächstes Ziel war Duisburg und dann Düsseldorf, wo man an der angeblich längsten Theke der Welt Altbier trank. Sie bummelten über die »Kö«, amüsierten sich über die Schickimicki-Dämchen, die mit ihren kleinen Hündchen und großen Einkaufstüten mit Aufdruck bekannter Designer von einer Mode-Boutique zur nächsten hasteten.

In Köln beschlossen sie einige Tage zu bleiben. Die Kulisse am Rhein mit dem mächtigen Dom war beeindruckend. In den kleinen engen Gassen der Altstadt fanden sie gemütliche Kneipen, in denen das Kölsch, das in kleinen schmalen Gläsern serviert wurde, hervorragend schmeckte.

Die Gläser, die so schnell leer waren, dass man ganz schnell den Überblick darüber verlor, das wie vielte man gerade trank.

»Wir haben die Bierstadt Dortmund ausgelassen«, erinnerte Vincent seinen Freund, »aber die Stadt liegt halt nicht am Rhein.«

»Auf dem Rückweg!«, versprach Siegfried, der gerade dabei war, dem Wirt die Vorzüge von van-Heesen-Bier nahezubringen, das, wie sie festgestellt hatten, hin und wieder auch in deutschen Gaststätten ausgeschenkt wurde.

Spät in der Nacht landeten sie in einer Disco, wo sie drei muntere »Kölsche Mädels« kennenlernten, die ihrer Einladung, mit auf das Schiff zu kommen, folgten. An Deck bei Vollmond tranken sie van-Heesen-Bier, wovon einige Fässchen an Bord waren. Vincent verschwand als erster in seiner Kabine und lehnte die Begleitung der lustigen Blondine ab. »Langweiler!«, rief sie ihm nach und versuchte dann bei Siegfried zu punkten. Der hatte seine Wahl bereits getroffen, flirtete heftig mit der Rothaarigen, die ihm zu später Stunde breitwillig in seine Kabine folgte. Die anderen beiden Mädels verzogen sich kichernd in die dritte, noch freie Kabine.

Bei Tageslicht musste Siegfried feststellen, dass die Dame, mit der er die Nacht zugebracht hatte, wesentlich älter war, als er sie am Vorabend geschätzt hatte. Leise schlich er sich davon, ging an Land, joggte am Ufer entlang und erkundigte sich bei einem Hundebesitzer der seinen Cocker ausführte, nach einem Bäckerladen. Mit einer Tüte voller frischer Brötchen kehrte er zurück und stellte erfreut fest, dass es aus der Kajüte nach frischem Kaffee duftete und Vincent dabei war, an Deck den Frühstückstisch zu decken. Siegfried deutete mit fragendem Blick nach unten.

»Die Mädels sind am Duschen! ... und wie war es?«

Siegfried zuckte mit der Schulter und meinte, man müsse sehen, dass man die drei schnellstens wieder loswerde. Die zwei, die die Nacht miteinander in einer Kabine verbracht hatten, verabschiedeten sich gleich nach dem Frühstück. Die rothaarige Doris machte es sich bequem auf der Sonnenliege und fragte, wohin die Fahrt ginge. Siegfried versuchte ihr zu erklären, dass dies eine rein geschäftliche Tour sei und keine Vergnügungsreise und sie auf keinen Fall mitfahren könnte. Aber Doris hatte es sich in den Kopf gesetzt zu bleiben, meinte, sie würde nicht stören, sondern gern an Deck in der Sonne liegen … »und in der Nacht neben dir!« Sie warf Siegfried einen schmachtenden Blick zu. Es half nichts, dass er sie darauf aufmerksam machte, dass sie keine Toilettenartikel, keine Wäsche und sonstige Dinge dabei habe. Meinte, das könnte man unterwegs alles kaufen! Sie blieb hartnäckig und fest entschlossen, sich nicht so ohne weiteres abschieben zu lassen.

Nachdem Siegfried seinem Freund hilfesuchende Blicke zugeworfen hatte, holte Vincent die Kleider der Dame aus der Kabine und warf sie auf die Liege. Unmissverständlich gab er ihr zu verstehen, dass sie sich anziehen sollte, sie müssten jetzt ablegen, und das ohne sie. Wütend vor sich hin schimpfend, zog sie sich an, warf ihre kupferroten Haare zurück und stöckelte über den Anlegesteg. Siegfried atmete auf, startete den Motor und beeilte sich wegzukommen.

Sanfte Hügel rechtsrheinig und die ersten Burgen erinnerten sie an das Vorhaben, ein Anwesen zu suchen, das käuflich zu erwerben war und sich eignete für eine Filial-Brauerei.

Ab Bonn oberhalb der Weinberge rechts und linksrheinig und auf so manchem Hügel thronte so manche Burg mal gut erhalten, aber auch oft nur noch als Ruine.

»Meinst du, die alten Gemäuer wären käuflich zu erwerben?« Vincent zeigte auf eine der Burgen.

»Die eine oder andere ganz bestimmt, so mancher Burgherr wäre froh, sein Erbe loszuwerden.« Siegfried winkte ab. »Aber die liegen zu hoch, beschwerlich, die Produkte hinauf zu schaffen!«

»Sieh mal einer an, da war dein BWL-Studium doch nicht umsonst«, meinte Vincent.

»Du sagst es … aber das meiste habe ich bei meinem Vater in der Praxis gelernt, er ist ein alter Fuchs und mit allen Wassern gewaschen!«

In Rüdesheim gingen sie wieder vor Anker. Drängten sich durch die belebte Drosselgasse, in der sich die internationalen Touristen an den Weinlokalen vorbeischoben. Die Zwei beschlossen, sich die Beine zu vertreten. Wanderten auf den steinigen Wegen hinauf zum Niederwalddenkmal. Zu ihrer Enttäuschung war die gewaltige Dame auf ihrem geschichtsträchtigem Steinsockel eingerüstet.

»Schließlich steht sie dort seit über 100 Jahren und braucht mal eine Schönheitskur!«, mischte sich ein älterer Mann ein, der ihr Bedauern vernommen hatte. Er zeigte ihnen den Weg zu einem Restaurant, das etwas abgelegen im Wald lag, wo man ausgezeichnet speisen konnte.

Bevor sie den Rückweg antraten, setzten sie sich wie die meisten Touristen auf die Steinstufen vor dem Denkmal und bewunderten die grandiose Aussicht von hier oben.

Machten mit ihren Handys ein paar Fotos, die sie dann an van Heesen schickten.

In der Nacht schliefen sie besonders gut, nach dem ungewohnten Fußmarsch. Im Rheingau legten sie einige weitere Male an, um sich nach Projekten zu erkundigen, die sich aber bei näherem Hinsehen als ungeeignet erwiesen. Kurz nach Mainz, als das Land an den Ufern wieder flacher wurde, gab der Schiffsmotor eigenartige Geräusche von sich. Siegfried blätterte besorgt im Bordhandbuch, drehte ein paar Hebel und die Störung schien beseitigt zu sein. Als die Stadt Worms in Sicht war, fiel der Motor plötzlich völlig aus. Sie ließen sich von der Strömung treiben und Vincent konnte es nicht lassen zu spotten, dass »Jung Siegfried« einst auch nach Worms gekommen war und sein Schicksal in der Nibelungenstadt besiegelt wurde.

Er solle ihn mit den alten Geschichten verschonen, murrte genervt Siegfried, funkte ein S.O.S. an das Wasser- und Schifffahrtsamt von Worms und bat, dass man sie in den Hafen schleppte.

So waren sie angekommen in Worms, es war der zweite Mai.

Das Schiff kam auf Reede, man versprach es möglichst bald wieder flott zu machen. Auf Empfehlung hin, ließen sie sich mit einer Taxe zum Hotel »Prinz Carl« bringen, wo Siegfried eine geräumige Suite mietete.

Während er ein längeres Gespräch mit seinem Vater führte, informierte sich Vincent an der Rezeption über die Sehenswürdigkeiten der Stadt und versorgte sich mit Informationsmaterial.

»Den romanischen Dom müssen wir uns unbedingt ansehen, das Nibelungenmuseum an der Rheinpromenade, das Hagen-Denkmal und …«

»Aber bitte nicht mehr heute!«, unterbrach Siegfried seinen Freund. Sie waren unterwegs auf der Rheinpromenade und Siegfried schritt zielstrebig voran. »Wenn wir in die Stadt wollen, müssen wir in die entgegengesetzte Richtung«, gab Vincent zu Bedenken.

Siegfried sagte, er habe da vom Wasser aus einen Turm gesehen, den wolle er sich gern aus der Nähe ansehen. »Die Lage wäre sicher hervorragend für unser Vorhaben!«, meinte er und sah sich suchend um. Der Turm war zu nicht sehen. Als Vincent murrte, er habe Hunger, kehrten sie um und gingen stadteinwärts.

Am nächsten Morgen stand ein weißer Porsche vor dem Hotelportal. »Steig ein!«, sagte Siegfried zu seinem Freund, den Wagen habe er gestern Abend noch gemietet, er habe die Lauferei satt, das Hotel liege doch recht abgelegen und die Stadt sei weitläufiger als gedacht.

Nachdem sie bei zwei Immobilienhändlern vorgesprochen hatten, die ihnen kein geeignetes Objekt anbieten konnten, hatte Siegfried die Idee, sich an das Rathaus zu wenden. Sie fragten sich dort durch, bis zu den Amtsräumen vom Bürgermeister.

Ohne Termin ginge gar nichts, versuchte die Vorzimmerdame die beiden abzuwimmeln. Siegfried blieb hartnäckig, es kam zu einem lautstarken Disput, bis die danebenliegende Tür geöffnet wurde, ein Mann seinen Kopf herausstreckte und sich erkundigte, was los sei.

Sie versuche die Herren, die keinen Termin hätten, davon abzuhalten, den Herrn Bürgermeister zu überfallen!«, verteidigte sich die Sekretärin.

Der war dann doch interessiert, um was es sich handelte. »Kraft«, stellte er sich vor und wollte wissen, was so dringend sei, dass sie ihn unbedingt sofort sprechen wollten. Siegfried nannte seinen und seines Freundes Namen und machte mit der Andeutung, in Worms in ein Großprojekt investieren zu wollen, den Bürgermeister neugierig.

In seinem Amtszimmer hörte er sich das Anliegen interessiert an und sagte, dass im Industriegebiet noch einige Grundstücke zu erwerben seien. Siegfried schüttelte den Kopf, er habe an ein vorhandenes Anwesen gedacht, wo man alte Bausubstanz mit neuen Gebäuden ergänzen konnte. »Verstehen Sie, es sollte der Eindruck entstehen, alte Tradition mit Neuem zu verbinden.« Siegfried erinnerte sich an den Turm, den er vom Schiff aus kurz gesehen hatte.

Herr Kraft lachte. »Unseren Nibelungenturm? Den werden wir nicht veräußern, für alles Geld der Welt nicht. Er gehört zu unseren Sehenswürdigkeiten und steht schon seit dem zwölften Jahrhundert dort. Der Turm war Schauplatz von großen historischen Ereignissen und hat die Stürme der Zeit überdauert. Wenn ich den verkaufe, werfen die Bürger mich aus dem Rathaus und steinigen mich vor dem Dom!« Er wischte sich die Lachtränen von den Wangen.

»Schade!«, sagte Siegfried, aber vielleicht gebe es sonst ein Anwesen von nicht ganz so historischer Bedeutung, das käuflich zu erwerben sei. Kraft wiegte den Kopf, da fallen ihm verschiedene Objekte ein. Eine Brauerei? ... Nun ja, man wäre zwar hier im Weinbaugebiet, aber es gebe hier, wie überall in Deutschland, auch genügend Biertrinker. Interessiert fragte er, wie viele Arbeitsplätze für seine Stadt herausspringen würden? Mit 80 bis 100 könne man schon rechnen, meinte Siegfried, der diesen Aspekt noch nicht in Erwägung gezogen hatte. Der Bürgermeister nickte wohlwollend und sah dann auf seine goldglänzende Rolex, entschuldigte sich, dass er eine Verabredung zum Mittagessen habe. Er vertröstete die beiden auf den morgigen Tag, wo eine Stadtrat-Sitzung anberaumt sei und er das Anliegen vorbringen konnte. Am Abend sei er im Pfälzer Weinkeller, neben der Dreifaltigkeitskirche, dort könne man ihn treffen und über alles reden und er könne ihnen sicher schon mal einige Projekte nennen, die mit Abstimmung der Stadträte käuflich zu erwerben seien.

»Der Mann ist interessiert!«, meinte Siegfried zu seinem Freund. Vincent stellte in Frage, ob Worms wirklich geeignet sei für ihr Vorhaben.

Am Nachmittag überredete Vincent seinen Freund zu einem Besuch in das Nibelungen-Museum, das in der alten Stadtmauer untergebracht war. Mit moderner Multimedia-Technologie wurde die berühmte Helden Sage in Szene gesetzt.

Nach vier Stunden stöhnte Siegfried, er habe jetzt endgültig genug von Helden, Mord und Totschlag und fiel auf den nächsten Stuhl, der wie alles in der Umgebung historisch war. Vincent schien unersättlich zu sein, er wäre am liebsten noch in das Mythenlabor eingetaucht, das sich im Untergeschoss befand. Beim Abendessen, das sie im Hotel einnahmen, frotzelte Vincent immer wieder, wie gefährlich dieses Worms für Siegfried doch sei. Wie sein Namenvetter in der Sage sei dieser auch aus den Niederlanden hier hergekommen und sei hier ermordet worden. Siegfried hatte das Gefühl, dass Vincent ihm Worms ausreden wollte. Er solle aufhören mit den alten Geschichten, beschwerte sich Siegfried. Er könne sie nicht mehr hören.

Am nächsten Morgen erfuhren sie von der Reederei, dass es einige Tage dauern könnte, bis die neuen Teile für den Schiffsmotor aus Schweden geliefert würden.

Siegfried steckte die Info ein und sagte zu Vincent, man habe keine Eile, er sei gespannt was der Bürgermeister ihnen am Abend für Vorschläge unterbreiten würde.

Es war ein heißer Maientag, die Temperaturen waren schon wie im Hochsommer. Sie beschlossen, an den Fluss zu gehen, vielleicht fand man eine Stelle, wo man schwimmen konnte. »Wir haben keine Badehose, die haben wir auf dem Boot gelassen!«, gab Vincent zu bedenken.

»Na und?« Siegfried grinste und fragte ob er was gegen Nacktbaden habe.

Aber es waren dann doch zu viele Menschen unterwegs, die den herrlichen Tag zu einem Ausflug nutzten. Außerdem hielten die großen Hinweisschilder, auf denen geschrieben stand, dass Baden verboten sei, sie von ihrem Vorhaben ab. Träge und gelangweilt lümmelten sie auf einer Wiese am Rheinufer, als ein weiß-schwarzgeschecktes Pferd mit einer Reiterin vorbei galoppierte. Der rostrote Pferdeschwanz der Frau wippte im Takt mit dem Schweif von ihrem Pferd. Staub wirbelte auf, die Freunde sahen ihr bewundernd nach. Vincent knuffte seinen Freund in die Seite sagte, das sei Brunhild gewesen.

»Blödmann!«, konterte Siegfried und knuffte zurück.

Der Bürgermeister war schon da, als sie am Abend im Weinkeller eintrafen. Herr Kraft winkte sie an den runden Stammtisch und stellte sie drei weiteren Herren vor. »Wir haben über Ihr Vorhaben gesprochen und sind uns einig, dass wir bestimmt ein geeignetes Objekt finden werden, das Ihren Vorstellungen entspricht. Gleich morgen könnten Sie, in Begleitung eines Mitarbeiters vom Rathaus, sich das eine oder andere Anwesen ansehen.«

Der junge Herr Götze erwartete sie nach dem Frühstück an der Rezeption. Sie fuhren in dessen Mercedes, da der Porsche nur ein Zweisitzer war, in Richtung Peddersheim.

An stillgelegten Gleisen, da, wo schon lange kein Zug mehr vorbeigekommen war, lag ein verlassenes Bahnhofsgebäude. Das hatte einst gute Zeiten erlebt. Die Mauern waren von massiver Bauweise, an den hohen Fenstern war das Glas zersprungen. Sie schauten hinein, wo zwischen Glasscherben, Staub und leeren Flaschen ein paar umgestürzte Bänke lagen. Vincent umrundete das Gebäude neben dem meterhohes Gestrüpp gewachsen war. Der junge Mann, der sie begleitete, berichtete, dass die Bahn seit Jahren versuchte, das Gebäude mit dem Grundstück zu veräußern. Der Preis sei sicher sehr moderat und eine Sache der Verhandlung. Siegfried schüttelte den Kopf. Kein Interesse! Viel zu abgelegen, rings um nur flaches Land und der Bahnhof sei höchstens für einen sogenannten Schauraum mit Braukessel zu gebrauchen. Da könne ein niedriger Preis ihn auch nicht locken. Siegfried setzte sich wieder auf den Beifahrersitz und die anderen folgten ihm.

»Wir fahren jetzt nach Horchheim, da soll ein Weingut verkauft werden. Die Lage wird Ihnen sicher gefallen. Es liegt auf einem Hügel! Ein schönes altes Wohnhaus, einige massiv gebaute Nebengebäude, und so viel ich weiß, handelt es sich um ein großes Grundstück«, machte der junge Herr Götze das nächste Objekt den Holländern auf dem Weg dahin schmackhaft.

»Und warum will der Besitzer so ein Kleinod verkaufen?«, interessierte sich Siegfried. Herr Göze sagte, Herr Lemberger sei schon ziemlich alt und wollte sich zur Ruhe setzen. Seine Tochter, sein einziges Kind, lebe in Kalifornien und habe dort in ein großes Weingut eingeheiratet. Dahin wollte der alten Mann. Er wollte bei seiner Tochter sein und endlich seine Enkelkinder kennenlernen, die er noch nie gesehen hatte. Er sei ein Freund von Herrn Born, dem Schwiegervater des Bürgermeisters, und der habe dem Lemberger versprochen, sich um einen Käufer zu bemühen.

Zum Weingut führte ein steiler Weg, der rechts und links mit Lavendelbüschen bepflanzt war. An den Halmspitzen sah man schon die lila Knospen. Noch einige sonnige Tage, dann würde der Lavendel in voller Blüte stehen.

Wie in der Toscana sei es hier!, schwärmte Vincent, der einige Semester in Florenz studiert hatte. Auch Siegfried schien von dem, was er sah, angetan zu sein. Das Gut bestand aus mehreren Gebäuden, die sich um das Wohnhaus gruppierten. Neben dem Treppenaufgang waren in alten Weinfässern große Orleanderbüsche gepflanzt mit rosafarben und weißen Blüten. Der Hof war mit hellen Natusteinen gepflastert. Alles war harmonisch und passte zueinander. Es roch immer noch nach Wein, obwohl hier schon einige Jahre nicht mehr gekeltert wurde, wie Herr Götze beiläufig erwähnte. Ein gebeugter alter Mann bemühte sich, die Außentreppe hinunter und begrüßte die Gäste auf dem Hof. Herr Götze machte die Herren miteinander bekannt. Herr Lemberger sagte, sie sollten sich erst einmal in Ruhe umschauen. Auf der Terrasse hinterm Haus würde er sie dann erwarten. Er habe einen kleinen Imbiss vorbereitet und dabei könnte man über alles reden.

Die Gebäude waren alle gut in Schuss. Die Einfahrt sei völlig unterkellert, darauf hatte der Besitzer hingewiesen. Für ein Lager ideal. Vincent machte mehrere Aufnahmen und notierte das, was er ausgemessen hatte. Vom Hof aus führten Steinstufen hinauf zu einer Terrasse und von da aus sah man, so weit das Auge reichte, auf Weinberge. Vincent sah man seine Skepsis an, aber er sagte erst einmal nichts. Siegfried zuckte mit den Schultern und nahm zielstrebig den Weg, der hinter das Haus führte, wo man die Stimmen von dem Besitzer und Herrn Götze hören konnte. Auf dem Tisch stand ein Weinkrug mit Gläsern, auf einer Platte war Hausmacher-Wurst mit kleinen Essiggurken angerichtet und in einem Körbchen lag rustikales dunkles Brot. Herr Lemberger forderte sie auf, zuzugreifen. Dann seufzte er und sagte, dass er von Herrn Götze erfahren habe, dass die Herren Haus, Grund und Boden für eine Bierbrauerei suchen würden. Das sei ein großes Missverständnis, dafür würde sein Gut nicht zur Verfügung stehen. Hier habe man seit über zweihundert Jahren Wein angebaut und gekeltert und das sollte auch so bleiben. Wenn er auch das Geld von einem Verkauf gut gebrauchen könnte, um zu seiner Tochter nicht mit leeren Händen zu kommen, würde er das Anwesen lieber verpachten, als dass hier Bier gebraut werde.

Siegfried nahm die Abfuhr gelassen hin und zeigte Verständnis. Sagte, er habe sich sowieso ein Anwesen, das näher am Rhein gelegen sei, vorgestellt. Sie schieden voneinander in gutem Einvernehmen.

Günter Kraft war verärgert. Er sagte zu Herrn Götze, dass der Lemberger nicht wisse was er wollte. Er habe ihm einen Gefallen getan und einen ernsthaften Interessenten für sein Weingut geschickt und nun habe er aus unverständlichen Gründen abgelehnt. Er habe das Gut empfohlen und die Absage würde auf van Heesen keinen guten Eindruck machen. Nun mache er sich Sorgen, dass es sich die beiden Holländer womöglich anders überlegen könnten und Worms den Rücken kehrten. Er beschloss sich selbst um die beiden zu kümmern. Er hatte ja noch ein Ass im Ärmel, das Gasthaus Römerblick, und er wusste genau, dass die Besitzerin Gisela Heller auf jeden Fall verkaufen wollte. Er musste nur das Objekt den Holländern schmackhaft machen.

An dem Wochenende hatte er keine Zeit, die beiden zu begleiten. Deshalb beschloss er die beiden jungen Männer zum Geburtstagsfest seiner Frau einzuladen. Ein paar Neulinge in der altvertrauten Runde wären sicher befruchtend für alle Seiten.

Morgen wurde Henny fünfzig! Und sie sah keinen Tag jünger aus. Aus dem etwas schüchternen Mädchen, schon damals etwas altjüngferlich, acht Jahre älter als er, war ein betuliches Hausmütterchen geworden. Sie glaubte, sie müsse sich im Haushalt um alles selbst kümmern. Haushaltshilfen und Putzfrauen blieben nie lange, weil Henny alles besser konnte und an ihnen rumnörgelte, bis sie kündigten. Er hatte sich durchgesetzt, dass ihr Geburtstag im Restaurant gefeiert werde, sonst hätte Henny wieder geglaubt sie müsse den Partyservice beaufsichtigen. Sie verbrachte zurzeit viel Zeit mit ihrem Vater, seit der in die obere Etage ihres Stadthauses gezogen war und sein Weingut in die Hände eines Pächters gegeben hatte. Auch das Stadthaus gehörte Henny, ihr Vater hatte es ihr zur Hochzeit geschenkt. Im Grunde genommen war der Vater der treibende Teil gewesen, dass er Henny geheiratet hatte. Es ergab sich so. Der Schwiegervater hatte ihn durch sein Geld und seine Beziehungen auf den Bürgermeisterstuhl geholfen und als Beigabe hatte er dann noch Henny bekommen. Damals war er nur heiß auf das Amt gewesen und die reiche Hennriette Born erschien ihm auch ganz begehrenswert … damals! Kinder hatten sie keine bekommen, nach drei Fehlgeburten hatten sie die Hoffnung auf Nachwuchs aufgegeben und er war lange nicht mehr in ihrem Bett gewesen.

Seufzend suchte er den richtigen Schlüssel für die untere Schreibtischschublade. Kramte unter verschiedenen Dokumenten ein Foto hervor, das einen hübschen Jungen zeigte an der Hand einer älteren Frau. Das war Martin, sein unehelicher Sohn. Er war inzwischen 14 Jahre alt und besuchte ein gutes Internat am Bodensee, das ihn eine Stange Geld kostete. Er war froh, dass Henny von seinem unehelichen Sohn nichts wusste, und das sollte auch so bleiben. Günter Kraft strich über das Foto, wie gern hätte er den Jungen mal besucht, aber seine Mutter erlaubte es nicht. Und seine Frau durfte nicht misstrauisch werden. Außerdem war in seiner Position ein uneheliches Kind immer noch verpönt.

Frau Binser, seine Sekretärin, klopfte an und brachte die Unterschriftenmappe. Er hatte gerade noch das Foto unter die Zeitung schieben können. Er würde für heute Schluss machen, sagte er. Er müsse noch einmal zum Restaurant fahren, da, wo am morgigen Tag gefeiert werde, um zu sehen, ob alles so gerichtet war wie abgesprochen.

Auf dem Weg dahin fuhr er am Hotel Prinz Carl vorbei, um die beiden Holländer zum Geburtstagsfest einzuladen. Er hielt das für eine gute Idee. Da er sie leider nicht antraf, hinterließ er eine schriftliche Nachricht.

Nachdem Herr Götze sie in der Stadt abgesetzt hatte, waren sie in einer Espresso-Bar gewesen und hatten ernsthaft überlegt, Worms zu verlassen. Vincent hatte Siegfried darin bestärkt und wiedermal gesagt, dass Worms nicht der richtige Ort sei. Sie ließen sich mit einer Taxe zum Frachthafen fahren, um nach dem Boot zu sehen. Man teilte ihnen mit, dass die Teile für den Motor leider immer noch nicht angekommen seien. An Bord verbrachten sie eine gute Stunde, packten ein paar Sachen ein, die sie für einen weiteren Aufenthalt hier benötigten. Von einem der Schiffshandwerker wurden sie in das Hotel gefahren, wo sie den Bürgermeister nur knapp verfehlten. An der Rezeption gab man ihnen die Einladung des Bürgermeisters, über die sie sich erst einmal wunderten. Siegfried steckte die Einladung ein und erkundigte sich nach dem Turm, den er vom Rhein aus gesehen hatte. Seitdem hatte er ihn nicht mehr gesehen.

»Nein, nicht den Nibelungenturm!«, sagte er zu der Hotelangestellten, nein, es sei ein anderer gewesen. Er habe ihn nur kurz vom Boot aus sehen können. Der sei nicht so hoch gewesen und von schlichterer Bauweise. Er habe die umstehenden Bäume nur um ein paar Meter überragt. Deshalb sei er wohl so schwer wiederzufinden.

Die Hotelangestellten berieten sich untereinander, riefen einen jungen Mann dazu und der meinte nach einigem Nachdenken, es könne sich nur um den Turm von der Falkenfelsburg handeln. Er erklärte Siegfried den Weg dahin, während Vincent genervt die Augen verdrehte.

»Ich dachte wir seien uns einig, dass wir ablegen, wenn das Schiff wieder flott ist, und uns anderweitig umsehen!«, sagte Vincent und stieg dann doch etwas widerwillig in den Porsche. Er sei mit Worms noch nicht fertig, sagte Siegfried und fuhr zügig den Nibelungenring entlang, am Festplatzgelände vorbei, und als sie den Nibelungenturm erblickten, fragte Vincent, ob Siegfried nicht doch den gesehen habe.

Nein, es sei ein anderer gewesen, das wisse er jetzt ganz genau und er fuhr weiter. Vorbei an der Nibelungenbrücke in Richtung Stadtpark. Das Gelände sollte »am Salzstein« heißen. Bei einem kleinen Waldstück bogen sie ab und dann sahen sie den Turm nur mal ganz kurz, bis er hinter den Bäumen wieder verschwand. Siegfried schlug auf das Lenkrad und sagte triumphierend, er habe es gewusst, »es gibt den Turm wirklich!«.

Vincent brummte: »Wart's ab … das ist vielleicht nur ein Schrotthaufen!«

Auf einem holprigen Feldweg fuhren sie weiter, bis sie an eine Bruchsteinmauer kamen, die an mehreren Stellen eingestürzt war. Das rostige Gittertor war mit einer dicken Kette verschlossen und ein Schild wies darauf hin, dass das Betreten des Privatgrundstückes untersagt sei.

»Dahinten muss der Turm sein!«, sagte Siegfried und zeigte auf die Baumgruppe. Dann rüttelte er an der Kette, weil er keinerlei Hinweis fand, wie man sich bemerkbar machen konnte. Sie sahen durch das Gitter am Ende einer Zufahrt ein gut erhaltenes großes Haus. Vincent meinte, das sei sicher das sogenannte Herrenhaus. Es war aus massiven Bruchsteinen gebaut, mit hohen Fenstern im Erdgeschoss. Eine abgenutzte Steintreppe führte zu einer wuchtigen Haustür. Siegfried schien angetan von dem, was er sah, und sagte, da ließe es sich etwas daraus machen! Das sei genau das, was er suchte! Und der Fluss sei nahe, das sei für den Transport wichtig. Sie hatten das kleine Häuschen nicht bemerkt, das sich neben dem Tor hinter Büschen versteckte, dort bewegte sich eine Gardine.

»Das ist ein ehemaliges Pförtner- oder Kutscherhaus!«, bemerkte Vincent und zeigte darauf. Überlegte dann laut, dass das Anwesen sicher mal bessere Zeiten erlebt habe.

Siegfried hielt es nicht mehr aus, er war so neugierig, dass er Anstalten machte über die Mauer zu klettern. Sein Freund hielt ihn davon ab. Vincent warnte ihn, vielleicht gebe es einen bissigen Wachhund, der ganz plötzlich auftauchen würde. Außerdem hätte er bestimmt keine Chance mit dem Eigentümer zu verhandeln, wenn er hier einbrechen würde.

Siegfried ließ dann von seinem Vorhaben ab. Lief außerhalb der Mauer ein Stück weit in Richtung Rhein und versuchte einen Blick auf den Turm zu werfen. Aber die großen Bäume und allerlei Gestrüpp versperrte die Sicht. Enttäuscht ging er zurück und sie stiegen wieder in das Auto. Siegfried sagte, er würde sich beim Bürgermeister über das Anwesen erkundigen. Dieses hier würde ihn brennend interessieren. Dann erinnerte er sich an die Nachricht, die der Bürgermeister hinterlassen hatte. Er zog den Zettel aus seine Jackentasche und las noch einmal die Einladung.

»Ach ja, wir sind eingeladen, zum Geburtstagsfest von seiner Frau!« Siegfried reichte Vincent die schon etwas zerknitterte Einladung.

»Ich glaube wir sollten da mal hingehen!«, meinte Siegfried. Sicher würde man da interessante Leute kennenlernen.

»Und etwas über deinen Turm erfahren!«, spottete Vincent.

Kapitel 14

Vom Hotel aus rief Siegfried Bürgermeister Kraft an, bedankte sich für die Einladung und sagte, dass sie die gerne annehmen würden. Vincent stellte die Frage, was man zu diesem Anlass anziehen sollte. Mit ihren sportlichen Klamotten könnten sie sich in der sicher elitären Gesellschaft nicht sehen lassen.

»Dann gehen wir halt einkaufen!«, sagte Siegfried und erkundigte sich an der Rezeption nach einem guten Herrenausstatter. Man hatte ihnen das Herrenkonfektionsgeschäft am Obermarkt empfohlen, wo sie dann auch fachgerecht beraten wurden. Siegfried hatte seine Kreditkarte gezückt und beide Anzüge und Zubehör bezahlt. Mit den Tüten in der Hand betraten sie ein Blumengeschäft in der Nähe. Siegfried zeigte auf die schwarze Keramikblumenschale, die mit lilafarbenen Orchideen bepflanzt war.

»Die nehmen wir!«, entschied er kurzentschlossen. Und weil die Inhaberin vom Blumengeschäft keine Kreditkarten akzeptierte, kratzten die beiden ihr gesamtes Bargeld zusammen. Während ein Mädchen meterweise Folie abrollte, um die Schale zu verpacken, fragte Siegfried nach einer Karte und bat, dass man die Schale mit der Karte in den »Burgunderhof« schicken solle. In ihrem Zweisitzer war für das sperrige Blumenpräsent kein Platz.

Siglinde, Günter Krafts Schwester, hatte die Tischordnung übernommen und versuchte nun noch die zwei Gäste zu platzieren, die ihr Bruder kurzfristig noch eingeladen hatte. Sie war neugierig auf die angekündigten jungen Männer und freute sich über die Abwechslung, die die beiden sicher in den festgefahrenen, üblichen Kreis der Gäste bringen würden.

Vincent Klasen war ihr Tischnachbar, mit dem sie sich überaschenderweise hervorragend unterhielt. Er hatte wie sie sehr großes Interesse an Kultur und Kunst. Dagegen langweilte sich Siegfried neben seiner Tischdame. Frau Dr. Rosemarie Anmut, Inhaberin einer Apotheke, redete anhaltend auf ihn ein. Erklärte, dass sie dem Förderkreis für die Festspiele angehöre, ja, dass die Festspiele im Grunde genommen ihre Idee gewesen seien. Der Oberbürgermeister sei sofort nicht abgeneigt gewesen, nur Herr Kraft habe sich lange geziert und immer nur die Kosten im Auge gehabt. Er hatte die Klagen der Anlieger befürchtet und die Ruhestörung im Umfeld vom Dom. Denn da waren sie sich von Anfang an einig gewesen, dass, wenn … die Festspiele am Dom stattfinden mussten. Dann sei plötzlich Mario Adorf aufgetaucht … »wissen Sie, der Schauspieler … den kennen Sie doch sicher?«

Siegfried zuckte zusammen, was hatte sie gerade gesagt? Ja, ja, den Schauspieler würde er kennen!

Inzwischen würden die Festspiele schon im dritten Jahr aufgeführt und sie habe das Gefühl, dass man sie ausbooten wolle!

Es genügte, wenn Siegfried immer mal ein »Aha«, ein »Oh« oder »Unglaublich« von sich gab. Er hatte neben seinem Freund die bildhübsche Schwester des Gastgebers entdeckt. Siegfried reckte den Hals, um die beiden besser sehen zu können, und versuchte, mitzubekommen, über was die beiden sich so angeregt unterhielten

»Sie hören mir ja gar nicht zu!«, beschwerte sich die Apothekerin und wandte den Blick dahin, wo ihr Tischnachbar fasziniert hinsah. »Aha, die Siglinde hat mal wieder einen neuen Verehrer, … ist das Ihr Freund?«

Ja das sei Vincent Klasen, sein Freund. »Herr Kraft hat uns beide eingeladen, obwohl wir seine Frau kaum kennen.«

Nun wollte die Apothekerin mehr von ihrem Tischnachbarn wissen. Sie habe gehört, er würde in Worms ein Grundstück suchen, was er denn vorhabe?

Nun da ganz Worms informiert war, dass er sich eventuell hier niederlassen wolle, klärte er Frau Dr. Anmut auf, was er genau hier suche.

»Eine Brauerei? ... es gibt hier schon das Brauhaus Zwölf Apostel mit einem gemütlichen Biergarten. Das reicht für die Biertrinker sicherlich aus. Wir Wormser sind mehr oder weniger Weintrinker, da werden Sie es schwer haben, da sollten Sie sich besser einen geeigneteren Standort suchen.«

»Das lassen Sie mal meine Sorge sein.« … wieder ein Blick zu Vincent und der Schwester des Bürgermeisters, … Vincent schien zu brillieren mit seinem Wissen über die Wormser Sehenswürdigkeiten, die er fast alle schon besichtigt hatte. Siegfried wandte sich wieder seiner Tischdame zu. »Vielleicht können Sie mir etwas über das Anwesen Falkenfels erzählen?«

Sie warf ihm einen lauernden Blick zu. »Sagen Sie nur, Sie wollen die Gräfin zu einem Verkauf von ihrem Gut überreden?«

Siegfried schüttelte den Kopf und sagte, dass er das Grundstück noch nicht betreten habe und die Gräfin gar nicht kenne. Da habe er auch nichts versäumt!, mokierte sich Frau Dr. Anmut. Sagte die Conzstanze sei ein eingebildetes Luder, arm wie eine Kirchenmaus aber immer noch stolz auf ihren Namen und ihr heruntergekommenes Anwesen.

Inzwischen hatte eine drei-Mann-Band ihre Instrumente aufgebaut und die Musiker stimmten den Donauwalzer an.

Der Bürgermeister führte seine Frau mit theatralischer Geste auf die kleine Tanzfläche und schwenkte sie schwungvoll, im Walzerschritt, herum. Frau Krafts Gesicht war vor Aufregung rot angelaufen. Sie sah in ihrem mausgrauen Satine-Kostüm, das um die Hüften etwas spannte, unscheinbar aus. Frau Dr. Anmut sagte zu Siegfried, die Henny sei viel älter als ihr Mann. Im Grunde genommen würden die zwei nicht zueinanderpassen. Das war Siegfried schnurzegal. Die Apothekerin sagte gerade, sie tanze nicht, sie würde das Gehopse albern finden. Siegfried entgegnete, er würde gern tanzen und entschuldigte sich. Mit einer gewissen Schadenfreude umrundete er den Tisch und forderte Siglinde Kraft zum Tanz auf. Er wusste, dass Vincent nicht tanzen konnte. Der warf ihm dann auch einen wütenden Blick zu, als sein Freund seine Tischnachbarin entführte. Siegfried war ein ausgezeichneter Tänzer und Siglinde überließ sich gerne seiner Führung. Nach einer guten halben Stunde machte die Band eine Pause und Siegfried schlug seiner Tanzpartnerin vor, sich mit einem Glas Sekt auf der Terrasse etwas abzukühlen. Als er hinter ihr herging bewunderte er ihre makellose schlanke Figur, die in dem leuchtend blauen Etui-Kleid hervorragend zur Geltung kam. Als er ihr gegenüber saß, sagte er, dass ihr Aqamarin-Schmuck mit ihren Augen um die Wette funkeln würde. Sie errötete über das Kompliment und nestelte an einem ihrer Ohrringe. Sagte, den Schmuck habe ihr Bruder ihr zum einundzwanzigsten Geburtstag geschenkt. Ausnahmsweise würde sie heute den Schmuck mal tragen. Als

Grundschullehrerin habe sie selten Gelegenheit, sich zu schmücken. »Die Aquamarine passen zu Ihnen, zu Ihrem Kleid und zu Ihren Augen!«, flirtete er. Sie tranken eine ganze Flasche Winzersekt aus der Region zusammen und Siegfried erzählte Siglinde, dass sein Boot hier vor Worms gestreikt habe. Ein Grund für einen längeren Aufenthalt und die Überlegung, hier in der Stadt sein Vorhaben umzusetzen. Sie hörte ihm zu und beide bemerkten den Funken, der übergesprungen war. Als die Musik wieder einsetzte, tanzten sie noch einige Male miteinander und hatten Vincent Klasen völlig vergessen. Bis der Bürgermeister Siegfried zur Seite nahm und zu ihm sagte, sein Freund sei völlig betrunken, er solle sich bitte um ihn kümmern. Vincent wehrte sich heftig, als sein Freund versuchte, ihn in das Auto zu verfrachten. Mit Hilfe des Bürgermeisters schafften sie es dann gemeinsam. Vincent sackte auf dem Beifahrersitz zusammen und war nicht mehr ansprechbar. Siegfried wollte den Abend nicht so abrupt enden lassen, sagte, er wolle sich noch von der reizenden Siglinde verabschieden. Günter Kraft grinste und meinte, er habe wohl die Gunst seiner Schwester im Sturm erobert.

Nachdem Siegfried sie im Gastraum gesucht hatte, fand er sie unter einem blühenden Holunderbusch im Garten auf einer Bank sitzend. Er setzte sich neben sie, legte den Arm um sie und küsste sie. Fast ein wenig erschrocken ließ er dann von ihr ab und entschuldigte seine Dreistigkeit. Wenn sie von seinem Überfall überrascht war, zeigte sie es nicht. Sie lehnte ihren Kopf an seine Schulter und sah verträumt zum sternklaren Himmel … beide schwiegen eine Weile. Als sie sich wieder küssten, wurden sie von einem Räuspern aufgeschreckt. »Oh, der Dom-Dekan macht einen Verdauungsspaziergang!«, kicherte Siglinde und wand sich aus Siegfrieds Umarmung. Sie sahen dem Mann nach, der im langen dunklen Ornat forsch dahinschritt und so tat, als habe er sie nicht gesehen.

Siglinde fröstelte, meinte, man solle jetzt besser wieder hineingehen, sicher werde man sie schon vermissen. Er verabschiedete sich von ihr, leider müsse er sich um seinen Freund kümmern und bat sie um ein Wiedersehen.

Sie überlegte nicht lange. »Morgen um drei, am Lutherdenkmal!«

Siglinde versprach, dass sie ihm die Stadt zeigen würde. Die Musik hatte bereits ihre Instrumente weggepackt, bei den Gästen herrschte Aufbruchstimmung. Nachdem sich Siegfried von der Gastgeberin verabschiedet hatte, zog ihn der Bürgermeister zur Seite. Meinte, sie hätten an dem Abend keine Zeit gefunden miteinander zu reden. Er habe ihm einigen Persönlichkeiten vorstellen wollen, aber Siegfried habe die Gesellschaft seiner Schwester vorgezogen.

»Kann ich verstehen!«, grinste er. Den Montagvormittag habe er sich freigehalten, um die Freunde persönlich, zu einem Objekt zu begleiten. Er stellte in Aussicht, dass dies ihnen sicher gefallen werde.

Im Hotel schleppte Siegfried seinen Freund zum Fahrstuhl und war froh, als er den völlig Betrunkenen auf seinem Bett ablegen konnte. Mühsam zog er ihm die Jacke, Hose und Schuhe aus und verließ dann das Zimmer. Er stand noch einige Zeit am Fenster und sah hinaus in die mondhelle Nacht und dachte dabei an Siglinde. Als er im Bett lag, schlief er lange nicht ein, sie ging ihm nicht aus dem Sinn. Sie war so anders als die Frauen, die er kannte. Dann träumte er von ihr. In seinem Traum gingen sie Hand in Hand auf einer blühenden Wiese spazieren und dann war sie plötzlich verschwunden und er suchte sie, fand sie nicht wieder … bis er schweißgebadet aufwachte.

Es war Sonntag kurz nach acht Uhr. Er lauschte an der Nebentür. Weil es da völlig still war, glaubte er, dass Vincent immer noch seinen Rausch ausschlief. Siegfried beschloss, eine Runde zu joggen. Beim Laufen bekam er wie immer einen klaren Kopf. Nachdem er geduscht war und sich angezogen hatte, begab er sich in den Frühstücksraum. In der Fensternische, da, wo für sie gedeckt war, saß Vincent und las in den »Wormser Nachrichten«.

»Ausgeschlafen?«, fragte gut gelaunt Siegfried. Der Freund faltete umständlich die Zeitung zusammen und schwieg mit verbissener Mine. »Du hast ja gestern reichlich Wein getrunken, er scheint dir geschmeckt zu haben«, scherzte Siegfried und bereute es sofort wieder, als er merkte, dass Vincent ziemlich verärgert war. »Ja, nachdem du mir meine Tischnachbarin entführt hast, habe ich mich gelangweilt. Musst du eigentlich immer beweisen, dass du die größeren Chancen bei Frauen hast? Ich hatte mich mit Siglinde Kraft ausgezeichnet unterhalten … bis du kamst!«

»Aber Siglinde wollte gerne tanzen!« Das habe er ihr angesehen!, versuchte Siegfried sich zu rechtfertigen. »Und dann hat es sich so ergeben, dass wir uns unterhalten haben. Wir haben uns gleich gut verstanden … Als wir an den Tisch zurückkamen, warst du bereits völlig weggetreten! Und da …« Siegfried kam unter dem eiskalten Blick von Vincent ins Stottern, was bei ihm höchst selten vorkam … »hast du nichts mehr mitbekommen.«

»Du hast sie von mir weggelockt, weil du gemerkt hast, dass sie mir gefällt. Sie ist die erste Frau seit langem, für die ich mich interessiert habe.«

»Zu spät … mein Lieber!« Siegfried hatte sein Selbstbewusstsein zurückgefunden. Er sagte, er sei mit ihr am Nachmittag verabredet! Daraufhin stand Vincent auf, schob wütend seinen Stuhl zurück, dass die noch volle Kaffeetasse über schwappte … über die weiße Tischdecke und auf Siegfrieds helle Jeans, wo der Kaffee einen hässlichen Fleck zurückließ.

Der schüttelte den Kopf, sah seinem davoneilenden Freund verständnislos nach und entschuldigte sich bei der Bedienung, die den Tisch frisch eindeckte. Als Siegfried ins Zimmer kam, war Vincent weg. Siegfried telefonierte lange mit seinem Vater, schilderte die Lage hier in Worms und erwähnte, im Überschwang seiner Gefühle, dass er ein wunderschönes Mädchen kennengelernt habe und vielleicht auch ein Grundstück in Aussicht.

Der Vater in Utrecht meinte mit ironischem Unterton, das kenne er bereits, dass sein Sohn sich öfter mal verliebe. Er solle dabei aber nicht sein Vorhaben vergessen. Sie redeten noch eine Weile über geschäftliche Belange und als dann sein Vater aufgelegt hatte, warf sich Siegfried auf das bereits gemachte Bett, um den versäumten Schlaf nachzuholen.

Er sah sie schon von Weitem. Sie stand etwas abseits der Touristen. An dem Tag trug sie zur gut sitzenden Jeans eine weiße Bluse und hatte um die Schultern einen leuchtend blauen Pulli geschlungen. Siegfried war etwas außer Atem, als er am Luther-Denkmal angekommen war. Er entschuldigte sich, er habe sich auf der Suche nach einem Parkhaus völlig verfahren.

Sie zog ihn näher zum Denkmal hin und erklärte ihm, dass das das größte Reformationsdenkmal der Welt sei. Die

Figuren auf dem Steinsockel seien Menschen aus der Geschichte der Reformation und in deren Mitte, in gewaltiger Größe, Martin Luther.

Dann schlenderten sie weiter, zum Dom. Sie zeigte ihm die Nordseite, auf deren Treppe der Sage nach die Burgunder Königinnen gestritten haben, wer die Ranghöhere sei und wer zuerst die Kirche betreten durfte.

Sie betraten dann den Dom. Siegfried wunderte sich, warum die katholischen Kirchen immer so düster seien. Erwähnte, dass er evangelisch sei und kein Kirchgänger. Nach einer Weile zog er sie wieder zum Ausgang. Meinte, der Tag sei zu schön für eine Dombesichtigung, draußen scheine die Sonne und hier drinnen sei es dunkel und kalt. Er schüttelte sich, als würde er frieren.

»Dann lass uns in den Heylshof-Park gehen!«, schlug sie vor. »Auf der Terrasse kannst du mich zu einem Eis einladen!«

Siegfried nahm erfreut zur Kenntnis, dass sie ihn geduzt hatte.

Er sagte dann, sie habe gestern Abend schon so viel von ihm erfahren, jetzt müsse sie von sich erzählen. Sie ging erst einmal nicht darauf ein. Widmete sich ihrem Eisbecher und er beobachtete sie, mit welchem Genuss sie Sahne, Eis und Erdbeeren vertilgte, ohne die üblichen Spekulationen über die Kalorien, die er sonst von seinen oft wechselnden Freundinnen gewöhnt war. Als sie den Löffel zur Seite gelegt hatte, sah sie ihn schweigend an. Sagte dann, sie habe noch nie zuvor so schnell eine Vertrautheit und Nähe zu einem Menschen verspürt wie zu ihm. Sonst sei sie sehr zurückhaltend und gab lachend zu, dass Günter, ihr Bruder, sie sowieso immer bewachen würde und sie sich wundern würde, dass er gestern zugelassen habe, dass sie solange zusammen getanzt und geredet hätten.

Dann erzählte sie, dass Günter an und für sich ihr Stiefbruder sei, deshalb der große Altersunterschied zwischen ihnen. Ihr gemeinsamer Vater habe sich nach fast zwanzigjähriger Ehe von seiner ersten Frau getrennt und eine junge Beamtin vom Finanzamt geheiratet.

»Sie war seine Kollegin und wurde meine Mutter. Berta, meines Vaters erste Frau, war mit ihrem gemeinsamen Sohn, Günter, bei ihren Eltern in Monsheim untergekommen. Günter war damals fünfzehn Jahre alt und hasste deshalb seinen Vater bis zu dessen Tod. Meine Mutter ist bei meiner Geburt im Kindbett gestorben. Unser Vater war völlig überfordert mit mir, dem Kleinkind, und hat Berta gebeten zu ihm zurückzukommen. Sie war einverstanden und hat den Haushalt wieder übernommen, als sei sie nie weg gewesen. Berta hat mich großgezogen. Sie war eine gestandene Frau, hat für mich genau so gesorgt wie für ihren Günter … aber sie hat mich nie geliebt. Mein Vater allerdings auch nicht, er gab mir die Schuld, dass seine vergötterte zweite Frau bei meiner Geburt gestorben war. Nur Günter, mein Stiefbruder, liebte mich von Anfang an. Er hat mich beschützt, wenn unser Vater mich mal wieder, wegen Nichtigkeiten schlagen wollte. Hat mir bei meinen Schulaufgaben geholfen und mich auch bei seiner Mutter verteidigt, wenn die wieder mal allzu streng mit mir war. Meine Tanzstunden-Freunde hat er schnell vergrault mit seinem Misstrauen und später so manchen jungen Mann, der sich wagte, sich mir zu nähern. «

Sie habe auch wenig Zeit gehabt während ihres Studiums. Sie wollte eigenes Geld verdienen und nicht nur zu Hause rumsitzen. Inzwischen würde sie Deutsch, Religion und

Kunst unterrichten in der Grundschule eines Wormser Vorortes.

Siglinde erzählte das alles ohne Häme und Siegfried wagte sie zu fragen ob sie nie einen ernsthaften Freund gehabt habe. Er konnte es kaum glauben, dass dieses schöne Mädchen ledig war.

Nun ja, … sie sei ein halbes Jahr mit einem jungen Mann ausgegangen, den Günter ihr vorgestellt hatte. Er schien in Günters Augen Gnade gefunden zu haben. Bis er misstrauisch wurde und ihn beobachten ließ. Er war Chemiker in Mainz bei »Degussa«. Günter hatte herausgefunden, dass Hans, so hieß der Mann, nebenbei noch ein Verhältnis mit einer Kollegin hatte. »Das war es dann! Ich war auch nicht allzu traurig darüber, dass es vorbei war… nur sehr enttäuscht über den Vertrauensbruch.«

Siegfried sah sie an und sagte, er werde sie ganz bestimmt nicht enttäuschen. Er griff über den Tisch hinweg ihre beiden Hände, deren Handflächen er küsste.

Mit dem Auto waren sie später ein Stück am Rhein entlang gefahren und hatten in einer kleinen Gastwirtschaft angehalten und dort zu Abend gegessen, dann hatte er Siglinde heimgefahren und sich vor dem Haus mit einem fast freundschaftlichen Kuss von ihr verabschiedet. Er durfte sie nicht verschrecken, indem er gleich zu besitzergreifend war.

Jetzt, wo er wusste, dass ihr Bruder auf sie aufpasste, wollte er es sich nicht mit ihm verderben.

Kapitel 15

Im Hotel hatte er erst einmal geduscht sich bequeme Klamotten angezogen und es sich im mittleren Zimmer, das ihre beiden Zimmer voneinander trennte, auf dem Sofa gemütlich gemacht. Nebenan telefonierte Vincent und Siegfried überlegte, mit wem er wohl so lange redete. Gelangweilt zappte er durch das Fernsehprogramm, wo die üblichen Sonntagabend-Progamme liefen. Im Ersten ein Tatort, im Zweiten »das Traumschiff«, in den Regionalsendern diverse Talkshows und albernes Comedy.

Siegfried mischte sich aus der Minibar einen Whisky. Als er hörte dass Vincent nicht mehr telefonierte, klopfte er an dessen Tür, fragte, ob er nicht in den gemeinsamen Wohnraum kommen wollte. Es dauerte eine Weile, bis Vincent sich blicken ließ. Er nahm mit immer noch gekränkter Mine den Drink entgegen, den Siegfried ihm gemixt hatte, und setzte sich weit entfernt von ihm in eine Sofa-Ecke.

Siegfried tat so, als hätten sie sich am Morgen nicht gestritten, erkundigte sich, wie der Freund den Sonntag verbracht habe. Vincents Mine taute etwas auf, er sagte, er sei am »Heiligen Sand« gewesen. Das sei der älteste erhaltene jüdische Friedhof in Europa. Mit über 2000 Grabstätten. Danach sei er noch in das jüdischen Museum gegangen und habe sich wertvolle Handschriften angesehen und Gebrauchsgegenstände aus dem Mittelalter. Siegfried fragte, wieso er sich so sehr für die jüdische Kultur interessiere.

Vincent erzählte, dass seine Großmutter mütterlicherseits Jüdin gewesen sei und seine Familie in ständiger Angst gelebt hätte, dass sie abgeholt werde, als die Nazis Holland besetzt hatten. »Sie ist davongekommen, aber ihr Herz war von der ständigen Angst so geschwächt, dass sie bald schon nach Kriegsende gestorben ist.«

»Das tut mir leid!«, murmelte Siegfried und war beschämt, wie wenig er über seinen Freund wusste. Vincent winkte ab, er wollte nicht mehr darüber reden. Fragte dann wo er mit Siglinde gewesen sei.

»Zuerst am Luther-Denkmal, dann im Dom, aber da war es, an dem schönen Frühlingstag, zu düster. Später sind wir im Heyls-Schlösschen-Park spazieren gegangen und am Spätnachmittag waren wir am Rhein!«

»Und gefällt sie dir immer noch so gut wie am gestrigen Abend?«, fragte Vincent mit lauerndem Blick.

Siegfried überlegte nicht lange, schwärmte, sie sei ein wunderbares Mädchen, so ganz anders als die Frauen, mit denen er sich sonst abgegeben habe. Vincent grinste spöttisch, er hatte sich im Stillen noch Hoffnung gemacht, dass es für Siegfried vielleicht doch, wie gewohnt, nur eine flüchtige Liebelei sei. Er trank den Whisky aus und sagte, er wolle noch etwas lesen und verschwand nebenan im Zimmer.

Am Montagmorgen erwartete sie der Bürgermeister in seinem Amtszimmer. Er hatte einen Lageplan auf dem Tisch ausgebreitet und zeigte auf einen Vorort von Worms, der Herrnsheim hieß. Der Rhein sei zwar etwas entfernt, aber von da aus, wo sie jetzt hinfahren würden, könnte man ihn in der Ferne sehen. Der Bürgermeister hatte schon die Autoschlüssel in der Hand, als Siegfried sagte, sie hätten sich am Freitag ein Anwesen angesehen, das ihn brennend interessieren würde.

»Und wo befindet sich das Traumgrundstück?«, fragte Günter Kraft etwas spöttisch. Siegfried berichtete, dass er mit Vincent etwas außerhalb von Worms gewesen sei, in der Nähe vom Stadtpark und da habe er den Turm entdeckt, den er vom Schiff aus gesehen habe. Er lachte, es sei aber nicht der Nibelungen Turm!

Der Bürgermeister wechselte die Farbe. »Sie meinen doch nicht etwa Falkenfels?«

Siegfried gab zu, dass die Dame an der Hotelrezeption das Anwesen so genannt habe.

»Das könnt ihr vergessen, die Gräfin verkauft niemals!« Er wollte dann wissen mit wem sie dort geredet hätten. Er schien erleichtert zu sein, als die beiden sagten, dass das Tor verschlossen gewesen sei. Siegfried blieb hartnäckig, gab zu bedenken, dass das Grundstück einen verwahrlosten Eindruck mache, nach Wohlstand würde es da nicht aussehen. Er werde mit der Eigentümerin reden, egal, wie oft er dahin fahren müsse, irgendwann würde er sie antreffen.

Günter Kraft sagte, die Gräfin von Falkenfels habe bis jetzt jedes noch so gute Angebot abgelehnt, mit ihr sei über einen Verkauf des Anwesen nicht zu verhandeln.

Für ihn schien das Thema erledigt zu sein. Er lockerte seine Krawatte und sagte: »Und jetzt fahren wir zum Römerblick.«

Kraft schien davon überzeugt zu sein, dass das das richtige Projekt sei. Die Besitzerin wäre auf jeden Fall bereit zu verkaufen, das wisse er genau.

Siegfried ging auf dem Weg zum Auto immer noch der Turm nicht aus dem Kopf. Vielleicht sollte er mal mit Siglinde darüber reden. Er überlegte, warum ihr Bruder, wenn der Name Falkenfels fiel, so ablehnend reagierte.

Sie fuhren durch Worms und Kraft machte sie auf verschiedene Sehenswürdigkeiten aufmerksam. Als sie außerhalb der Stadt am großen Klinikum vorbeifuhren, sagte Kraft, das habe noch sein Vorgänger geplant und er habe sich einwickeln lassen. Er hätte niemals zugestimmt, dass das städtische Krankenhaus so weit außerhalb der Stadt gebaut wurde.

Inzwischen hatte sich die Landschaft verändert, auf sanften Hügeln waren Weinberge zu sehen, sie dehnten sich links und rechts der Landstraße aus.

Bei einem steinigen Feldweg bogen sie von der Hauptstraße ab und hielten an einem höher gelegenen Parkplatz an. Ein Schild wies darauf hin, dass es noch zwei Minuten bis zum Gasthaus Römerblick seien. Das letzte Stück müsse man laufen, sagte der Bürgermeister und setzte sich in Bewegung. Es ging ziemlich steil bergauf. Oben angekommen, stand man vor einem massiven, zweistöckigen Haus aus hellen Bruchsteinen. Zu einer Terrasse führte eine steile Außentreppe. Neben dem Gasthaus befand sich ein lang gestrecktes Nebengebäude. Ein sandfarbener Golden Retriever begrüßte sie schwanzwedelnd und Günter Kraft sagte zu dem Hund. »Na alter Knabe, lebst du auch noch?« Und er kraulte ihm am Kopf. Der Hund schien ihn zu kennen. Zum Eingang zur Gastwirtschaft ging man über die Treppe neben der Terrasse. Oben angekommen zeigte der Bürgermeister mit großer Geste auf die Landschaft, die sich vor ihnen ausbreitete. Weinberge, Wiesen und Felder, dazwischen versteckten sich kleine Ortschaften. Ganz in der Ferne glitzerte wie ein silbernes Band der Rhein.

»Na habe ich zu viel versprochen? Das ist doch eine Aussicht?«

Kraft blickte stolz um sich, als hätte er die Landschaft selbst gestaltet.

»Montags geschlossen«, hing an der Tür zur Gastwirtschaft. Günter Kraft sagte, er habe sich angemeldet, und rüttelte an der Tür. Eine kräftige große Frau, deren Alter schwer zu schätzen war, öffnete. Mit einem »Ah da seid ihr ja!« begrüßte sie die drei Männer.

Das sei Gisela Heller, stellte Kraft die Eigentümerin vor. Die forderte mit einem munteren »herein in die gute Stube!« zum Eintreten auf. Die Gastwirtschaft war geräumig, mit der hier üblichen rustikalen Einrichtung. Massive Eckbänke mit altrosa Samtbezügen und Sitzplätze in gemütlichen Fensternischen. Kupferlampen über dem Tresen, mit vier Barhockern davor. »Sehen Sie sich nur um!«, forderte sie die Wirtin auf und fragte, was ihre Gäste trinken wollten. Sicher habe sie einen guten Grauburgunder aus der Region anzubieten und auch etwas zum Essen?, schlug der Bürgermeister vor und sagte sein Magen habe sich schon auf der Herfahrt hierher bemerkbar gemacht. Sein Frühstück habe er ausfallen lassen. Er nahm Platz an einem der Tische am Fenster und sein Smartphone aus seiner Jackentasche, murmelte, er müsse jetzt dringend seine Termine checken.

Frau Heller verschwand inzwischen in der Küche. Kraft meinte, die Freunde sollten sich am besten draußen mal umsehen. Alle Gebäude seien offen.

Von der Terrasse konnte man gut das gesamte Gelände überblicken bis hinunter zur Hauptstraße. Siegfried bemängelte die Schieflage des Grundstücks. Das sei doch kein Problem, meinte Vincent. Mit ein paar Tonnen Beton könnte man das Gelände egalisieren. Unterhalb der Terrasse waren drei Garagen, in denen allerlei Gerümpel aufbewahrt wurde, sodass für den alten Van kein Platz war. Das Hauptgebäude war unterkellert. In dem Raum standen sogenannte Kerbegarnituren um einen verstaubten Tresen. Die flache Decke war mit künstlichen Weinranken geschmückt. An den Wänden hingen noch vergilbte Plakate, die auf Festlichkeiten hinwiesen, die vor über zehn Jahren in der Umgebung stattgefunden hatten. Das war wohl so etwas wie eine »Straußwirtschaft«, erklärte Vincent seinem Freund. Vincent hatte sich inzwischen ausgiebig über Land und Leute informiert.

Der Hund war ihnen gefolgt, wartete geduldig, bis sie weitergingen, und behielt sie im Auge. In dem langen Nebengebäude war wohl mal Wein gekeltert worden. Es gab noch eine Weinpresse und einige Holzfässer waren an der Rückwand gestapelt und es roch immer noch nach Wein, obwohl hier sicher schon lange keine Trauben mehr gepresst worden waren.

»Nun ja …«, gab Siegfried zu, »da lässt sich was daraus machen! Allerdings müsste die Straße hier hinauf verbreitert werden, damit auch ein LKW hochkommt.« Er sah sich sinnend um, sagte dann, dass man neben dem Haupthaus einen Turm errichten könnte, auf dem das Label von van-Heesen-Bier weit zu sehen sei.

»Du mit deinem Turm!«, spottete Vincent. Und Siegfried gab zu, dass er einen Turm halt gern auf dem Brauereigelände hätte. Es habe so den Anstrich von Tradition.

Frau Heller rief von der Terrasse herunter, dass das Essen auf dem Tisch stehe. Es gab gefüllten »Saumagen« mit Bratkartoffeln und Gurkensalat. Das sei ein typisches Pfälzer Gericht, erklärte Frau Heller und sagte, dass sie normalerweise keine »warme Küche« auf ihrer Speisekarte habe, das sei heute mal eine Ausnahme. Sie könne sich kein Personal mehr leisten, deshalb wolle sie auch hier weg, die

Arbeit würde ihr über den Kopf wachsen. Das Anwesen sei einfach zu groß, um es in Ordnung zu halten und die Gäste würden in der letzten Zeit ausbleiben.

»Und wie fandet ihr das Ganze?«, erkundigte sich Günter Kraft, nachdem er den letzten Bissen verzehrt hatte. Als Siegfried mit der Antwort noch zögerte, gab sich Vincent endlich mal begeistert, erläuterte seine Pläne, was man aus dem Gasthaus und den Nebengebäuden machen könnte.

Der Bürgermeister sagte, er würde die Grundstückspläne heraussuchen lassen, damit habe man eine bessere Übersicht. »Und du, Gisela, machst dir schon mal Gedanken, was du für eine Preisvorstellung hast.« Er erklärte den beiden, die erstaunt waren über die Vertraulichkeit zwischen ihm und der Wirtin, dass er mit ihr einst zum Gymnasium gegangen sei.

»Wir kommen wieder, wenn wir die Pläne haben«, versprach er dann, als sie sich verabschiedeten. Im Auto auf der Rückfahrt, pries der Bürgermeister die ausgezeichnete zentrale Lage. Die Autobahn in Richtung Mainz und Ludwigshafen sei ganz in der Nähe und die Mainzer Landstraße nur drei Kilometer entfernt, das sei die Straße, die am Rhein entlang führte.

Siegfried nickte abwesend, mit seinen Gedanken war er schon wieder bei Siglinde. Er beschloss sie an ihrer Schule abzuholen. Günter Kraft warf einen Blick auf ihn und grinste, sagte, er würde ihm ansehen, dass er mit seinen Gedanken weit weg sei. Fragte dann, wie es bei dem gestrigen Rendezvous mit Siglinde gewesen sei? Spottete, seine Schwester wäre mit verklärten Blick nach Hause gekommen.

»Wir haben uns den Dom angesehen, da war es bei dem schönen Wetter etwas düster und kühl, dann sind wir in einem kleinen Park spazieren gegangen, haben auf einer Terrasse Eis gegessen und am Abend waren wir in einer ... Weingaststätte?«

»Straußwirtschaft!«, ergänzte Kraft.

Er legte kurz seine Hand auf die von Siegfried »Bitte enttäuschen Sie meine kleine Schwester nicht!« Jetzt könne er die Geschichte noch beenden, ohne ihr das Herz zu brechen. Siegfried gestand, dass es für ihn mehr sei als ein kurzes Abenteuer. Es habe ihn erwischt^... wie noch nie. Wenn es nach ihm ginge, würde er Siglinde auf der Stelle heiraten.

Das ginge ihm aber etwas zu schnell!, meinte Kraft. Vincent, der auf der Rückbank saß, sah aus dem Fenster mit teilnahmsloser Mine, tat so, als ginge ihn das Gespräch nichts an. Aber er hatte genau zugehört und es kränkte ihn immer noch, dass Siglinde für ihn verloren war. »Siegfried!«, dachte er »immer nur Siegfried!«

Sie trennten sich am Rathausplatz. Der Bürgermeister hatte es eilig, zurück an seinen Schreibtisch zu kommen. Er habe noch eine Besprechung mit dem Oberbürgermeister und da müsse er sich noch darauf vorbereiten.

Vincent wollte Zeichenutensilien kaufen und schon mal ein paar Skizzen anfertigen. Siegfried setzte sich in den Porsche und beeilte sich nach Horchheim zu kommen, wo er hoffte, Siglinde nach Schulschluss noch anzutreffen. Vor dem Schulhaus erfuhr er von einer Schülerin, dass Frau Kraft noch in einem Elterngespräch sei. Geduldig blieb er im Auto sitzen und behielt die Tür von der Schule im Auge. Nach einer endlos gefühlten Zeit kam sie mit einem

Paar heraus. Er wartete, bis sie sich voneinander verabschiedet hatten, und sprang dann mit Schwung über die Tür des Cabriolet, wie man das in Filmen zu sehen bekam. Sie lachte darüber, freute sich sichtlich, ihn zu sehen, blickte sich aber vorsichtig um, um sicher zu sein, dass sie nicht von Schülern beobachtet wurden, als er sie küsste.

Sie ließen ihre beiden Autos auf dem Schulparkplatz stehen und beschlossen, einen Spaziergang zu machen, durch die allgegenwärtigen Weinberge. Etwas abseits gelegen kamen sie zu einem Anwesen, das den Eltern einer befreundeten Kollegin gehörte, wie sie ihm erzählte. Sie ließen sich im Hof in einer Laube nieder und Ella Drechsler, so hieß die Freundin, kam dann an den Tisch, um ihre Bestellung auf zu nehmen. Siegfried entging nicht deren neugieriger Blick, mit dem sie Siegfried musterte.

Als sie den bestellten Wein und die Laugenbrezel brachte, setzte sich Ella zu ihnen und fragte Siglinde, ob es denn bei der geplanten Wanderwoche zu Ferienbeginn bleiben würde?

Siglinde war etwas verlegen, als sie sich an die geplante Urlaubswoche erinnerte. Da gab es Siegfried noch nicht. Nun wäre sie am liebsten in Worms geblieben. Sie erklärte ihm dann, dass diese Tour nach Südtirol schon lange geplant sei und sie ihre Freundin nun nicht im Stich lassen wollte. Scherzhaft meinte er, eine ganze Woche? Das würde er es ohne sie nicht aushalten!

Am Abend richtete man ihm an der Hotelrezeption aus, dass die Ersatzteile für den Schiffsmotor endlich angekommen seien und das Schiff in einigen Tagen sicher wieder flott sei.

Vincent drängte ihn am nächsten Tag in Richtung Herrnsheim zum Römerblick, wo er eifrig fotografierte und dann sich zum Skizieren in der Gaststube niederließ. Siegfried stöberte inzwischen auf dem Gelände und machte sich Gedanken, wie man das Projekt hier umsetzen könnte, wenn es denn zu einem Abschluss käme. Er war sich noch nicht sicher, ob der Römerblick wirklich der ideale Ort sei. Er setzte sich an den Wegesrand, machte von da aus einige Fotos mit seinem iPhone und schickt die an seinen Vater, mit dem er dann lange telefonierte. Im Gespräch kam Siegfried dahinter, dass Vincent seinem Vater bereits die Lage geschildert hatte. Sein Vater ließ ihn wissen, dass Vincent begeistert geklungen habe. Siegfried ärgerte sich, dass die beiden hinter seinem Rücken miteinander gesprochen hatten. Das waren also die langen Telefongespräche, die Vincent am Abend führte. Und nun wusste er auch, warum Vincent dann schnellstens auflegte, wenn er mal dazugekommen war.

Vincent winkte ihm zu, er hatte ihn gesucht und hielt ihm einen vorläufigen Plan unter die Nase. Er habe sich Gedanken gemacht, wie man die vorhandenen Gebäude integrieren konnte. Siegfried sah sich die Pläne an und schlug vor, dass man die Mälzerei, die Silos und vielleicht auch das Sudhaus in Utrecht nutzen sollte. Da sei genügend Kapazität vorhanden. Er stelle sich eine Teillösung hier in Worms vor. In die Anlage hier sollte man das gereifte Bier in Tanks anliefern und nur die Filtration einrichten, wo die verschiedenen Geschmacksstoffe zugefügt wurden. Vielleicht sollte man das Gasthaus beibehalten und verpachten. Die Abfüllanlage brauche hierfür eine Menge Platz, Siegfried zeigte auf die Terrasse. »Wenn wir die abreißen, wäre das vielleicht ein geeigneter Platz.«

Aufmerksam hatte Vincent ihm zugehört, sagte dann, Siegfried sei der Betriebswirt, da könne er wenig zu beitragen, was an Ort und Stelle getan werden müsse. Er werde das mit Herrn Walser besprechen. Der Betriebsleiter in Utrecht sei auf jeden Fall der Experte dafür.

»Das lass mal meine Sorge sein. Wenn ich Hilfe brauche, weiß ich, an wen ich mich zu wenden habe!«, sagte verärgert Siegfried. »Und jetzt pack den Kram zusammen, ich habe keine Lust, den ganzen Tag hier rumzusitzen. «

Vincent war enttäuscht, dass Siegfried sich für den Römerblick so wenig zu begeistern schien. Er redete auf der ganzen Heimfahrt kein einziges Wort mit ihm.

Siegfried brachte seinen Freund zum Hotel und fuhr gleich wieder los, sagte, er wolle nach dem Schiff sehen. In der Werkstatt sagte man ihm, dass noch daran gearbeitet werde, aber spätestens zum Wochenende sei das Boot wieder flott.

Danach schlenderte er ein Stück weit am Rheinufer entlang und beobachtete eine Zeit lang einen älteren Mann, der sich an einem kleinen Kajütenboot zu schaffen machte. Siegfried ging auf dem Anlegesteg zu ihm hin und fragte, ob das Boot für eine kurze Rundfahrt zu mieten sei.

»Nicht ohne mich!«, war die kurze Antwort.

Man einigte sich auf einhundertfünfzig Euro die Stunde und der Bootsbesitzer machte die Leinen los.

»Wo soll's denn hingehen?«, fragte er.

»Zum Turm Falkenfels … und möglichst nahe ran!«

Der Mann nickte und wendete das Boot, lenkte es in Richtung Salzstein. Aus dem Nichts tauchte der Turm auf, vom Fluss aus gut zu sehen und davor ragte aus dem trüben Wasser eine drei Meter hohe Felsspitze aus dem seichtem Wasser, auf der eine einsame Möwe saß.

Das Wasser müsse man hier genau kennen, da seien noch einige Felsstücke unter der Oberfläche, erklärte der Schiffsmann. Er umrundete geschickt die Felsen, stellte den Motor ab und ließ das Schiff treiben »Und was ist hier so interessant für Sie?«, fragte er Siegfried.

Der zuckte mit den Schultern und hüllte sich in Schweigen.

Der Turm stand im dichten Gestrüpp zwischen alten Mauerresten. Zum Rhein hin gab es früher wohl mal einen Trampelpfad, der fast völlig zugewachsen war. Auf dem völlig verwitterten Holzsteg fehlten einige der schon verfaulten Bretter.

»Vielleicht können Sie mir etwas über das Anwesen Falkenfels erzählen?«, bat Siegfried den Mann.

Der grinste. »Sind Sie an der Gräfin oder an ihrer Burg interessiert?«

Da Siegfried die Frage nicht beantwortete, machte der Mann sich so seine Gedanken.

»Also, den Felsen da vorne haben Sie gesehen!« Er zeigte auf den Felsbrocken wo sich jetzt drei Möwen um die Spitze zankten. Der habe der Burg einst den Namen gegeben. Da war er noch höher gewesen. Dort auf dem Turm hatten Falken ihr Nest bis vor ein paar Jahren.

Als Bub habe er mit seinen Kumpeln sich oft hier rumgetrieben. Man erzählte sich, im Turm sei der Nibelungenschatz versteckt. Und das sei war für ihn und seine Freunde der Anreiz gewesen, mal den Turm zu erkunden.

»Wir sind hierher geschwommen und haben uns durch das Gestrüpp gearbeitet, bis zum Turm. Ein Freund hatte einen sogenannten Dietrich dabei, mit dem wir die Tür vom Turm geöffnet haben. Eine steile Wendeltreppe führte nach oben. Außer Spinnweben und Fledermäusen war nichts zu entdecken. Enttäuscht sind wir auf der oberen Terrasse ins Freie geklettert und wurden durch unser lautes Geplänkel vom damaligen Grafen entdeckt. Der warf einen Blick auf uns und schloss dann einfach die Tür unten zu und wir waren auf der Turmterrasse gefangen. Wir sahen ihn noch mit seinem Auto wegfahren. Als es dunkel wurde, hatten wir buchstäbliches Muffensausen. Vergeblich haben wir versucht nach unten zu klettern, aber das gaben wir schnell wieder auf. Ein Angler wurde auf uns aufmerksam und holte Hilfe. Da der Graf mit seinem Auto weggefahren war, sind wir von der Feuerwehr befreit worden. Die brachte uns dann nach Hause und dort setzte es eine Tracht Prügel, das können Sie sich sicher vorstellen!«, erinnerte sich grinsend der Schiffer. Seitdem sei er nicht mehr hier gewesen.

Dann warf er den Motor wieder an. Allzu viel konnte er zu der heutigen Erbin von Falkenfels nicht sagen. Hochnäsig sei sie … würde ihr Geld mit Einstellpferden und Reitunterricht verdienen. Das Gut sei hoch verschuldet, sicher könne sie es nicht mehr allzu lang halten, … das würde man sich erzählen. Über diese Nachricht war Siegfried erfreut.

Er gab dem Mann zweihundert Euro und fuhr mit seinem Auto stadteinwärts. Siglinde hatte an dem Nachmittag Zeugnisbesprechung und zu ihm gesagt, es könne spät werden. Er beschloss, im Hause Kraft auf sie zu warten. Frau Kraft ließ ihn ein und servierte ihm im Garten eine Weinschorle. Nach einiger Zeit gesellte sich Günter Kraft zu ihm. Er erkundigte sich nach dem »Römerblick« und wollte wissen, ob man schon über den Kaufpreis gesprochen habe. Siegfried berichtete, dass Vincent mit Zeichnen und Vermessen beschäftigt sei und er dagegen immer noch überlege, ob es wirklich die richtige Entscheidung sei. So weit ab vom Fluss! Dort hätte man doch ganz andere Möglichkeiten, das Bier von Utrecht auf Lastkähnen hierher zu transportieren.

Kraft war enttäuscht, ließ es sich aber nicht anmerken und redete Siegfried gut zu, dass der Römerblick sich sicher als ein sogenanntes Schnäppchen herausstellen würde. Siegfried blieb hartnäckig, sagte, bevor er sich für den Römerblick entscheide, wolle er unbedingt mit der Gräfin Falkenfels reden und sich deren Grundstück ansehen, und er bat den Bürgermeister, das zu vermitteln. Der schien davon nicht begeistert zu sein. Man sah ihm an, dass er es am liebsten schlichtweg abgelehnt hätte. Aber inzwischen kannte er den jungen van Heesen ganz gut und wusste, dass der sich nicht so schnell von etwas abbringen ließ. Er überlegte dann, dass es vielleicht gar nicht so verkehrt sei, mal wieder mit ihr zu reden. Sie hatten sich lange nicht gesehen. Sie waren sich beide aus dem Weg gegangen. Vielleicht gelang es ihm doch, sie zu einem Teilverkauf zu überreden. Es musste ja nicht das ganze Anwesen sein. Das Grundstück war insgesamt immer noch recht groß. Er war ein Fuchs, … sagte man über ihn.

Zu Siegfried sagte er dann, darüber müsse er gründlich nachdenken, wie man die Gräfin ködern könnte.

Als Siglinde endlich nach Hause kam, wechselte man unverabredet das Thema. Sie warf ihre hochhakigen Schuhe von ihren Füßen und jammerte, dass es an der Zeit sei, dass es endlich Ferien gebe.

Kapitel 16

Am Freitagnachmittag fuhr Siegfried zur Werft. Das Schiff war wieder fahrbereit. Er drehte in Begleitung eines Mechanikers eine Runde auf dem Rhein und konnte bestätigen dass wieder alles O.K. war. Er bezahlte mit seiner Kreditkarte die ansehnliche Rechnung und verabschiedete sich mit einem großzügigen Trinkgeld. Das Wasserschifffahrtsamt hatte ihm einen Liegeplatz zugewiesen, da hatte sicher der Bürgermeister seine Hand im Spiel.

Später fuhr er zur Wohnung der Familie Kraft und besprach sich mit Siglinde. Er lud dann spontan die Familie Kraft zu einer Rheinrundfahrt am Sonnabendnachmittag auf sein Boot ein. Frühzeitig besorgte er Proviant für unterwegs und holte dann am Abend Siglinde zu einem Kinobesuch ab. Sie sahen einen amerikanischen Spielfilm, in der Hauptrolle brillierte Richard Gere. Siglinde schwärmte auf der Heimfahrt von dem gut aussehenden Schauspieler, sodass Siegfried etwas genervt reagierte. Sagte, der Kerl sei viel zu alt, es könnte ihr Vater sein. Sie lachte und sagte, dass er nicht eifersüchtig auf einen Schauspieler zu sein brauche und dass Hollywood sehr weit weg sei.

Vincent hatte er an diesem Tag noch nicht zu Gesicht bekommen, wahrscheinlich war er mit dem Bus nach Hernsheim gefahren und hatte wieder auf dem Römerblick rumgestöbert. Er schien besessen von der Idee zu sein, gerade dort das Projekt umzusetzen. Siegfried mailte ihm, die Einladung zur Rheintour. Er solle frische Brötchen und Croissants besorgen.

Die Gäste kamen um siebzehn Uhr an Bord. Günter Kraft hatte drei Flaschen Champagner in einer Kühltasche mitgebracht. Er interessierte sich für die technische Ausstattung des Schiffes und war begeistert von dem Luxus an Bord. Die Frauen ließen sich von Vincent die bequemen Kabinen zeigen und bestaunten am Oberdeck die kleine Bar. Da, wo das van-Heesen-Bier in einer perfekten Zapfanlage gekühlt wurde. Nach dem ersten Bier hieß es Leinen los. Siegfried steuerte das Schiff im eleganten Bogen aus dem Hafen. Es war ein heißer Sommertag und auch gegen Abend kühlte es kaum ab. Alle genossen den kühlen Fahrtwind auf dem Oberdeck. Henny Kraft packte den Picknickkorb aus, sie hatte sich in der kleinen Bordküche sofort zu Recht gefunden. Günter lobte sie, indem er sagte, seine Frau würde überall auf der Welt Teller und Besteck finden.

Mit Begeisterung hatte Kraft das Bierzapfen übernommen und sprach dem van-Heesen-Bier zu. Siegfried stand am Steuer und wurde von Siglinde mit Häppchen versorgt. Sie stand neben ihm, lehnte sich an seine Schulter und schaute verträumt auf die vorbeiziehende Landschaft.

An den Ufern lagerten überall Menschen, die den herrlichen Sommerabend mit einem Picknick ausklingen ließen. Viele winkten dem Schiff zu und sie zurück. Von den zahlreichen Gaststätten, die in Ufernähe lagen, klangen Musikfetzen herüber. Siegfried hatte den Motor zurückgeschaltet und das Schiff tuckerte langsam dahin. Er betrachtete liebevoll Siglides schöne Gesichtszüge und war überwältigt von seiner Liebe zu ihr. Aus seiner Jeanstasche wickelte er den Ring aus seinem Taschentuch, den er seit Tagen bei sich trug. Den hatte er bei einem Juwelier am Neumarkt gesehen und impulsiv gekauft. Er nahm ihre Hand, steckte den Ring mit dem kleinen Herz aus Diamanten an ihren linken Ringfinger und fragte, ob sie seine Frau werden wollte. Überrascht sah sie auf den Ring an ihrer Hand, die kleinen Diamanten funkelten in der Steuerbordbeleuchtung.

Fast atemlos sagte sie: »Ja … ja ... am liebsten noch heute!«

Er scherzte, sie würden bei der nächsten Ortschaft anlegen und einen Pfarrer aus dem Bett klingeln. Dann fiel ihm ein, dass ihr Bruder ja Bürgermeister sei und er sie auf dem Schiff gleich trauen könnte. Sie lachten bei dieser Vorstellung und freuten sich auf die überaschenden Gesichter, wenn sie es den anderen sagen würden.

Siegfried hatte einen einsamen Bootssteg entdeckt. Dorthin steuerte er die Jacht und bat Vincent, das Schiff festzumachen. Der warf die Seile gekonnt auf den Steg und vertaute das Schiff an der Anlegestelle. Er sah sich um und fragte erstaunt, warum sie gerade hier anlegten, wo gar nichts los sei? Siegfried hatte den Arm um Siglinde gelegt und gemeinsam gingen sie zum Oberdeck, wo Günter und Henny Kraft es sich auf den Liegen bequem gemacht hatten. Siglinde streckte ihre Hand aus, wo der Ring funkelte und wie aus einem Munde sagten beide: »Wir haben uns soeben verlobt!«

Günter Kraft fragte erst einmal, warum man es so eilig habe? Dann gratulierte er als Erster, drückte seine Schwester an sich und wünschte den beiden Glück. Er eilte zu seiner Kühltasche, holte den Champagner und schickte Henny nach Gläsern. Henny sagte, erst müsse sie den beiden auch gratulieren. Sie wischte sich gerührt ein paar Tränchen ab, ihre Wünsche kamen von Herzen, als sie die beiden abwechselnd umarmte.

Vincent hatte inzwischen die Gläser geholt und Günter Kraft ließ den Champagnerkorken knallen, der weit über den Steg hinaus flog und in den Rhein plumpste. Dann erhob er das Glas zu einer kleine Ansprache, die Henny spontan zu Ende brachte mit der spöttischen Bemerkung, »typisch Bürgermeister! Er meint halt immer, eine Rede halten zu müssen«.

Nun schlug Kraft vor, da Siegfried jetzt qasi sein Schwager sei, könne man sich doch duzen! Alle waren einverstanden, ein gegenseitiges Umarmen setzte ein.

Später standen die Verlobten mit dem Glas in der Hand an der Reling und Siegfried füsterte Siglinde ins Ohr: »Jetzt wäre ich gern mit dir allein!«

Sie nickte etwas verschämt und versprach: »… morgen!«

Kapitel 17

Es gebe leider Schwierigkeiten am Römerblick, sagte Günter Kraft am Telefon. Er müsse nach Herrnsheim, noch am gleichen Abend, und bat die beiden, ihn zu begleiten. Die Winzer Genossenschaft von Herrnsheim habe erfahren, dass Gisela Heller zu verkaufen gedenke … und das ausgerechnet an eine Bierbrauerei!

»Dagegen laufen sie Sturm. Eine Unterschriftenliste liegt bereits auf meinem Schreibtisch und der Ortsvorsteher hat am heutigen Abend eine Gemeindeversammlung einberufen.«

Günter Kraft sagte, dass er von ihnen erwarte, dass sie das geplante Projekt den Leuten möglichst umweltverträglich vorstellen sollten.

Siegfried meinte gleich, dass seine Seligkeit nicht am Römerblick hänge. Er wolle sich auf keinen Fall mit den Leuten anlegen, da wäre jahrelanger Ärger vorprogrammiert.

Man könne den Bürgermeister jetzt nicht im Regen stehen lassen, mischte sich Vincent ein, der tagelang geplant und gezeichnet hatte und dem der Römerblick vielmehr am Herzen lag als Siegfried. Außerdem habe man Frau Heller Hoffnung gemacht.

Kraft hatte einen Projektor mitgebracht, auf dem Vincent die Pläne vorstellen sollte. Die Gemeindeversammlung fand in der voll besetzten Stadthalle statt. Die drei wurden schon ausgebuht, als sie den Saal betraten. Der Bürgermeister verschaffte sich Gehör, sprach von Arbeitsplätzen, von zusätzlichen Steuereinnahmen und lobte das Projekt in den höchsten Tönen. Dann übergab er Siegfried das Mikrophon. Der bat Vincent, erst einmal die Fotos von der

Brauerei in Utrecht zu zeigen, um dann überzuleiten zu dem hiesigen Vorhaben. Er fand kaum Gehör, wurde ausgepfiffen und mit Weintrauben aus dem Supermarkt beworfen, da die hiesigen noch nicht reif waren. Siegfried zog verärgert den Stecker vom Projektor raus und sagte, das Thema sei für ihn erledigt. Sicher gebe es noch andere Grundstücke und es müsse auch nicht unbedingt Worms sein. Günter Kraft war überrascht, schien aber erst einmal erleichtert und beruhigte die Bürger. Nachdem er den Herrnsheimern halbherzig versprochen hatte, dass in ihrer Gemarkung keine Brauerei gebaut werde, waren sie versöhnt. Er trank mit einigen Weinbauern an der Theke einen »Schoppen«, während Siegfried und Vincent die Pläne und Utensilien einpackten. Siegfried bemerkte, er habe sich gewundert, dass er Frau Heller nicht gesehen habe. Vincent brummte etwas Unverständliches, man sah ihm an, dass er sehr verärgert war.

»Die ganze Arbeit umsonst!«, schimpfte er und warf Siegfried vor, er habe das Projekt nur halbherzig verteidigt und mit keiner Silbe darum gekämpft.

Siegfried zuckte mit der Schulter. »Warum soll ich kämpfen, wenn sie uns hier nicht haben wollen? Die würden uns doch ständig Steine in den Weg legen. Und im Gegensatz zu dir war ich vom Römerblick nie ganz überzeugt.«

»Das hat man gemerkt.« Vincent sagte, am besten sei, wenn man Worms den Rücken kehre und sich anderweitig umschaue.

»Du vergisst, dass ich mit Siglinde verlobt bin und ihr versprochen habe, dass wir hier in der Nähe leben werden, wenn wir verheiratet sind. Sie ist hier verwurzelt und wäre sicher enttäuscht, wenn es anders käme. Gerade gestern haben wir ausgiebig darüber gesprochen.«

Siegfried erinnerte sich nur allzu gern an den gestrigen Abend, wo sie allein auf dem Schiff waren. Er war hinausgefahren, dahin, wo es einsam war, und dort hatte er das Schiff festgemacht. Sie hatten Pläne gemacht und später, als es dunkelte, hatten sie an Deck zum ersten Mal miteinander geschlafen. Siglinde hatte sich erst etwas geziert und ihm gestanden, dass es vor ihm erst einen Mann gegeben habe. Eben den, der sie so schmählich mit einer anderen betrogen hatte. Da habe sie das Vertrauen in die Männer verloren … aber mit ihm sei es wieder ganz anders.

Günter Kraft riss ihn aus seinen Erinnerungen. Er sagte, dass sie unbedingt gleich am nächsten Tag Frau Heller auf suchen sollten, um sie zu informieren. Er meinte, dass sie sicher schon Bescheid wisse, sonst wäre sie bei der Versammlung gewesen. Aber dass es sich doch gehöre, dass man es ihr persönlich mitteilte, dass es mit dem Verkauf nichts werde. Er selbst werde sich Ende der Woche die Zeit nehmen, um mit ihr zu reden, und ihr versprechen, dass er sich weiter bemühen werde, das Gasthaus an den Mann zu bringen.

Siegfried sagte zu Vincent: »Da kannst du allein hinfahren, du warst auch die treibende Kraft. Ich leihe dir den Porsche.«

Vincent regte sich auf, dass das nicht fair Frau Heller gegenüber sei. Es seien auch noch einige Verzehrrechnungen offen und er habe Zeichenmaterial und sonstige Utensilien dort zurückgelassen. Siegfried hatte mit dem Römerblick bereits abgeschlossen, sagte, das könne Vincent alles allein erledigen. Er habe Siglinde versprochen mit ihr morgen nach Mannheim zu einer Ausstellung zu fahren.

Vincent war beleidigt und sagte daraufhin kein Wort mehr. Als sie im Hotel waren, verzog er sich gleich in sein Zimmer und Siegfried hörte ihn vom Nebenzimmer aus, wieder einmal telefonieren … eine geschlagene halbe Stunde.

Günter Kraft ließ die Sache keine Ruhe. Er befürchtete, dass sich Siegfried womöglich anderweitig umsehen würde. Außerhalb von Worms. Deshalb rief er noch spät am Abend an und sagte, er habe es sich überlegt und sei bereit, mit ihnen am nächsten Abend nach Falkenfels zu fahren. Er wolle selbst mit der Gräfin reden. Vielleicht könne man sie doch zu einem Verkauf überreden, wenn das Grundstück und die Gebäude ihren Vorstellungen entsprechen werde.

Das Tor war dieses Mal offen. Der Mann der sie beim letzten Mal abgewiesen hatte, kehrte vor den Ställen und bedachte sie mit finsteren Blicken, als Günter Kraft das Auto an ihm vorbeilenkte. Vor dem sogenannten Herrenhaus parkte er und die drei stiegen aus. An der offenen Haustür erschien eine Frau in Reitbekleidung. Ihr offenes kupferfarbenes Haar leuchtete in der Abendsonne. Sie war groß, wirkte durchtrainiert und schien keinesfalls begeistert zu sein von den Überraschungsgästen.

»Was willst du?«, schnauzte sie den Bürgermeister an, Siegfried und Vincent übersah sie einfach.

»Conny, ich will mit dir reden! Ich möchte dir meine holländischen Freunde vorstellen und …«

Sie unterbrach ihn: »Nenn mich nicht Conny und du weißt, dass ich nicht gern auf meinem Grundstück überfallen werde. «

Der Mann mit dem Besen war nähergekommen, als wartete er darauf, dass er von ihr den Auftrag bekam, die ungebetenen Gäste vom Gut zu jagen.

»Constanze von Falkenfels, vielleicht bittest du uns ins Haus und geruhst mit uns zu reden!« Der Ton von Günter Kraft war ironisch und schärfer geworden.

Die Gräfin zögerte noch einige Sekunden, machte dann eine einladende Handbewegung.

Siegfried stellte sich und seinen Freund noch einmal vor und fragte sich, ob ein Handkuss angebracht sei? Aber er ließ es dann doch sein, es kam ihm zu überzogen vor. Von der Sonne geblendet, betraten sie einen großen hallenartigen Raum, der bis auf den großen Tisch in der Mitte, der mit zwölf Stühlen umgeben, leer war. Vor dem massiven eingebauten Kamin lag ein zotteliges Fell. Auf dem Kaminsims standen Figuren mit Patina überzogenem Silber und ein paar gerahmte Fotos. An den Wänden sah man dunkle rechteckige Stellen auf der verblassten Tapete, … da, wo mal Bilder gehangen hatten. Die Gräfin setzte sich an das Tischende und zeigte auf Stühle, wo die drei Platz nehmen sollten. Wieder wandte sie sich nur an Günter Kraft und fragte nach dem Grund für den Besuch. Er kam dann gleich zur Sache. Sagte, dass Siegfried van Heesen hier in Worms eine Filiale von der Familienbrauerei aufbauen wolle und er sich in ihr Grundstück verliebt habe. Sie wollte etwas sagen, aber Günter Kraft hob die Hand und sagte gebieterisch, sie solle ihn ausreden lassen. Er habe sich überlegt, dass ihr Anwesen immer noch sehr groß sei und die Grundsteuer sie auffressen werde. So viel könne sie mit ihren Pferden nicht verdienen. Irgendwann, und wahrscheinlich schon bald, würde das Anwesen zwangsversteigert werden. Das Gesicht der Gräfin lief rot an, ihre Stimme zitterte, als sie dem Bürgermeister vorwarf, dass er und die Stadtverwaltung vorrangig daran schuld seien, dass die Grundbesteuerung fast jährlich angehoben werde.

Und sie sei schon einige Jahr im Rückstand, ergänzte er und sagte, dass er die Bank nicht mehr allzu lange hinhalten könnte.

Siegfried sowie Vincent war das Gespräch äußerst unangenehm. Deshalb fragte Siegfried, ob sie sich etwas auf dem Grundstück umsehen dürften. Die Gräfin nickte und die beiden gingen aufatmend nach draußen. Vom Herrenhaus aus führte eine verwilderte Allee zu einer Baumgruppe, hinter der sich der Turm versteckte. Er war von moosbewachsenen Steinen umgeben, da, wo mal früher ein Gebäude gestanden hatte. Nur der Turm war das Überbleibsel. Der Turm war im verhältnismäßig guten Zustand. Brombeergestrüpp breitete sich gleich daneben aus und machte den Weg zum Fluss fast unbegehbar. Sie kämpften sich durch, holten sich dabei einige Kratzer und erreichten dann das Flussufer. Siegfried zeigte auf die Felsspitze, die aus dem seichten Wasser ragte, und sagte, das sei »der Falkenfels«.

Er sehe nur Möwen, meinte trocken Vincent, Möwen, die einen Landeplatz auf der Felsspitze mit Geschrei umkämpften.

Den verwitterten Anlegesteg wagten sie nicht zu betreten, so brüchig, wie er aussah. Sie setzten sich an das steinige Ufer und Siegfried betrachtete mit Begeisterung den Turm.

»Ich weiß, du siehst bereits die Leuchtschrift mit dem Bierglas auf dem Turm!«, spottete Vincent. Siegfried bat den Freund, er solle mit den Augen eines Architekten die

Lage hier beurteilen und ihn nicht immer mit dem Turm verspotten.

Nun ja, das Grundstück wäre ideal, musste Vincent zugeben. Sicher sei es auch groß genug. Der Turm recht passabel und die Anlegestelle am Rhein natürlich ideal. »Passender werden wir kaum etwas finden!« Aber so weit er gehört habe, sei zu bezweifeln, dass die Gräfin bereit sei zu verkaufen. Und so abweisend, wie sie sich gegeben habe, glaube er auch nicht daran, dass es Günter Kraft gelingen werde, sie zu einem Verkauf zu überreden. Außerdem sollte man überprüfen, ob eine Anlegestelle für Frachtschiffe umweltverträglich sei. Und die Zufahrtstraße sei für LKW zu schmal, die müsse man sicher verbreitern.

»Das alles ist erst einmal zweitrangig und auch die Sache des Bürgermeisters, das mit der Umwelt seinem Stadtrat schmackhaft zu machen.«

Siegfried erhob sich und schüttelte den Sand aus seinen Slippern. Vincent blieb noch sitzen, überlegte laut, dass sich die Gräfin und Günter scheinbar auch gut kannten? Das habe der aber bisher verschwiegen. »Vielleicht ein alter Streit, weshalb er nicht hierher wollte?«

Siegfried setzte sich wieder, berichtet dem Freund, was Siglinde ihm über das ehemalige Verhältnis der beiden zueinander erzählt hatte. »Sie waren ein Paar, wahrscheinlich hätten sie sogar geheiratet. Aber da hat Günter die reiche Henny kennengelernt und er hat abgewogen zwischen einer verarmten Gräfin mit einem verschuldeten Herrensitz und einer begüterten Winzertochter, die im Gegensatz zu der Gräfin allerdings recht unscheinbar ist.«

Vincent nickte und sagte, so sei das eben, man könnte nicht alles haben!

»Dann wollen wir mal sehen, was unser Freund in unserer Abwesenheit bei der Gräfin erreicht hat!«

Die beiden klopften den Sand ab und kämpften sich durch das Gestrüpp zurück. Holten sich dabei weitere Kratzer und Vincent einen Riss in seiner Jeans. Als sie sich dem Haus näherten, hörten sie die beiden heftig miteinander streiten. Der Mann kehrte jetzt die Stufen, um alles mitzubekommen. Siegfried klopfte an die Haustür und das Gespräch verstummte augenblicklich. Die Gräfin lehnte am Kamin mit verkniffenem Mund. Günter Kraft erläuterte dann das, was er vorgeschlagen hatte. Von dem Herrenhaus werde sich die Gräfin niemals trennen und das sei auch nicht notwendig. Es sei das Haus ihrer Vorfahren, das müsse man verstehen. Auch die Ställe müssten bleiben, da, wo sie sind. Die Pferde seien nicht nur ihr Hobby, sondern sie würde ihren Lebensunterhalt damit bestreiten. Aber das Grundstück sei groß genug, man könne es bestimmt teilen. Da wäre beiden geholfen. Constanze gab einen Zischlaut von sich. Günter Kraft fasste sie am Arm. »Bedenke, Constanze, du wärst in der Lage, das Haus zu sanieren, denn da ist einiges zu reparieren. Und vielleicht die Reithalle wieder aufbauen lassen. Das wäre für die Reiter Freunde ein lukrativer Anreiz ihre Pferde wieder bei dir einzustellen.«

Man sah ihr an, dass sie überlegte. Sie wandte sich das erste Mal Siegfried zu. »Lassen Sie mich darüber nachdenken. Ich kann und möchte mich nicht heute entscheiden müssen. Das kommt so plötzlich!«

»Ist OK, Conny … äh … Constanze«, verbesserte sich Günter eilig«, das verstehen wir … und ich weiß, du wirst darüber gründlich nachdenken und dich dann richtig entscheiden!«

Sie verabschiedeten sich, Siegfried gab ihr als Letzter die Hand. Günter und Vincent waren bereits am Auto. Sie hielt Siegfrieds Hand etwas länger fest und sagte: »Kommen Sie wieder … aber allein, … wir werden miteinander reden.«

Er fragte mit klopfenden Herzen »Wann?«.

Sie nannte den kommenden Sonntag, da habe sie ab achtzehn Uhr keine Reiter mehr hier.

»Sie will mit mir reden!«, sagte triumphierend Siegfried.

Günter grinste. »Lass dich nicht von ihr übers Ohr hauen, Constanze ist schlau und weiß genau, was sie will. Ich werde dir die Grundstückspläne heraussuchen lassen, damit ihr euch ansehen könnt, wie das Grundstück geschnitten ist und ihr einen Einblick darin habt, was für euch machbar wäre.«

Siegfried nickte und dachte darüber nach, wie er Siglinde erklären konnte, dass die Gräfin ihn ausgerechnet am Sonntagabend erwartete. Sicher würde es nicht allzu lange dauern. Er beschloss, seine Verlobte nicht anzulügen. Irgendwie spürte er, dass sie die Gräfin nicht mochte. Aber warum? Er würde sie fragen. Vielleicht war es nur ein Missverständnis von vor langer Zeit. Er musste ihr erklären, dass er nur an Falkenfels interessiert war. An Falkenfels … und nicht an der Gräfin!

Kapitel 18

Es war so wie er es sich gedacht hatte. Als sie in der Abendsonne auf dem Schiffsdeck saßen, hatte er Siglinde von dem geplantem Treffen erzählt. Wie er schon geahnt hatte, teilte sie seine Begeisterung für Falkenfels keineswegs. Sie sagte, sie möchte sich nicht in seine Pläne einmischen, aber er solle sich keine allzu großen Hoffnungen auf Falkenfels machen, die Gräfin sei sehr egozentrisch. Was sie heute verspreche, daran wollte sie sich ein Tag später nicht erinnern.

Als er ihr dann sagte, dass sie ihn am Sonntagabend erwarte, rückte Siglinde von ihm ab und meinte, die Gräfin wolle ihn womöglich verführen. Siegfried lachte und nahm Siglinde in die Arme. Erklärte, er sei nur an ihrem Grundstück interessiert und nicht an der Gräfin. Die sei zwar attraktiv, aber immerhin mehr als zehn Jahre älter.

»Genau vierzehn Jahre!«, korrigierte Siglinde.

»Na siehst du, da würde ich ja einen schlechten Tausch machen«, lachte Siegfried und gab ihr einen Kuss. »Aber du scheinst nicht gut auf sie zu sprechen zu sein?«, hakte er nach.

Siglinde wollte erst nicht darüber reden, aber als er sie drängte, sagte sie, dass Constanze sie geschlagen habe und das würde sie ihr nie verzeihen. Als kleines Mädchen habe sie Constanze und Günter belauscht, als sie sich im Weinberghäuschen oberhalb von unserem damaligen Haus getroffen und miteinander geschlafen haben. Siglinde erzählte dass sie damals sieben Jahre alt gewesen sei und neugierig, was die beiden da oben machten. Sie war zu dem Häuschen geschlichen und hatte ein Lager aus alten Wolldecken und einige Essensvorräte entdeckt. Das Häuschen habe nicht weit vom Elternhaus in einem Weinberg gestanden. Es gehörte einem Winzer und Günter hatte wohl den Schlüssel unter dem Blumentopf entdeckt. Dort trafen sich die beiden öfter. An einem Nachmittag, wo sie wusste, dass die beiden früher aus dem Gymnasium kamen, war sie dorthin geschlichen und hatte sich hinter einem Verschlag versteckt und gewartet, bis Günter und Constanze gekommen waren. Sie hatte zugesehen wie die beiden sich geküsst hatten und sich dann gegenseitig die Kleider vom Leib gerissen hatten. »Als sie halbnackt waren, bin ich unachtsam auf eine Hacke getreten und dabei ging eine Flasche in Scherben. Die zwei waren sehr erschrocken. Günter hat panikartig seine Hose gesucht und die eilig wieder an gezogen. Währenddessen hatte mich die halbnackte Constanze aus meinem Versteck gezerrt und mir mehrmals ins Gesicht geschlagen. Sie wollte gar nicht aufhören, wenn Günter sie nicht von mir weggezogen hätte. Constanze hatte gesagt, ich sei eine falsche Schlange. Dann hat mein Bruder auf mich eingeredet, ich dürfe niemand davon erzählen. Ich musste es schwören und bis zum heutigen Tag habe ich mich daran gehalten. Als unser Vater mein verheultes Gesicht sah und die Spuren der Schläge, habe ich gesagt, ich sei hingefallen. Er tat so, als glaubte er mir. Seitdem bin ich Constanze nicht mehr begegnet. Sie war dann auch einige Zeit weg. Man erzählte sich, sie sei in der Schweiz bei Verwandten.«

Siegfried strich Siglinde über die Wangen und sagte, dass es ihm leid tue, wie die Gräfin sie behandelt habe. Und dass er jetzt verstehen könnte, dass sie mit Constanze nichts zu tun haben wollte. Vorsichtig tastete er sich weiter und fragte, in welchem Verhältnis die Gräfin zu diesem

Hubert stünde, der immer auf dem Gut herumlungere, bestimmt nicht wegen guter Bezahlung?«

»Ja, der Hubert … man sagt, er sei der Halbbruder von Constanze, der Sohn von der letzten Haushälterin und dem Grafen ihrem Vater. Ihm traue ich es zu, dass er mit der Haushälterin unter anderen auch ein Verhältnis hatte. Er sei jedem Rockzipfel nachgerannt und Huberts Mutter sei recht ansehnlich gewesen. Seit Hubert sich mal in einer Kneipe gebrüstet hatte, dass er ein Grafensohn sei, nennt man ihn den Kegelgraf.« Als sie Siegfrieds verständnislosen Blick sah, erklärte sie, dass man im Volksmund die unehelichen Kinder als Kegel bezeichnen würde.

Das Gespräch hatte Siegfried nachdenklich gemacht. Aber er wollte unbedingt die Verabredung mit der Gräfin wahrnehmen. Allein schon um zu erfahren was sie ihm anbieten würde. Dass sie Geld brauchte, war offensichtlich, und auch bei seinem Rundgang hatte er feststellen können, dass das Gut reichlich heruntergekommen war, aber das Grundstück eine beachtliche Größe hatte. Da ließe sich was daraus machen. Er musste nur gut verhandeln!

Kapitel 19

Constanze stand an einem der verstaubten Fenster und sah den Besuchern nach. Sie war immer noch verärgert über den Überfall, den sich Günter erlaubt hatte. Es war lange her, dass sie sich gesehen hatten. Er wird langsam fett!, dachte sie mit Schadenfreude. Wahrscheinlich hält ihn Henny nur mit ihrer Kochkunst bei der Stange.

Widerwillig gab sie zu, dass dieser van Heesen ihr gefallen hatte. Sie spürte wie ihr Herz schneller schlug, wenn sie an ihn dachte. Nicht nur, dass er gut aussah, er wusste sich zu benehmen. Er war jung und strahlte so eine Dynamik aus. Trotzdem war er zurückhaltend gewesen und hatte nur wenig gesagt. Günter hatte wieder einmal das Wort geführt … wie gewohnt. Sie seufzte, warum interessierten sich immer nur so Loser für sie? Entweder waren sie verheiratet oder hatten sonst eine Macke. Wie zum Beispiel dieser Filialleiter von dem neuen Supermarkt. Der hatte sein Pferd in ihrem Stall untergestellt, und als sie ihn gefragt hatte, wie die Stute denn heiße, hatte er gesagt, Renate! Sie hatte sich fast verschluckt und das Lachen unterdrückt. Er hatte erklärt, Renn-Ate! ... das sei doch passend! Obwohl Renate weit davon entfernt war, je ein Rennpferd zu werden.

Er, der Supermarkt-»Fritze«, er hieß Fritz Bollmann, ließ keine Gelegenheit aus, mit ihr zu flirten. Er kam sich unwiderstehlich vor. Regelmäßig war er sonnabends, nach Geschäftsschluss gekommen, hatte einen Korb mit Lebensmitteln ihr aufgedrängt und erwartet, dass sie für sie beide kochen werde, während er Renate etwas bewegte. Kochen war noch nie ihr Ding, dagegen war er Hobbykoch und er hatte immer an dem, was sie zubereitet hatte, etwas auszusetzen gehabt. Sie lebte von Obst- und Dosengerichten, die sie nur zu wärmen brauchte.

Dann war Fritz Bollmann zudringlich geworden. Hatte geglaubt, für seine Mitbringsel belohnt werden zu müssen. Sie hatte ihm mit dem Gulasch, das ihm wieder einmal nicht geschmeckt hatte, vor die Tür gesetzt. Einige Tage später hatte er Renate abgeholt und zur Konkurrenz gebracht. Zu Hubert hatte er gesagt, dort sei alles viel moderner und ordentlicher als hier, auf dem vergammelten Reiterhof. Hubert hatte es ihr erzählt und gesagt, er habe daraufhin das Trinkgeld, das ihm der Bollmann hatte geben wollen, abgelehnt. Das konnte sich Hubert an und für sich nicht leisten, er lebte von Hartz IV und dem, was ihm die Reiter zusteckten. Sie konnte ihn schon lange nicht mehr bezahlen und Hubert erwartete das auch nicht von ihr. Er fühlte sich als Familienmitglied und war ihr gegenüber restlos loyal.

Wenn sie es auch gern verdrängte … er war ihr Halbbruder, von wem sollte Emma das Kind sonst haben? Emma war die letzte Haushälterin hier auf dem Gut gewesen. Sie kam als Vierzehnjährige in den gräflichen Haushalt, damals als Küchenhilfe bei der ältlichen Köchin, die sie dann auch abgelöst hatte. Emma war immer für sie da gewesen, mehr als ihre Mutter, die ständig an einer anderen Krankheit gelitten und sich immer unpässlich gefühlt hatte. Kurz nachdem sie in die Schule gekommen war, hatte Emma Hubert geboren und ihre Mutter hatte tagelang getobt und sich in ihrem Schlafgemach eingesperrt. Sie, Constanze, hatte einen Streit mitbekommen, wo ihre Mutter von ihrem Vater verlangt hatte, dass Emma mit ihrem »Balg« das Haus verlassen sollte. Der Vater hatte für Emma und ihrem kleinen Jungen damals das Kutscherhaus herrichten lassen und dort haben die beiden völlig zurückgezogen gelebt. Sie hatte als Kind nicht verstanden, dass ihre Mutter ihr verboten hatte, Emma zu besuchen. Heimlich hatte sie es trotzdem getan. Aber sie musste lernen, dass ihre Emma ihr nicht mehr allein gehörte. Damals war sie sehr eifersüchtig gewesen, auf den kleinen Schreihals, den Emma so liebevoll umsorgt hatte. Später konnten sie sich im Herrenhaus keine Dienstboten mehr leisten. Ihre Mutter hatte ständig geklagt, dass der Vater sich kaum noch um sie und das Gut kümmern würde. Es gab nur noch den alten Knecht, der die Pferde versorgte und über dem Stall seine Stube hatte. Damals hatten sie noch vier eigene Pferde gehabt. Auf Cäsar, einem schwarzen Hengst, hatte sie früh reiten gelernt, das einzige, was ihr Vater ihr je beigebracht hatte.

Als man bei ihrer Mutter Nierenkrebs feststellte und sie das Bett nicht mehr verlassen konnte, hatte ihr Vater Emma zurückgeholt und die hatte die Gräfin bis zu ihrem Tod gepflegt. Hatte deren Launen und Bösartigkeiten mit stetem Gleichmut ertragen. In der Zeit hatte Emma den kleinen Hubert, den die Kranke in ihrer Nähe nicht geduldet hatte, zu Verwandten gegeben und erst zurückgeholt, als die Gräfin verstorben war. Da war Hubert schon zehn, ging dem Grafen und dessen Tochter aus dem Weg und dem Pferdeknecht nach der Schule zur Hand. Sie war damals fünfzehn gewesen, besuchte in Mainz das Gutenberg-Gymnasium und versuchte, den »Kleinen«, wenn er ihr denn mal über den Weg lief, zu übersehen. Sie hatte auch nie wahrgenommen, dass ihr Vater mal ein gutes Wort an den Buben gerichtet hatte. Er behandelte ihn genauso schlecht, wie er den ihm treu ergebenen Knecht behandelt hatte.

In der Zeit hatte sie mitbekommen, dass nie Geld im Hause war, und wenn ihr Vater mal beim Spielen gewonnen hatte, war es ebenso schnell wieder weg. Emma versuchte mit dem wenigen Haushaltsgeld, das er ihr gab, über die Runden zu kommen. Und sie hatte gemerkt, dass so manches Möbelstück oder Ölgemälde von seinem gewohnten Platz stillschweigend verschwunden war. Den Schmuck, den ihr die Mutter auf dem Sterbebett geschenkt hatte, hatte der Vater ohne sie zu fragen versetzt. Sie erinnerte sich, dass er in der Zeit hin und wieder mal eine Frau mitgebracht hatte. Die waren alle recht auffällig zurechtgemacht, rührten keinen Finger im Haus und erwarteten, dass sie von Emma bedient wurden. Aber dagegen hatte sich Emma gewehrt und die »Damen« verschwanden ebenso schnell, wie sie gekommen waren.

Ach ja, Emma! Die sollte sie mal wieder besuchen, seufzte Constanze. Die lebte seit einiger Zeit im Seniorenstift in Worms in der Herrmannstraße. Dafür hatte Günter mit seinen Beziehungen gesorgt. Vor einigen Wochen war sie in der Nähe gewesen und hatte sich an Emma erinnert, die dort sicher sehr allein war. Als sie auf dem Weg zu deren Zimmer war, wäre sie beinahe Gisela Heller begegnet. Sie hatte gerade noch in den Fahrstuhl flüchten können. Und war dann ohne dass sie Emma besucht hatte, aus dem Haus geeilt. Sie hatte abgeschlossen mit der Vergangenheit und wollte keinen mehr sehen. Möglichst nicht Günter Kraft und nicht Gisela Heller, die mal ihre beste Freundin gewesen war.

Constanze löste sich von dem Fenster, an dem es schon lange nichts mehr zu sehen gab, und ging zu dem halb blinden Spiegel im Vorraum. Dort löste sie ihr Haar und schüttelte die rostrote Mähne. Erleichtert stellte sie fest dass noch keine grauen Haare sichtbar waren. Mit kritischem Blick fand sie sich selbst noch recht attraktiv und das ließe sich steigern, wenn sie sich etwas Mühe gab und sich ein wenig zurechtmachte, wozu sie meistens keine Zeit hatte und ihr auch die Geduld fehlte.

Am Sonnabend, wenn er wiederkam, wollte sie sich vorher die Zeit dazu nehmen. Wie alt er wohl war? Höchstens dreißig? Na und … das war doch heutzutage kein Problem und ihr sah man die 42 nicht an. Sie musste nur überlegen, was sie anziehen sollte. Vielleicht sollte sie mal wieder in Mutters Kleiderschrank stöbern. Das eine oder andere Kleid war bestimmt noch tragbar und sicher aufwendiger verarbeitet als die, die sie sich hätte leisten können.

An dem Abend gönnte sie sich ein Vollbad. Aus Sparsamkeitsgründen hatte sie sich angewöhnt, nur noch zu duschen. Nackt betrachtete sie sich im Badspiegel. 56 Kilo, kein Gramm Fett zu viel. Ihr Körper war fast makellos und gut durchtrainiert. Genug der Eitelkeiten … sie ließ sich ins warme Wasser gleiten. Lehnte den Kopf an den Wannenrand und erlaubte sich zu entspannen. Immer wieder geisterte dieser gut aussehende van Heesen durch ihren Kopf. »Ich bin eine 42jährige Frau, ohne Mann und ohne Familie mit einem hoch verschuldeten Gut und das wird sich auch nicht ändern, wenn ich nicht etwas unternehme. Immer lebe ich in Angst dass eines der Pferde krank wird und ich einen Tierarzt brauche oder dass das Dach wieder mal undicht ist und es hereinregnet. Vielleicht wäre dieser Siegfried, sein Vorname passte zu ihm … vielleicht könnte sich mit ihm alles ändern.«

Er war reich, das hatte Günter durchblicken lassen. Sie sollte sich mit ihm unterhalten und sie war froh, dass sie im letzten Moment zugestimmt hatte, ihn wiederzusehen. »Er könnte mich aus meinem Dornröschen Schlaf aufwecken, wenn ich nur will!«

Das Wasser hatte sich abgekühlt und sie stieg aus der Wanne. Immer noch in Gedanken versunken rubbelte sie sich trocken, zog nur einen alten Frottier-Anzug über und beschloss, zum Turm zu gehen. Dort oben war es an heißen Sommertagen angenehm kühl. Sie griff nach der Cognac-Flasche, stellte fest, dass der Inhalt wieder einmal weniger geworden war. Hubert! Immer wenn sie mit den Pferden unterwegs war, stöberte er wohl im Haus. Was soll's? ... allzu viel war da nicht mehr zu holen und hin und wieder ein Schluck Cognac gönnte sie ihm.

Auf dem Weg zum Turm nahm sie sich vor, dass Hubert mal wieder das Gestrüpp zurückschneiden musste, es war ja kaum noch zum Durchkommen. Die Holztür am Turm klemmte wie immer und sie warf sich dagegen, wäre beinahe auf die Steinstufen geknallt, als die Tür aufging. Die Cognac-Flasche in ihrer Hand hatte überlebt, aber das Glas war zersplittert. Leichtfüßig nahm sie die 48 Stufen nach oben und war wie immer fasziniert von dem Ausblick, der sich ihr bot, von der Terrasse. Die Abendsonne stand schon tief und hatte den Himmel in orangerot getaucht. Auf dem Fluss, ein glitzerndes Band, waren kleine Boote unterwegs und am gegenüberliegenden Rheinufer lagerte im Gras eine Gruppe junger Leute, deren Stimmen herüberwehten. Sie nahm einen kräftigen Schluck aus der Flasche und setzte sich auf die Mauerbrüstung. Ihre Gedanken kreisten wieder um Siegfried. Sie nahm sich vor, ihm zuzuhören. Sie werde sich seine Pläne ansehen, sicher hatte sein Freund schon etwas skizziert. Vielleicht konnten sie sich einigen. Sie war zu Kompromissen bereit. Aber nicht ihr Haus! ... das war seit über fünfhundert Jahren im Besitz derer von Falkenfels und die Ställe für die Pferde brauchte sie für ihr spärliches Einkommen.

Am Sonnabend … da würde er wiederkommen und sie musste überlegen, wie sie mit ihm umgehen sollte.

Kapitel 20

Sie erwartete ihn auf der Haustreppe mit einem Glas Wein. Er begrüßte sie förmlich und sie sagte, er könne »die Gräfin« weglassen und sie Constanze nennen. Sie schien heute besserer Laune zu sein. Als sie ihm ein Glas Wein eingeschenkt hatte, forderte sie ihn auf, sich zu ihr zu setzen und ihr seine Pläne zu erläutern. Sie schien im Gegensatz zu der »Weinliga« keine Vorurteile gegen eine Bierbrauerei zu haben. Vorsichtig sprach er von den Gebäuden, die er bauen wollte und wie notwendig es für sein Vorhaben sei, die Anlegestelle am Rhein nutzen zu können. Die Zufahrtsstraße versprach er auszubauen und nebenbei die alte Reithalle wieder in Stand zu setzen. Er redete und redete … machte ihr Versprechungen, von denen er wusste, dass er sie zum Teil nicht einhalten konnte. Die Hauptsache war, sie würde zustimmen und bereit sein, einen Teil ihres Grundstückes zu veräußern.

»Dieses Haus …« Sie wandte sich um und zeigte auf ihr Haus, … »ist seit über fünfhundert Jahren in unserem Besitz. Ebenso das Grundstück, das einmal bis zum Salzstein reichte. Ich kann das Haus nicht veräußern, … niemals. Es ist mein Zuhause. Auch die Ställe mit den Pferden, von denen nur noch zwei in meinem Besitz sind … und die sind schon alt, aber ich brauche sie. Mit den Pferden verdiene ich den Lebensunterhalt für Hubert und mich. Hubert ist mein einziger Gehilfe hier auf dem Gut. Ohne ihn könnte ich das nicht schaffen.«

Er sagte zu ihr, soweit er sich umgesehen habe, würde er nur höchstens zwei Drittel des Grundstücks benötigen. Das Rheinufer, den Turm und das Umfeld.

Sie seufzte. »Der Falkenfels Turm! Er diente meinen Vorfahren als Ausguck. Von dort aus haben sie nach Frachtschiffen Ausschau gehalten und denen Maut abgezwungen. Der Turm ist der Rest von der alten Burg, die dort einst stand. Das Haus hier ist erst etwas später entstanden.«

Sie schwiegen eine Weile … tranken den ausgezeichneten Wein, den sie nachgegossen hatte, bis die Flasche leer war. Dann stand sie auf, klopfte den Sand von ihrer Reithose und sah sich sinnend um. Seine Nerven waren zum Zerreißen gespannt, was würde sie jetzt sagen? Dann erwähnte sie Dr. Sennemann, er sei ihr Anwalt, ein Freund von ihrem verstorbenen Vater. An den solle er sich wenden. Er habe die Kanzlei am Pfortenring, das sei in der Nähe von Hotel »Prinz Carl«, wo er sicher abgestiegen sei?

Siegfried nickte und sie versprach, den Anwalt heute noch anrufen und mit ihm zu reden. Mit Dr. Sennemann solle er sich auseinandersetzen. Vielleicht kämen sie ins Geschäft. Damit verabschiedete sie sich von ihm, sagte, sie sei es gewohnt, früh schlafen zu gehen. In aller Frühe würde sie ausreiten, da sei die Welt noch in Ordnung.

Beschwingt ging Siegfried zu seinem Auto, das er dieses Mal außerhalb der Mauer geparkt hatte. Hubert hatte sich an diesem Abend nicht gezeigt. Aber die Gardinen bewegten sich am Fenster des Kutscherhauses.

Siegfried fuhr direkt zum Hause Kraft, um Siglinde und Günter von seinem Teilerfolg zu berichten.

Günter meinte, es sei erstaunlich und völlig ungewohnt, dass die Gräfin so zugänglich gewesen sei. Siglinde war weiterhin skeptisch, meinte bedeutungsvoll, es sei noch nicht aller Tage Abend.

Später klopfte er noch an Vincents Zimmertür, musste aber erstaunt feststellen, dass der ausgegangen war. Beim Frühstück am nächsten Morgen erzählte er dem Freund voller Begeisterung von dem, was er glaubte, erreicht zu haben. Vincent ließ sich von Siegfrieds Euphorie nicht anstecken. Wollte auch nicht unbedingte ein weiteres Mal zu Falkenfels. Sagte, es sei noch früh genug, wenn der besagte Anwalt sich gemeldet habe und sie konkret erfahren würden, was er mit der Gräfin vereinbart habe. Vorerst sei das alles nur Spekulation. Siegfried war verstimmt, dass sein Freund offenbar für das Projekt nicht zu begeistern war. Er sagte zu Vincent, er sei ein Pessimist. Der entgegnete, nach dem Reinfall am Römerberg würde er erst wieder planen, wenn die Sache in trockenen Tüchern sei.

»Na denn!«, sagte Siegfried, er würde nach Peddersheim fahren und Siglinde von der Schule abholen. Heute sei der letzte Schultag vor den Ferien.

Die Schüler stürmten wie in allen Schulen zu Ferienbeginn aus dem Gebäude. Es dauerte etwas, bis auch das Lehrpersonal herauskam. Ein gegenseitiges Händeschütteln, Schulterklopfen und Umarmen, dann kam Siglinde zum Auto, sie hatte ihn bereits bemerkt.

»Wohin fahren wir?«, fragte er. Sie schlug vor: »Lass uns nach Flörsheim-Dalsheim fahren. Ich möchte dir gern das Weingut von meinem Großvater zeigen.«

Das Weingut lag am Ortsausgang, das letzte Haus, daneben Weinberge, so weit das Auge reichte. Hinter einem Holztor verbarg sich ein großer Innenhof, der umgeben war von verschiedenen Gebäuden. Überall standen in Terracottatöpfen mediterrane Pflanzen. Sogar ein Feigenbaum, der geschützt an einer Hauwand lehnte, war darunter und trug schon reichlich Früchte.

»Mein Großvater hat das Gut verpachtet, nachdem er zu uns in das Stadthaus gezogen ist. Es wird einmal mir gehören. Komm, ich will dir noch etwas zeigen. Sie zog Siegfried hinter das Haus, da, wo eine große Scheune stand, mit einer Fachwerk Fassade. Siglinde öffnete das Tor und sie standen in einem sonnendurchfluteten Raum. Hier in der Scheuer sei früher ihr Lieblingsplatz gewesen, wenn sie in den Ferien hier gewesen sei, sagte Siglinde und lehnte sich an einen Holzbalken. Sie sagte, ihr Traum sei, diese Scheune auszubauen. Die Wand nach hinten öffnen, um eine Glaswand einzubauen, mit freiem Blick über die sanften Hügel.

»Hier möchte ich mit dir wohnen. Mein Großvater würde den Umbau gern finanzieren, wenn ich ihm erzählen könnte, dass wir hier wohnen wollen!«

»Du wirst doch aus einem Bierbrauer keinen Winzer machen wollen?«, scherzte er. Aber die Idee sei gut, meinte er, allzu weit von Worms sei dieser Ort ja auch nicht entfernt.

»Du denkst immer noch an Falkenfels?« Sie fragte, ob sich die Gräfin oder ihr Anwalt sich gemeldet habe, fügte hinzu, wahrscheinlich habe sie es sich schon wieder anders überlegt!

Siegfried wollte nicht über das leidige Thema reden und schon gar nicht zugeben, dass er, wenn er sich unbeobachtet fühlte, immer wieder auf seinem iPhone nachsah, ob sie ihm eine Mail geschickt hatte.

Siglinde beschwerte sich, er würde ihr gar nicht zuhören. Sie hatte gerade das Haus beschrieben, so wie es einmal aussehen könnte. Er nahm sie in die Arme und küsste sie leidenschaftlich, sagte, er könne es sich vorstellen, mit ihr hier zu leben. Mit ihr und einem halben Dutzend Kinder.

Gerade als er sie auf das in einer Ecke gelagerte Stroh ziehen wollte, wurde das Tor geöffnet und eine Frau streckte ihren Kopf hinein. Sie erkannte Siglinde und sagte, sie habe sich über das Auto gewundert, das vor dem Tor stehen würde.

Siglinde richtete mit hochrotem Kopf ihre Haare und stellte etwas verlegen der Pächterfrau ihren Verlobten vor. Sie wurden von ihr zu einem Imbiss ins Haus eingeladen. Später kam ihr Mann dazu und der zwanzigjährige Sohn. Es wurde ein gemütlicher Nachmittag, an dem man über alles Mögliche redete, nur nicht über das Brauerei-Vorhaben, das auch Siegfried mal kurz vergessen wollte.

Kapitel 21

Ungeduldig wartete er noch einige Tage, bis man ihm an der Rezeption endlich ausrichtete, Dr. Sennemann bitte um einen Rückruf. Darauf hatte er gewartet und er überredete den Anwalt, ihn an dem Abend noch zu empfangen. Wieder war Vincent nicht anwesend. Siegfried hatte sowieso das Gefühl, dass er sich gegen das Projekt Falkenfels bewusst sträubte.

Dr. Sennemann war ein vornehmer älterer Herr, so wie man sich einen Anwalt vorstellte. Seine gediegene Kanzlei passte zu seiner Person. Er sagte, dass er mit der Gräfin von Falkenfels in alter Freundschaft verbunden sei. Ihr Vater sei sein Freund und sein Jagd-Kompagnon gewesen, er kenne Constanze seit ihrer Geburt.

Er habe sich auf ihre Bitte hin ausgiebig mit den Grundstücks Plänen befasst und nun sollte Herr van Heesen ihm seine Vorstellungen erläutern. Das tat Siegfried dann auch und Dr. Sennemann hörte ihm aufmerksam zu.

»Nun ja … das klingt alles ganz ordentlich und durchdacht«, meinte dann der Anwalt. Er wisse, dass das Gut hoch verschuldet sei, aber bis jetzt habe die Bank stillgehalten solange ein Bürge sich dafür einsetzen würde. Siegfried mutmaßte, dass es sich um den Bürgermeister handelte.

Dann erklärte er dem Anwalt, dass er der Gräfin versprochen habe, dass das Herrenhaus sowie die Pferdeställe und die alte Reithalle ihr Eigentum bleibe sollten. Der Anwalt nickte, das erschien ihm zu gefallen. Er sagte, dass es dann Constanze nicht allzu schwer fallen würde, sich nur von einem Teil ihres Anwesens trennen zu müssen. Er würde einen Vorvertrag entwerfen, den sie beide überprüfen könnten. Inzwischen würde er sich, mit van Heesens Genehmigung, eine Bankauskunft einholen, er möchte nicht, dass Constanze übervorteilt werde, schließlich ging es um ein Millionen Geschäft. Siegfried willigte ein und wusste, dass er spätestens jetzt mit seinem Vater reden musste.

Am späten Abend traf er Vincent im gemeinsamen Wohnraum endlich mal an. Er hatte eine holländische Zeitung auf dem Tisch ausgebreitet, in der er blätterte. Siegfried schenkte sich ein Bier ein und setzte sich zu Vincent. Der sah von der Zeitung auf und fragte, wie lange er gedenke, noch hier in Worms zu bleiben. Erwähnte, dass sein Vater inzwischen schon ungeduldig sei. Siegfried wurde hellhörig. »Du telefonierst also täglich mit meinem Vater?«

Vincent war verlegen, gab dann zu, dass Herr van Heesen ihn schließlich bezahlen würde und es sei die Bedingung von seinem Vater gewesen, ihn regelmäßig zu informieren.

Siegfried war wütend. »Aha … er vertraut mir mal wieder nicht! Du bist also eine Art Werksspion. Vielleicht solltest du diese Position auch in Utrecht demnächst einnehmen?«, schlug Siegfried spöttisch vor.

Vincent legte die Zeitung zusammen und sagte, er müsse sich langsam Gedanken machen, wie es mit ihm beruflich weiter gehen sollte. Vielleicht würde er doch noch einmal bei seinem ehemaligen Kompagnon anklopfen, ob er gewillt sei, wieder mit ihm zu arbeiten. Man sah ihm an, dass er sich Sorgen machte.

»Also so wie ich das verstehe, willst du nicht mit mir hier in Deutschland die Filiale aufbauen, so wie es mein Vater uns vorgeschlagen hat?«

Vincent wand sich raus, sagte, lieber würde er in Utrecht in das Werbebüro einsteigen. Der alte Willem Deuser werde sicher kurz oder lang in Pension gehen. Zusammen mit dem Deuser würde es nicht funktionieren. »Zwischen uns beiden stimmt einfach nicht die Chemie.«

»Mach, was du willst!«, sagte Siegfried, der sehr enttäuscht und verärgert war, dass Vincent hinter seinem Rücken Pläne machte, mit seinem Vater telefonierte und sich auf dessen Seite geschlagen hatte.

»Morgen, gleich nach dem Frühstück, werde ich in der Villa anrufen und meinem Vater von Falkenfels erzählen!« Und er bat Vincent, dass er ihm dieses Mal ihm nicht zuvorkommen sollte. Er möchte das Projekt Falkenfels seinem Vater alleine schmackhaft machen.

Das tat Siegfried dann auch gleich am frühen Morgen. Sein Vater reagierte recht einsilbig, stellte wenige Fragen, hörte zu und sagte, er müsse jetzt in die Firma fahren, er erwarte Gäste aus Belgien. Ihn hatte vor allem der Kaufpreis interessiert und genau dazu konnte Siegfried noch nichts Konkretes sagen. Peer van Heesen sagte, er möchte Fotos sehen, die Siegfried ihm über das Handy zuschicken sollte. Sein Vater wollte sich nicht weiter zu dem Projekt äußern, sodass Siegfried den Verdacht hatte, dass Vincent ihn doch schon informiert hatte und Falkenfels seinem Vater madig gemacht hatte.

Danach versuchte Siegfried die Gräfin zu erreichen, was ihm erst nach mehreren Versuchen gelang. Sehr zögerlich gab sie ihm die Erlaubnis, auf dem Grundstück zu fotografieren. Betonte, dass er Haus und Ställe außen vor lassen sollte.

»Was wollen Sie hier?« Hubert war sofort herbeigeeilt, als Sigfried das Auto im Innenhof parkte. Siegfried hatte gehofft, dass der allgegenwärtige Stallbursche mal nicht anwesend war. Er erklärte ihm, dass er von der Gräfin die Erlaubnis habe hier zu fotografieren.

»Das soll sie mir selbst sagen!«, knurrte Hubert und wandte sich, ab als er telefonierte.

»OK!«, sagte er dann. »Aber nur das Gebiet rund um den Turm und die Anlegestelle. «

Siegfried ließ ihn stehen und ging in Richtung Turm, den er von allen Seiten fotografierte. Leider war die Tür abgeschlossen. Allzu gern hätte er sich den Turm von innen genauer angesehen und von der Plattform aus fotografiert. So kämpfte er sich ein zweites Mal durch das Brombeergestrüpp bis zum Anlegesteg hinunter. Dort balancierte er auf den morschen Stegbrettern und machte von dort aus Aufnahmen in Richtung Rhein und zum Grundstück zu, wo man den Turm gut erkennen konnte. Nachdem er die Fotos an seinen Vater gemailt hatte, setzte er sich auf den Steg, sah den Schiffen nach und genoss die weite Sicht über den Rhein an dem klaren Sommertag. Irgendwann zog er sich aus und schwamm im Fluss. Als er sich nackt in der Sonne trocknen ließ, sah er von weitem Constanze auf ihrem Pferd. Sie hatte ihn vom Gebüsch aus beobachtet. Eilig zog er seine Jeans über, um ihr zuzuwinken, aber da war sie bereits wieder verschwunden. Auch als er sich durch das Unkraut zurückkämpfte, traf er sie nicht auf dem Hof an.

Im Hotel händigte man ihm an der Rezeption einen großen Umschlag aus. Der Absender war von der Anwaltskanzlei Dr Sennemann.

Aufgeregt öffnete er schon in der Halle den Umschlag und las dann das Dokument, das Dr. Senneman mit »Vorvertrag« bezeichnet hatte. Es waren neun Seiten Gedrucktes mit Anmerkungen und Berufung auf zahlreiche Paragrafen. Das alles hörte sich anders an, als er es sich vorgestellt und mit seinem Vater besprochen hatte

Es war ein Erbpacht-Vertrag, auf neunundneunzig Jahre befristet. Für den Turm Falkenfels, der baulich nicht verändert werden durfte, dazu über Eintausendachthundert Quadratmeter Land neben und vor dem Turm gelegen, sowie das Anlegerecht am Rhein über zweiundvierzig Meter Flussufer.

Bei Vertragsabschluss sollte ein Abschlag von zwei Millionen fällig werden, zahlbar an Gräfin Constanze von Falkenfels. Die jährliche Erbpacht, zahlbar jeweils am ersten Januar eines Jahres, betrug zweihundert fünfzig Tausend. Euro. Dazu verpflichtete sich der Pächter die Zufahrtsstraße auszubauen und die Reithalle, hinter dem Herrenhaus gelegen, in ihren ursprünglichen Zustand zu bringen. Die Gräfin und ihr Anwalt waren berechtigt, Einblick und eventuelles Votumsrecht auf die Baupläne zu haben. Für das angegebene Grundstück auf dem Plan, rot umrandet, wurde dem Pächter Vorkaufsrecht eingeräumt.

Siegfried ließ sich auf das Sofa fallen, das musste er erst einmal sacken lassen. Es war also kein Kaufvertrag, der schlaue Anwalt hatte einen Erbpachtvertrag daraus gemacht! Ob er das seinem Vater vermitteln konnte? Es war diese ideale Lage, die ihm nach wie vor imponierte. Und hundert Jahre waren eine lange Zeit. Da konnte viel passieren und eine Brauerei musste nach einiger Zeit immer mal wieder auf den neusten Stand gebracht werden. Vielleicht war das steuerrechtlich sogar besser als ein sofortiger Kauf? Er musste das von den Firmenanwälten seines Vaters abklopfen lassen. Überlegte, dass das Trinkverhalten der Menschen sich in der Zeit sicher noch einige Male ändern würde. Außerdem war es nur ein Vorvertrag … noch hatte keiner unterschrieben. Vielleicht konnte er die Gräfin zu dem einen oder anderen Zugeständnis überreden? Siegfried nahm sich vor, das alles erst einmal mit keinem Menschen zu besprechen. Weder mit seinem Vater noch mit Günter und schon gar nicht mit Vincent. Zuerst einmal brauchte er IHRE Unterschrift und dann würde er den Vorvertrag seinem Vater präsentieren und von den Firmenanwälten prüfen lassen. Noch eine Woche … sagte er sich, dann müsse die Entscheidung gefallen sein. Siglinde würde morgen nach Südtirol fahren und dort eine Woche bleiben. In der Zeit muss ich hier alles abwickelt haben und dann endlich das Schiff heimbringen. Und er musste den unterschriebenen Vertrag in seinen Händen haben. Dann würde er in Utrecht alles abwickeln und sehr bald zurückkommen … zu Siglinde.

In aller Frühe brachte er Siglinde und ihre Freundin am nächsten Tag nach Mainz. Vom dortigen Bahnhof würde der Intercity die beiden Frauen nach Meran bringen Auf der Fahrt nach Mainz saßen sie zu dritt eingequetscht im Zweisitzer und die beiden jungen Frauen schnatterten aufgeregt über die Wandertouren, die sie in der kommenden Woche unternehmen wollten. Nach einem langen Kuss am Bahnsteig verabschiedete sich Siglinde von ihrem Liebsten, und sie trösteten sich gegenseitig, dass es ja nur eine Woche sei, bis man sich wiedersehen würde.

Der Porsche stand im Parkhaus und Siegfried schlenderte noch einige Zeit durch die Mainzer Innenstadt. Er war unruhig, trank im Theaterkaffee einen Latte Macchiato und beschloss dann, zurückzufahren. Er wollte versuchen, die Gräfin zu einem möglichst baldigen Treffen zu überreden. Am besten noch am heutigen Tag!

Er erreichte sie an ihrem Handy dieses Mal sofort und sie zögerte nur einen Moment, bis sie sagte, sie würde ihn erwarten. »Heute Abend … gegen acht!«

Innerlich jubelte er. Kaufte in der Stadt eine Flasche Champagner und überlegte im Blumenladen welche Blumen zu ihr passen konnten, Rote Rosen? ... auf keinen Fall … auch keine gelben oder weißen. Gladiolen!, schlug die Blumenfrau vor … Nein er mochte keine Gladiolen, die waren ihm zu steif … sein Blick fiel auf die mehrfarbigen Dahlien. Die würde er nehmen, »ja alle!« Er fand, dass die irgendwie zu ihr und in ihrem kahlen Wohnraum passen würden.

Vincent, der sich wieder einmal unsichtbar gemacht hatte, sah ihm vom Fenster aus nach, wie sein Freund mit der Champagnerflasche und dem Blumenstrauß zum Parkplatz eilte.

Kapitel 22

An diesem Abend trug sie ein flaschengrünes Leinen-Kleid. Es war ein herrlicher Kontrast zu ihren kupferroten Haaren, die offen über ihre Schultern fielen. Sie war eine faszinierende Frau!, musste Siegfried feststellen, als er die Treppen hinauf eilte. Lässig lehnte sie an der Haustür, wo sie ihn erwartete.

Der Dahlienstrauß gefiel ihr. Es dauerte etwas, bis sie eine geeignete Vase gefunden hatte. Sie stellte den dicken Strauß in ein Zinngefäß vor den Kamin auf die Erde. Er brachte Farbe in diesen düsteren Raum. Den Champagner legte sie in der Küche in das Eisfach. »Den trinken wir später«, sagte sie vielversprechend. Dann gab sie ihm einen Picknickkorb in die Hand, der schon gepackt auf dem Küchentisch stand.

»Wir gehen zum Turm!«, sagte sie. Dort oben sei es an diesem schwülen Abend sicher angenehmer. Zumal vom Rhein aus immer ein kühler Wind wehen würde.

Mit einem großen Schlüssel schloss sie das angerostete Schloss auf. Die alte Holztür klemmte, Siegfried warf sich dagegen, bis sie sich öffnen ließ. Die Holzstufen auf der Wendeltreppe waren von Füßen aus einigen Jahrhunderten abgetreten. Staub und Spinnenweben an den Wänden streiften sie und blieben in ihren Haaren hängen. Die obere Tür war aus Eisen und ließ erst sich nach einigem kräftigen Rütteln öffnen.

Die Sicht war Atem berauschend, so wie es sich Siegfried vorgestellt hatte. Beinahe hätte er von der Werbung gesprochen, die er im Sinn hatte. »Das Bierglas und den Schriftzug van-Heesen-Bier würde von hier aus weit aus zu sehen sein.«

Besser, er schwieg darüber, mahnte er sich zur Vorsicht, um sie bei Laune zu halten … später würde er über das Geschäftliche mit ihr reden … später!

Aus dem Piknickkorb holte sie ein kariertes Baumwolltuch und breitete dies auf der halbhohen Brüstungsmauer aus. Darauf stellte sie eine Flasche Wein, zwei einfache Gläser, legte ein rustikales Weißbrot und einen runden Käse dazu. Sie kramte im Korb und sagte, sie habe vergessen, ein Messer einzupacken. Auf ihren fragenden Blick hin schüttelte Siegfried den Kopf. Constanze sagte etwas spöttisch, ihre Vorfahren hätten sicher immer ein Messer zur Hand gehabt. Geschickt brach sie Brot und Käse auseinander und gab ihm jeweils ein Sück davon. Der Weißburgunder war entkorkt und gut gekühlt, er schmeckte köstlich zu Brot und Käse.

»Mein Turm!«, sagte sie sinnend und er dachte, jetzt sei der Zeitpunkt gekommen, über das zu reden weshalb er gekommen war. Aber sie verschoss mit ihrer Hand ihm den Mund und sagte: »Später!« der Abend sei zu schade, um über schnöde Geschäfte zu reden. Später …, dachte auch er, später! Und als er vorsichtig den Arm um sie legte, lehnte sie ihren Kopf an seine Schulter. Sie sahen eine Weile schweigend hinunter auf den Rhein, er blinzelte hin und wieder in ihren tiefen Ausschnitt, ihre braun gebrannte Brust war verführerisch nahe. Was hatte sie mit ihm vor? Warum war sie heute so zugänglich?

Der Himmel hatte sich in der letzten halben Stunde verdunkelt, ohne dass sie es bemerkt hatten. Erst, als es auf der anderen Rheinseite blitzte und ein gewaltiger Donner folgte, zuckten sie zusammen und bemerkten, dass ein Gewitter im Anzug war. Eilend packten sie die wenigen Sachen zusammen und verließen den Turm. Durch das hohe Unkraut und Brombeergestrüpp kamen sie nur mühsam voran. Schon auf dem Weg zum Haus setzte ein Platzregen ein, der sie bis auf die Haut durchnässte. In der trockenen Halle sahen sie sich gegenseitig lachend an, ihr Kleid klebte an ihrem Körper und ließ sie fast nackt erscheinen. Sie hatte die durchgeweichten Sandalen von ihren Füßen geworfen und verschwand hinter einer Tür. Als sie wieder in den Wohnraum kam, hatte sie einen Bademantel an und warf ihm ein Handtuch zu, sagte lachend, er würde aussehen wie ein begossener Pudel. Er war neben der Tür stehen geblieben und hatte seine patschnassen Slipper ausgezogen. Mit dem Handtuch rubbelte er sein Haar trocken und seine nackten Arme. Grelle Blitze erhellten für Sekunden den Raum, dann folgte ein gewaltiger Donner. Constanze sagte, sie würde Gewitter lieben, diese ungebremsten Elemente, die das alte Haus erzittern ließen, mache sie demütig. Siegfried fragte, ob sie keine Angst habe, dass ein Blitz einschlug? Sicher habe sie keinen Blitzschutz auf dem Dach? Sie schüttelte den Kopf. »Was passieren soll … das passiert!«

Sigfried sah sie an, er ahnte dass sie unter dem Frottier-Mantel nackt war. Unterm Arm hatte sie eine Flasche Rotwein und zwei schöne, alte Kristallgläser. Auf dem zottligen Fell vor dem Kamin ließ sie sich nieder und füllte die Gläser. Der Wein war dunkelrot und von einer schweren Süße, die Siegfried schon nach dem ersten Schluck betäubte.

Er solle seine nassen Sachen ausziehen, forderte sie ihn auf. Hier drinnen sei es trocken und warm! Als warm empfand er es nicht, er schüttelte sich und bezweifelte, dass es jemals in dieser unwohnlichen Halle warm und gemütlich sein konnte. Als könne sie seine Gedanken lesen, schichtete sie Holz in den Kamin und zündete es an. Augenblicklich schlugen hohe Flammen auf. Constanze fasste Siegfried geschickt bei den Fesseln und zog ihn zu sich herunter. Er solle sich endlich von den nassen Klamotten trennen, sie grinste und sagte, sie habe geglaubt, dass Holländer ziemlich locker seien und nicht so schamhaft. Als er sein Poloshirt auszog, dachte er, … nackt baden im Rhein … das sei eine Sache, aber nackt hier neben der Gräfin liegen, das war eine Herausforderung. Und auf dem Tisch lag immer noch der Vertrag, wegen dem er hergekommen war. Sie hatte wohl seinen Blick gesehen. »Später!«, sagte sie und zog ihm geschickt die nassen Jeans aus. Inzwischen war ihm bewusst, dass er so ohne weiteres nicht mehr aus der prekären Lage heraus kam. Wenn er sie zurückweisen würde, könne er den Vertrag sicherlich vergessen. Und sie war begehrenswert! Meine Güte … er war auch nur ein Mann und wusste, was sie von ihm erwartete.

»Du bist schön!« flüsterte er ihr ins Ohr und küsste sie erst einmal vorsichtig, als wolle er abchecken, wie weit er gehen konnte. Sie zog ihn heran und erwiderte leidenschaftlich seinen Kuss.

»Warum lebst du allein?«, fragte er, um das, was sich anbahnte hinauszuzögern.

Sie grinste und sagte, sie habe gewartet bis Prinz Siegfried aus dem Norden kommen würde, um sie zu erlösen! Dann lachte sie und sagte, sie würde sich weder als Brünhild und schon gar nicht als Krimhild fühlen. Sie habe einfach keine Zeit für eine feste Beziehung.

Sie streifte den Bademantel von ihren Schultern und schüttelte ihre Haare, die im Feuerschein leuchteten wie altes Gold. Sie umarmte ihn und fuhr mit einer Hand über seinen Rücken. Er spürte schmerzhaft ihre Nägel, die sich in seine Haut eingruben. Es war mit ihr so anders … als mit Siglinde. Bei dem Gedanken zuckte er innerlich zusammen … kaum war sie weg, lag er nackt mit einer anderen auf einem Fell! Aber nun war es zu spät. Sie forderte ihn mit einer ungebremsten Leidenschaft, dass er um sich herum alles vergaß … auch den Vertrag. Als wiedermal ein Blitz durch den Raum flackerte, glaubte er, eine Gestalt am Fenster wahrzunehmen. »

Hier ist keiner!« beruhigte ihn Constanze und zog ihn wieder zu sich. Meinte, der Hubert würde um diese Zeit vor der Glotze sitzen und den Sonnabend-Krimi sehen.

Zaghaft blinzelte er ins Licht, das sich einen Weg durch die dunklen Vorhänge gebahnt hatte. Sein Kopf dröhnte, als er sich halb erhob. Er rieb sich den Nacken, das Lager war ungewohnt hart gewesen. Das Kaminfeuer war erloschen, er fröstelte. Neben ihm war der Platz auf dem Fell leer. Die leere Rotweinflasche stand neben der Feuerstelle und in den danebenstehenden Gläsern hatte sich der Rest Wein abgesetzt.

Die Stimme von Hubert ließ ihn aufschrecken. Der war wiedermal aus dem Nichts aufgetaucht und lehnte mit bösartigem Grinsen am Türposten. Siegfried versuchte sich mit dem Fell zu bedecken und fragte nach dem Bad. »Zweite Tür links!«, war die kurze Antwort und Hubert war verschwunden, so leise, wie er gekommen war. Siegfried tastete nach seinen Jeans, die in Reichweite auf dem Boden lagen. Im Haus war es still und er erinnerte sich, dass sie gesagt hatte sie würde früh am Morgen ausreiten. Er duschte kalt, warmes Wasser schien es hier nicht zu geben. Er brauchte dringend einen Kaffee und hoffte, den in der Küche zu finden. Aber da war kein Kaffeeautomat und auch keine Kanne … auf dem Tisch stand der Picknickkorb. Er biss in den Rest Weißbrot und trank aus der Leitung einen Schluck Wasser. Sein Poloshirt hing über einem Stuhl. Es fühlte sich ebenso wie seine Jeans noch feucht an. Als er angezogen war, war er in der Wirklichkeit angekommen.

Was hatte er getan? Mit Constanze geschlafen, kaum, dass Siglinde weg war. Das durfte sie niemals erfahren, das wurde ihm schmerzlich klar und ihr Bruder … Oh mein Gott, schon gar nicht. Ihm wurde heiß, wenn er darüber nachdachte. In der Halle zog er seine durchnässten Slipper an und zog das Fell vor dem Kamin glatt. Lange betrachtete er die silbernen Figuren auf dem Kaminsims. Alle Personen, die man aus dem Nibelungenlied kannte, waren da aufgereiht. Gedankenverloren rückte er den Helden Siegfried weit weg von der Brünhild und stellte ihn neben die Figur der Krimhild. Auch Hagen von Tronje schob er in den Hintergrund. Es kam ihm vor, als spiele er Schach.

»Was machen Sie da? Die Gräfin mag es nicht, wenn man ihre Figuren verrückt!«

Siegfried erschrak. Hubert war wieder auf leisen Sohlen hereingekommen, hatte ihn wahrscheinlich schon einige Minuten beobachtet. »Sie sollten jetzt gehen, sie wird nicht so schnell zurück sein!«

Siegfrieds Blick fiel auf den Tisch, wo immer noch der Vertrag lag, so wie er ihn hingelegt hatte. Und sie hatten nicht darüber gesprochen. Nun musste er wieder warten, bis sie bereit war, mit ihm darüber zu reden.

In der Küche fand er einen Bleistift. »Bitte ruf mich an!«, schrieb er nach einigem Überlegen.

Vor dem Hotel parkte er das Auto so, dass es vom Fenster aus nicht zu sehen war und hoffte, dass Vincent noch schlief oder bereits im Frühstückszimmer war. Mit etwas Glück hatte Vincent nicht bemerkt, dass er in der letzten Nacht nicht im Hotel geschlafen hatte.

Leider begegneten sie sich ausgerechnet vor dem Fahrstuhl. Vincent musterte Siegfried von oben bis unten und sah ironisch grinsend zu seinen Füßen hin, an denen er nur einen Socken trug, den anderen hatte er nicht finden können.

»Wo kommst du her?«

Als Siegfried keine Antwort gab, sondern mit einem gemurmelten »Guten Morgen!« an ihm vorbei wollte, hielt ihn Vincent am Arm fest. »Ich kann es mir denken, wo du die ganze Nacht warst … bei ihr … bei dieser hochnäsigen Gräfin und du hast sicher mit ihr geschlafen, kaum dass Siglinde weg ist! Schämst du dich nicht?« Spöttisch fragte er, ob ihm das Grundstück so viel wert sei.

»Das geht dich nichts an?«, blaffte Siegfried. Ihre Stimmen waren lauter geworden. Zwei Hotelgäste, die aus dem Fahrstuhl kamen, drehten sich irritiert nach ihnen um. Siegfried befreite sich von Vincent und ging zum Apartment. Vincent folgte ihm und ließ sich nicht abschütteln, drängte sich mit ins Zimmer, wo ihm das unbenutzte Bett ins Auge stach. Siegfried sagte zu Vincent er solle abhauen, er möchte jetzt duschen. Aber Vincent versperrte ihm die Tür zum Bad und nannte ihn einen »geilen Bock«. Siegfried fasste den Freund bei den Schultern und schubste ihn in das nebenliegende Zimmer. Sagte, er sei ihm keine Rechenschaft schuldig. Vincent lachte bitter und meinte wieder äußerst spöttisch, dass er mit Körpereinsatz um das Grundstück geschachert habe, fragte, ob es denn wenigstens etwas genutzt habe. Siegfried fühlte, wie er rot wurde, er war wütend über Vincent und sich selbst, dass er nach dieser Nacht trotzdem nichts vorzuweisen hatte. Er hätte es nicht so weit kommen lassen dürfen. Und nun hatte er noch nicht einmal ihre Unterschrift auf dem verflixten Vertrag.

Wütend wandte er sich Vincent zu, drohte, er solle es nicht wagen, ihn bei seinem Vater anzuschwärzen. »… und kein Wort zu Siglinde oder Günter!«

»Ah, das schlechte Gewissen! ... reichlich spät, findest du nicht auch?« Der selbstherrliche Ton von Vincent machte Siegfried rasend. Mit hochrotem Kopf sagte er, er brauche keinen Aufpasser. Am besten sei es, wenn er seine Sachen packen und heimfahren würde. Auf seinen Rat und seine Moralpredigten könne er verzichten. Dann ließ Siegfried seinen Freund stehen und ging endlich unter die Dusche. Minutenlang ließ er das warme Wasser über seinen Körper laufen, seifte sich gründlich ein, als könne er die Spuren der vergangenen Nacht abwaschen.

Vincent hatte das gemeinsame Wohnzimmer verlassen. Als er sich abtrocknete, hörte Siegfried ihn nebenan rumoren. Der beruhigt sich auch wieder, dachte er, als er sich aus dem Schrank frische Wäsche heraussuchte. Im Spiegel sah er die Kratzspuren an seinem Rücken, die er panikartig mit einem Hemd bedeckte. Er war müde, alle Knochen taten ihm weh, von dem harten Lager auf dem Fell, vor dem Kamin. Auf dem Sofa fand er keinen Schlaf, es war zu viel Unruhe in ihm. Immer wieder sah er auf sein iPhone und hoffte, dass sie ihm eine Mail geschickt hatte. Dann stand er auf und ging unruhig im Zimmer umher, nahm dies und das in die Hand und legte es wieder hin. Vom Fenster aus sah er Vincent, der mit seiner Reisetasche bepackt in eine Taxe stieg.

Am Spätnachmittag besuchte er Günter, der ihn zum Abendessen einlud. Günter Kraft war neugierig, wollte ihn ausfragen ob er denn mit Falkenfels weitergekommen sei. Siegfried verneinte die Frage, was der Wahrheit entsprach, und sagte wörtlich, »nicht wirklich!«. Da man ihm die Enttäuschung förmlich ansah, hakte Günter Kraft nicht weiter nach. Sagte dann nach einer Pause, er solle Falkenfels vergessen. Er habe sich etwas anderes einfallen lassen. Eine alte Kiesgrube direkt am Rhein … einen Turm könnte man ja bauen, wenn ihm der so wichtig sei. Siegfried tat so, als sei er interessiert.

Zu Fuß schlenderte er am späten Abend, zurück in das Hotel. Das Zimmer neben ihm war leer. Bevor er einschlief telefonierte er lange mit Siglinde, die ihm begeistert von ihrer ersten Bergtour erzählte und von ihren Blasen an den Füßen.

Am nächsten Morgen saß Siegfried allein am Frühstückstisch. An der Rezeption antwortete man ihm auf seine Frage hin Herr Klasen habe am gestrigen Tag ausgecheckt.

Kapitel 23

In den nächsten Nächten schlief er schlecht. Inzwischen vermisste Siegfried sogar schon Vincent. Mit ihm hatte er reden und diskutieren können, wenn sie auch meistens in der letzten Zeit nicht einer Meinung gewesen waren. Wenn es morgens dämmerte, war es mit dem Schlaf vorbei. Sein schlechtes Gewissen ließ ihn nicht wieder einschlafen. Er dachte an Siglinde, die er betrogen hatte, kaum dass sie weg war. Dann dachte er an Constanze und überlegte, wie er ihr nach dieser gemeinsamen Nacht begegnen sollte. Am besten gar nicht mehr darüber reden. Er hoffte, dass sie der einen Nacht nicht allzu große Bedeutung beimessen würde. Aber warum meldete sie sich nicht? Sie musste doch wissen, dass er darauf wartete, dass sie über den Vertrag sprachen.

Am gestrigen Abend hatte er im Hotel, vom Konferenzraum aus, mit seinem Vater geskyped. Peer van Heesen war sehr ungehalten darüber, dass sein Sohn sich mit Vincent zerstritten und ihn heimgeschickt hatte. Verärgert hatte Siegfried geantwortet, er brauche keinen Aufpasser! Sein Vater hatte verlangt, dass er umgehend nach Hause komme. Er habe genug Geld und Zeit investiert und außer einer Verlobten könne er nichts vorweisen. Siegfried war über diese Äußerung sehr gekrängt. Wies darauf hin, dass er ihm doch die Fotos von Falkenfels zugemailt habe, vom Grundstück, vom Turm, und von der so wichtigen Anlegestelle am Rhein. Die endgültigen Verhandlungen seien leider noch nicht abgeschlossen, aber das würde in den nächsten Tagen geschehen. Peer van Heesen hatte zugegeben, dass eine Anlegestelle am Fluss sehr lukrativ sei. Man könne mit Frachtschiffen über den Rhein billiger das Bier transportieren, als mit der Bahn oder mit dem LKW.

»Und der Turm?«, hatte Siegfried seinen Vater erinnert, »wie gefällt dir der Turm?«

Sein Vater hatte gelächelt, »Nun ja der Turm … Vincent hat schon gesagt, dass du von dem Turm von Anfang an völlig fasziniert seist!« Peer van Heesen hatte zugegeben dass ihm der Turm auch imponiere und man gegebenenfalls damit etwas anfangen könnte. Aber die Bedingungen müssten insgesamt akzeptabel sein und er solle sich auf keinen Fall endgültig festlegen. Das letzte Wort habe immer noch er. Und der Betriebsleiter und die Firmenanwälte müssten alles genau prüfen.

»Ja ja!«, hatte er ziemlich genervt gesagt und war sich wieder einmal gegängelt vorgekommen, wie schon so oft. Wann er denn gedenke, die Rückreise anzutreten?, hatte sein Vater konkret wissen wollen. Er hatte entgegnet, dass er ohne Abschied von Siglinde nicht zurückfahren werde, und seine Verlobte komme erst am Wochenende zurück. Er stellte in Aussicht, dass er sie vielleicht mitbringen würde. Das schien seinen Vater wenig zu interessieren. Er hatte ihn daran erinnert, dass er, sein Sohn, dringend das jährliche Sommerfest vorbereiten müsse. Das sei in den letzten Jahren seine Aufgabe gewesen und er habe den Termin wohl völlig vergessen? Siegfried hatte gesagt, dass er natürlich daran gedacht habe, was eine Lüge war, er hatte das Fest, das traditionsgemäß Mitte August stattfand, schlichtweg verdrängt. Dann hatte er versprochen, in der kommenden Woche die Rückreise anzutreten und damit seinen Vater erst einmal beruhigt.

Fast stündlich checkte er sein Handy und hoffte auf eine Nachricht von ihr. Warum meldete sie sich nicht? Warum ließ sie ihn warten? Warum beantwortete sie nicht seine Mails? Aber irgendwas hielt ihn davon ab, sie einfach auf Falkenfels zu überfallen.

Als er es nicht mehr aushielt fuhr er zu der Anwaltskanzlei und drang ohne Anmeldung zu Dr. Sennemann vor. Er bat den, dass er die Gräfin auffordern sollte, den Vertrag zu unterschreiben. Das lehnte Dr. Sennemann entschieden ab, er würde Constanze auf keinen Fall drängen. Er habe einen Vorschlag aufgesetzt, es sei allein ihre Entscheidung, den zu akzeptieren oder auch nicht. Siegfried merkte, dass er den Anwalt nicht umstimmen konnte. Er fragte ihn, was ihn veranlasst habe, aus einem möglichen Verkauf eine Erbpacht vorzuschlagen? Der Anwalt setzte ihm auseinander, dass es für Constanze sicher leichter sei und nicht so endgültig wie ein Verkauf. Für ihn und sein Unternehmen würde man nicht ein zu großes Kapital binden, das sei doch auch ein Vorteil für die van-Heesen-Brauerei!

Das bestätigte Siegfrieds Überlegungen. Aber das musste er erst einmal seinem Vater und der Firmenleitung begreiflich machen. Kommt Zeit, kommt Rat … erst einmal brauchte er ihre Zustimmung. Mit dieser Überlegung hatte er die Kanzlei verlassen.

Günter zuliebe sah er sich die Kiesgrube an, die Kraft ins Spiel gebracht hatte. Allerdings mussten sie dann beide feststellen, dass die für Siegfrieds Projekt ungeeignet war.

Am Sonnabendvormittag hatte er endlich eine Nachricht von der Gräfin erhalten, dass sie ihn am Sonntag am Spätnachmittag erwarten würde.

Kapitel 24

Siegfried fuhr mit überhöhter Geschwindigkeit über die Ludwigstraße. Er war in Siegerlaune. Er fühlte sich befreit von der Gängelung seines Freundes und von dessen vorwurfsvollen Blicken, seit er am Sonntagmorgen erst in der Früh zurück ins Hotel gekommen war. Er war perplex gewesen, dass Vincent gleich gewusst hatte, wo er gewesen war. Es hatte ihn beschämt und verärgert, als Vincent ihm vorgehalten hatte, dass er Siglinde betrogen habe. Als ob er das nicht selbst wüsste. Es war ihm inzwischen mehr als schmerzhaft bewusst. Er war froh, dass Vincent nicht mehr hier war und er seinen vorwurfsvollen Blick nicht mehr ertragen musste.

Sollte Vincent nur seinem Vater in den Ohren liegen, dass Worms nicht der richtige Ort und Siglinde nicht die richtige Frau sei. Er würde mit dem Vertrag zurückkommen und seinen Vater davon überzeugen, dass er genau das richtige Grundstück gefunden hatte. Und seine zukünftige Frau… das war allein seine Sache. Obwohl er sicher sein konnte, dass Siglinde seinem Vater gefallen werde.

Neben ihm auf dem Beifahrersitz lag ein herrlicher rostroter Rosenstrauß, passend zu ihren Haaren, und eine gut gekühlte Flasche Champagner, mit dem er den Vertrag mit ihr begießen wollte. Nachdem er sie tagelang nicht erreicht hatte, war es jetzt, als sei ein Stein von seinem Herzen gefallen. Der Sonntagabend passte gut und er brauchte keine Ausrede für Siglinde zu finden. Sie war am gestrigen Tag zurückgekommen und sie hatten die Nacht auf dem Schiff zusammen verbracht und ihr Wiedersehen gefeiert. Er hatte sein Hemd anbehalten, sodass sie die Kratzer Spuren auf seinem Rücken nicht gesehen hatte.

Am heutigen Abend war Siglinde mit Günter und Henny zu einer Festlichkeit gefahren. Ihr Schulleiter feierte sein fünfundzwanzigstes Berufsjubiläum im Kreise von Freuden. Die Krafts gehörten dazu und waren alle drei eingeladen.

Siegfried hatte sich fest vorgenommen, mit Constanze nur über das Geschäftliche zu reden. Auf keinen Fall durfte es wieder zu Vertraulichkeiten zwischen ihnen kommen, das hatte er sich geschworen, als er gestern in Siglindes Armen gelegen hatte.

Am »Salzstein« bog er ab und fuhr schwungvoll den Grasweg entlang, bis er vor dem verschlossenem Gittertor von Falkenfels anhalten musste. Die Kette am Tor war für ihn kein Hindernis mehr. Er langte durch die Gitterstäbe und entwirrte die Kette, die kein Schloss hatte, sondern nur verknotet war. Durch das weit geöffnete Tor fuhr er bis zum Haupthaus. An Hubert vorbei, der ihm mit hasserfülltem Blick nachsah.

Mit jugendlichem Schwung nahm er die Treppe und wunderte sich, dass sie ihn nicht an der Hautür erwartete. Als er eintrat, fiel sein Blick sofort auf den Vertrag, der noch auf dem Tisch lag. Es schien ihm, als habe er ihn vor einer Woche genauso da hingelegt. Er konnte nicht widerstehen nachzusehen, ob sie unterschrieben hatte. Enttäuscht stellte er fest, dass auf der letzten Seite ihre Unterschrift immer noch fehlte. Augenblicklich sank seine Hochstimmung in den Keller.

Da sie immer noch nicht zu sehen war, stellte er die Flasche auf den Tisch und legte den Rosenstrauß daneben. Dann betrachtete er die Figuren auf dem Kaminsims. Sie waren umgestellt, seit er das letzte Mal hier war. Was hatte es zu bedeuten? Die Figur von Hagen stand jetzt dicht hinter der von Siegfried und Krimhild abseits, neben der Figur ihres Bruders Gunter. Die Figur von Brünhild stand einsam auf einem kleinen Sockel, sodass sie alle anderen Figuren überragte?

Er wollte die Figuren spielerisch verrücken und erschrak, als er ihre Stimme vernahm.

»Lass die Finger davon!«, herrschte sie ihn an. Constanze von Falkenfels war, von ihm unbemerkt, in den Raum gekommen. Sie sah müde aus und wirkte streng mit ihrem straff zurückgebundenen Haar. An dem Abend trug sie die unkleidsamen alten Reitklamotten, die sie herrisch aussehen ließen.

Er wollte sie mit einem Wangenkuss, wie unter Freunden, begrüßen, sie schob ihn von sich weg und legte die Rosen die er ihr gab, achtlos zurück auf den Tisch.

»Was willst du?«, herrschte sie ihn an. »Warum hast du während der ganzen Woche mein Handy zugemüllt? Du weißt doch dass ich beschäftigt bin!«

Meine Güte, warum war sie heute so abweisend?, fragte er sich und deute auf den Champagner. »Bitte hole Gläser, damit wir unseren Vertrag begießen können! Ich habe gesehen, du hast immer noch nicht unterschrieben?«

»Ich wüsste nicht was es zu feiern gebe?« Sie lehnte sich an den Kaminpfosten und sah ihn mit hasserfülltem Blick an.

»Constanze, ich wollte den Vertrag mit dir durchgehen, den dein Anwalt aufgesetzt hat. Morgen möchte ich das Schiff zurück nach Holland bringen und mit meinem Vater über unseren Vertrag sprechen.«

»Welchen Vertrag? ... Es gibt keinen Vertrag! und ich werde auch nicht unterschreiben. Ich denke gar nicht daran … ich habe es mir anders überlegt!«

Siegfried fühlte die aufsteigende Röte in seinem Gesicht »Aber, Constanze, das kannst du nicht machen, wir waren uns doch darüber einig! Und dein Anwalt hat einen Vertrag entworfen, über den ich mit dir reden wollte«

»Alles Makulatur! Du hast versucht, mich einzuwickeln, und doch nur das Geschäftliche im Auge gehabt ... als du mit mir geschlafen hast … hier, auf dem Fell.« Sie malträtierte es mit ihren Reitstiefeln. »Hier haben wir es miteinander getrieben, nur damit du an mein Grundstück rankommst. Ich habe dich durchschaut!«

»Aber, Constanze, so war es nicht, das eine hat mit dem anderen nichts zu tun. Ich finde, du bist eine begehrenswerte Frau … nur …«

»Nur … für dich zu alt und nicht mehr so taufrisch wie das langweilige Schaf, das du dir ausgesucht hast. Nun ja, ich weiß jetzt Bescheid, Siglinde Kraft ist ein paar Jährchen jünger als ich!«

Aha, daher wehte der Wind! Sie hatte von seiner Beziehung zu Siglinde erfahren. Er hatte es vermieden, seine Verlobte zu erwähnen, weil das gespannte Verhältnis, das zwischen der Familie Kraft und ihr herrschte, offensichtlich war.

Er versuchte Constanze auszureden, dass er nur aus Profitgier mit ihr geschlafen habe. Sie aber tat seine gestotterten Beteuerungen mit einer abweisenden Geste ab. »Wie ein abgelegtes Kondom hast du mich benutzt. Nimm deine Rosen, deinen Champagner und auch diese Blätter wieder mit und lass mich in Frieden und dich hier nie wider sehen!« Sie fegte den Vertag vom Tisch, sodass die neun Seiten auf den Boden flatterten.

Siegfried hob die Blätter auf und ordnete sie wieder in Reihenfolge. Immer noch hoffte er, dass es eine Laune von ihr war. Sie war sauer auf Siglinde, sie hatte sich doch nicht etwa Hoffnung gemacht, mit ihm hier zu leben? Das wäre ihm nie in den Sinn gekommen. Sie war immerhin fast fünfzehn Jahre älter als er und man sah es ihr bei Tageslicht auch an.

»Nun geh! Auf was wartest du noch?«, fuhr sie ihn an.

Er musste an ihre Vernunft appellieren. Jetzt war es wichtig, die Emotionen rauszunehmen, um möglichst sachlich zu bleiben.

»Constanze, das Gut ist hoch verschuldet, das weißt du doch auch? Du wirst es nicht mehr lange halten können und Günter Kraft wird nicht ewig für dich bürgen.«

»Woher willst du das wissen? Er wird dafür sorgen, dass Burg Falkenfels in meinen Händen bleibt. Er weiß, was es mir bedeutet … und es ist auch das Erbe von unserem Sohn!«

Siegfried glaubte, sich verhört zu haben. »Für welchen Sohn?«

Constanze lachte rau. »Das hat er dir also verschwiegen? Ich dachte, eure Männerfreundschaft habe Günter dazu bewogen, dir alles zu erzählen. Aber der Feigling hat immer noch Angst vor seiner Henny, dieser vertrockneten Pflaume, die zwar Geld hat, aber ihm kein Kind gebären konnte. Nun, wenn er glaubt, meinen Martin beanspruchen zu können, wenn es ihm passt, dann irrt er sich. Er ist mein Sohn und er hat seine Rechte an ihm verwirkt, als er Henny mir vorgezogen hat. Trotzdem wird er immer für Falkenfels bürgen, um das Erbe für Martin zu erhalten, weil es mir wichtig ist. Vielleicht denkt er sogar daran, wenn seine Bürgermeisterkarriere irgendwann beendet ist, sich von Henny zu trennen und mit mir und unserem Sohn hier zu leben. Aber das kann er sich abschminken und außerdem würde ihm dann auch Hennys Geld fehlen.«

Constanze lacht wieder, aber es ist ein freudloses Lachen, als sie fortfuhr: »Vielleicht stirbt sie vorher, oder er hilft da noch etwas nach … dann hätte er ausgesorgt. Ihm traue ich alles zu!« Wieder lachte sie laut …

Siegfried musste sich erst einmal auf diese neue Situation konzentrieren. Etwas lahm sagte er, dass er gewusst habe, dass sie und Günter einst ein Paar waren, aber dass sie ein Kind zusammen haben, das sei wohl ein großes Geheimnis.

Constanzes Gesichtsausdruck wurde etwas weicher, als sie erzählte, dass sie während ihres Studiums schwanger geworden sei. Günter hatte damals sein Jurastudium noch nicht beendet. Sie hatte ihr Biologiestudium nach fünf Semestern unterbrochen, um sich um ihren kranken Vater zu kümmern. Der wäre völlig ausgeflippt, wenn er erfahren hätte, dass sie ein Kind erwarte. Und Günter Kraft habe er noch nie gemocht. Nur Emma, die Haushälterin, die Mutter von Hubert, habe sie damals eingeweiht und sie gebeten, ein paar Monate sich um den Vater zu kümmern. Sie sei in die Schweiz gefahren, bevor ihre Schwangerschaft offensichtlich war, und habe dort das Kind bei ihrer Tante auf die Welt gebracht. Tante Elvira habe sich rührend um sie und das Kind gekümmert und tat das noch immer.

»Das Internat, das mein Sohn besucht, bezahlt Günter, das lässt er sich nicht nehmen, Wahrscheinlich hofft er, damit irgendwann Ansprüche geltend machen zu können. Als ich damals aus der Schweiz zurückkam, war kurz danach mein Vater gestorben. Günter hatte die Bürgermeisterwahl gewonnen und sich mit Henny Born verlobt. Verstehst du jetzt, dass ich nicht unbedingt zu verkaufen brauche? Günter wird mich nie hängen lassen. Er hat viel zu viel Angst, dass Henny etwas über unseren Jungen erfahren könnte und ihm dann den Geldhahn zudrehen würde.«

Siegfried überlegte fieberhaft, wie er sie überreden konnte. Er nahm die Blätter wieder in die Hand und versuchte es noch einmal auf die sanfte Art.

»Überlege mal, Constanze, mit dem Teilverkauf wäre uns doch allen geholfen. Du hättest das Herrenhaus und die Pferdeställe sowie die Zufahrt zu deinem Grundstück und wärst nicht mehr abhängig von Günter. Ich weiß nicht, ob du es erfahren hast, dass dein Anwalt zu einem Erbpachtvertrag geraten hat? Da bliebe Falkenfels letztendlich in deiner Hand. Bekämst von uns eine Menge Bargeld in die Hand bei einem Abschluss. Du wärst dann finanziell in der Lage, das Dach von deinem Wohnhaus neu eindecken zu lassen und so manches hier zu renovieren. Die Reithalle würden wir wieder in Stand setzen und du könntest sie wieder nutzen, was dir bestimmt neue Kunden bringen würde. Und Günter wäre auch etwas entlastet und müsste nicht mehr für eine so hohe Summe bürgen, die Bank wäre zufrieden und …«

»Vergiss es!«, fiel sie ihm ins Wort. »Ich kann das nicht ertragen, Unvorstellbar, wenn hier eine Baustelle auf meinem Grundstück wäre. Der Krach, die Unruhe, bis die neuen Gebäude hier entstehen würden und die LKWs, die hier auf meinem Grundstück meine Pferde scheu machen würden. Und vor allem hätte ich dann keinen Zugang mehr zum Rhein!«

»Den nutzt du doch gar nicht, das Gelände zum Fluss hin ist völlig zugewachsen!«

»Das braucht dich nicht zu kümmern, … ich will es einfach nicht … und bin dir keine Rechenschaft schuldig.«

Sie warf den Kopf trotzig in den Nacken und funkelte ihn aus schmalen grünen Katzenaugen an und das Gespräch nahm eine unvorhersehbare Wendung.

»Womöglich würde deine Siglinde hier herumstöckeln und die ganze Familie Kraft ginge hier ein und aus, … das würde ich nicht ertragen!«

Siegfried hatte nun endlich begriffen, dass sie eifersüchtig auf Siglinde war, nicht umsonst hatte er vermieden, die Bindung und Verlobung zu ihr zu erwähnen. Er sagte, dass Siglinde sicher kaum hierher kommen würde. Sie habe dazu gar keine Zeit. »Sie möchte weiter ihren Beruf ausüben, auch wenn wir verheiratet sind. Wohnen wollen wir höchstwahrscheinlich auf dem Weingut Born in Flörsheim Dalsheim.«

»Nun, das habt ihr euch ja alles schon schön ausgedacht und warum hast du Siglinde Kraft mit keiner Silbe erwähnt? Betrügst sie schon vor eurer Hochzeit?«

Er fühlte, dass sein Gesicht glühte, er wusste ja, dass es ein Fehler gewesen war, sich hinreißen zu lassen. Es war geschehen und es ließ sich nicht rückgängig machen.

»Es tut mir leid, ich weiß, es war ein Fehler …«, stotterte er und brachte sie damit noch mehr in Rage.

»ES TUT DIR LEID? ... du hast es genossen … genau wie ich! Und mir tut es inzwischen auch leid!« Sie griff abermals nach den Vertragsblättern und riss sie mitten durch und wollte sie ihm vor die Füße werfen. Er griff nach ihrer Hand, um sie daran zu hindern. Hasserfüllt funkelte sie ihn an, drohte ihm, sie werde dafür sorgen, dass Siglinde erfahren werde, dass er mit ihr geschlafen habe.

Siegfried geriet in Panik. Constanze traute er inzwischen alles zu.

Er schüttelte sie heftig bei den Schultern und drohte, er könne den Spieß auch umdrehen und mit Henny Kraft reden, heute noch … Frau Kraft würde sicher aus allen Wolken fallen, wenn sie erfahren würde, dass ihr Mann und Constanze von Falkenfels einen Sohn zusammen haben, für den Günter eine Menge von ihrem Geld abzweigen würde. Von der Bürgschaft für das Anwesen hier gar nicht zu reden!

Constanze riss sich los, blitzte ihn hasserfüllt an. Machte eine schnelle Drehung zum Kamin hin. Als er wieder nach ihr greifen wollte, sah er ihr verzerrtes Gesicht und etwas metallisch Helles aufblitzen in ihrer erhobenen Hand. Dann spürte er den dumpfen Schlag und einen stechenden Schmerz in seinem Hinterkopf. Der Boden unter seinen Füßen entglitt ihm. Er sackte auf das Fell, krallte sich daran fest. Im Zeitlupentempo griff er an seinen Kopf und spürte auf seiner Hand eine klebrige Masse … dann sah er nichts mehr … nur noch rot hinter den geschlossenen Augen … das in tiefes Schwarz überging …

Constanze wusste nicht, wie lange sie auf dem Boden gesessen hatte, mit dem Rücken an den Kamin gelehnt. Sie zitterte und zwang sich, nicht zu ihm hin zu sehen, Siegfried lag da und rührte sich nicht mehr. Bis Hubert sie unsanft schüttelte. »Da hast du ganze Arbeit geleistet!«, sagte er, nachdem er nach Siegfrieds Halsschlagader getastet hatte. »Mausetot!« stellte er zufrieden fest.

Sie schreckte auf aus ihrer Lethargie. Ihre Hände zitterten, sie hielten noch immer die silberne Figur umklammert. Es war die Figur von Hagen von Tronje. Hubert nahm ihr die kleine Statue aus der Hand und wischte sie sorgfältig mit einem alten Lappen ab, den er fast immer an seinen Gürtel geknüpft hatte, womit er den Pferden das Maul abwischte. Er rüttelte sie bei den Schultern.

»Was gedenkst du zu tun? Wohin mit dem Toten? Oder willst du die Polizei herbei zitieren?«

Constanze schüttelte heftig den Kopf. Sie ließ sich von Hubert hochziehen und ließ geschehen, dass er sie duzte, was sie vorher noch nie zugelassen hatte. Halbbruder oder nicht … er war nur der Sohn einer Haushälterin!

Er drückte die völlig Willenlose auf einen Stuhl am Tisch, da, wo noch die Flasche Champagner stand und der Rosenstrauß lag. Hubert sammelte die Fetzen des Vertrages ein, die verstreut rund um den Toten lagen und zerknüllte sie.

»Bitte hilf mir!«, flehte Constanze. Sie legte den Kopf auf ihre Arme und schluchzte. Er konnte sich nicht erinnern, sie je weinen gesehen zu haben.

»Heulen bringt uns jetzt auch nicht weiter!« Er habe es gewusst, dass es nicht in Ordnung war, dass sie sich mit dem Holländer eingelassen habe!

Sie hob den Kopf wischte sich mit ihrem karierten Hemdsärmel über die Augen und fragte, wie er das meine … »EINGELASSEN?«

»Na, ich habe euch doch beobachtet, als ihr euch hier auf dem Fell rumgewälzt und habe gehört wie ihr vor Lust gestöhnt habt. Hat das die Frau Gräfin bereits wieder vergessen?«, spottete er.

Sie war aufgesprungen und wollte ihm eine runterhauen. Aber Hubert war schneller und hielt ihre beiden Handgelenke umklammert. Sein Gesicht war ganz nah dem ihren. Fragte, ob er ihr helfen sollte oder nicht? Er könne auch rüber in sein Häuschen gehen und so tun, als habe er nichts gesehen und nichts gehört.

»Bitte bleib und hilf mir, ihn hier wegzuschaffen. Und sage mir, wohin wir ihn bringen können.«

Hubert grübelte eine Weile dann sagte er: »Erst einmal ziehen wir ihn mit dem Fell nach draußen, legen ihn in den Stall. Womöglich taucht plötzlich sein Freund oder der Kraft auf und überrascht uns.«

Mechanisch nickte sie und fasste mit an, sie war harte Arbeit gewöhnt. Im Stall legten sie ihn erst einmal in eine leere Pferdebox. Nahmen Besen, Eimer und alte Lappen mit ins Haus, wo sie gründlich sauber machten. Constanze nahm die Rosen, die zu schade waren zum Wegwerfen, stellte sie in einen alten Zinnkrug vor den Kamin, da, wo er gelegen hatte. Hubert, der sie beobachtet hatte, grinste, meinte, am besten solle sie noch eine Kerze anzünden und ein Foto von ihm dazustellen. »So als Gedenkstätte!«

Sie warf daraufhin einen nassen Lappen nach ihm. Nachdem sie die Figur von Hagen noch einmal abgewischt hatte, stellte sie die zurück auf den Kaminsims.

»Wir bringen den Holländer in den Dom und dort legen wir ihn ab!«, sagte Hubert und fand seine Idee genial. Constanze sah ihn irritiert an. »Aber warum vergraben wir ihn nicht hier oder werfen ihn in den Fluss?«

Sie war über Huberts Idee verwundert.

»Weil hier die Erde Jahrzehnte nicht bewegt wurde. Sie ist fest wie Beton und der Zugang zum Fluss nicht begehbar. Noch tagelang würde man auf dem Trampelpfad erkennen, dass da eine Last zum Fluss geschleppt wurde. Das Brombeergestrüpp würden wir abknicken und niedergetreten. Im Dom vor dem Altar, … das gefällt mir! Vor allem, dass sich ganz Worms den Kopf zerbrechen wird, wieso er gerade da liegt und sich fragen, wer ihn dahin gelegt hat. Und den alten Gehmacher wird hoffentlich der Schlag treffen, wenn er den Toten in seinem Dom findet!«

Constanze gefiel dieser Vorschlag nicht, aber sie hatte nicht die Kraft, dagegen zu protestieren.

Hubert überlegte laut, dass das protzige Auto da draußen unbedingt verschwinden musste. Möglichst weit weg von hier. Er werde es bei anbrechender Dunkelheit auf den Hotel-Parkplatz fahren und dort abstellen, da, wo der Holländer gewohnt hat, und dann werde er am Rheinufer zurück joggen, da, wo er fast täglich laufe und die Leute, denen er eventuell begegnen würde, sich erinnern, dass er gejoggt habe.

Constanze nickte, sie war völlig apathisch und überließ Hubert die Entscheidungen. Als er später das Auto startete und vorsichtig zum Tor hinaus lenkte, setzte sie sich auf die Steinstufen vor dem Haus und sah ihm nach. Überlegte, ob sie nicht doch die Polizei rufen sollte. Aber wie sollte sie erklären, dass sie den Toten in die Pferdebox gelegt hatten. Und man würde sie befragen, bis sie den Grund kannten, warum sie ihn im Zorn erschlagen hatte. Alles würde rauskommen, all das, was sie jahrelang verschwiegen hatte. Günter würde es vielleicht sogar seinen Job kosten. Die Wormser waren rechtschaffene Leute! Henny würde ihn sicherlich verlassen und dazu noch enterben. Die Bank würde nicht mehr stillhalten, wenn Günter für ihre Burg nicht mehr bürgen konnte. Falkenfels wäre für immer verloren. Man würde sie wegen Mord ins Gefängnis stecken, und wenn sie dann nach Jahren frei käme, hätte sie keine Bleibe mehr. Und Martin, ihr Sohn, hätte nicht nur kein Erbe, sondern eine Mörderin zur Mutter. Womöglich wollte er mit ihr nichts mehr zu tun haben, das würde ihr das Herz brechen.

Sie dachte mit Wehmut an die paar Tage im Jahr, wo sie sich sehen konnten. Immer an Weihnachten gönnte sie sich die Reise zu ihrem Sohn. In Tante Elviras großzügiger Villa am Luzerner See verlebten sie ein paar wunderbare Tage, die nur allzu schnell vorüber waren. Ihr Junge war so verständnisvoll, wusste, dass er erst die Schule beenden musste, bevor er zu ihr kommen konnte. Sie hatte es ihm versprochen und wusste noch nicht, wie sie das bewerkstelligen sollte. Da musste sich Günter etwas einfallen lassen. Kommt Zeit, kommt Rat, und sie verdrängte den Gedanken.

Nein, sie durfte nicht die Polizei verständigen … alles wäre aus … sie hätte jahrelang umsonst gekämpft, dieses Erbe für Martin zu erhalten.

Ihr Blick fiel auf die Ställe, da lag nun Siegfried, schon einige Stunden … tot! Er hatte ihr gut gefallen von Anfang an und es hätte mehr werden können. Er war ein Siegertyp, jung, dynamisch und so gut aussehend. Es durchrieselte sie, wenn sie daran dachte, wie sie in seinen Armen gelegen hatte. Sie hätte etwas darum gegeben, wenn er bei ihr geblieben wäre. Fünfzehn Jahre Altersunterschied sind doch heutzutage kein großes Problem mehr. Sie hätte sogar zugelassen, dass er hier umgebaut hätte. Im Herrenhaus hätten sie zusammen wohnen können und irgendwann hätten sie Martin heimgeholt. Er hätte sich sicher mit Siegfried gut verstanden. Dann besann sie sich auf die grausame Wirklichkeit.

»Aus und vorbei!«, sagte sie laut vor sich hin und raffte sich auf, um ins Haus zu gehen. Als sie merkte, dass ihre Knie zitterten, setzte sie sich wieder auf die Steinstufen.

Sie vergrub ihren Kopf in ihren Armen und versuchte daran zu denken, was sie gehört hatte.

Gestern, am Sonnabend, hatte sie es auf dem Markt erfahren. Zufällig ein Gespräch mitbekommen, von zwei Marktfrauen, die sich ziemlich laut unterhalten hatten. Über Siglinde Kraft und deren Verlobter. Man würde im Hause Kraft sicher bald Hochzeit feiern. Sie und der gut aussehende Holländer seinen ein schönes Paar, neulich wären sie zusammen auf dem Markt gesehen worden, sagte die eine und die andere wusste, dass man sich erzählen würde, dass der blonde gut aussehende Mann, der oft mit dem Bürgermeister zu sehen war, hier in Worms zu investieren gedenke … in irgendeine Fabrik … oder »so etwas Ähnliches«.

»Ja, wo Geld ist … kommt Geld hin!« So hatten sich die beiden Marktfrauen ausgedrückt und Constanze hatte im Gemüse gewühlt und alles mitbekommen. War dann ohne etwas zu kaufen weggegangen und hatte vor Zorn gebebt. Er war also mit Siglinde Kraft liiert und mit ihr hatte er geschlafen und so getan, als würde sie ihm was bedeuten.

An dem Nachmittag konnte es ihr keiner recht machen. Sie war zu ihren Reitschülerinnen ungeduldig und aufbrausend. Zwei ihrer Schülerinnen verließen weinend ihre Reitstunde. Nach Feierabend war sie im Galopp einige Stunden geritten, bis ihr Pferd Schaum vor dem Maul hatte. Sie hatte sich dann ins Gras geworfen und vor Wut und Enttäuschung geheult.

Nach einer guten Stunde kam Hubert zurück, er ging zum Hofbrunnen, trank Wasser und setzte sich zum Verschnaufen neben sie auf die Stufen. Sagte, er glaube dass ihn keiner auf dem Hotelparkplatz gesehen habe. Im Hotel wäre wohl eine Veranstaltung, sodass der Parkplatz fast gänzlich zugeparkt sei. Den Schlüssel habe er im Auto stecken lassen. »Vielleicht klaut einer den Porsche und stiftete damit noch mehr Verwirrung, das käme uns sehr gelegen und verwischte dann auch die Spuren!«, meinte er mit hämischem Grinsen.

Er fragte, wie ihr die Idee gefalle, den Toten in den Dom zu bringen. Als sie keine Antwort gab, zog er sie an beiden Händen hoch, hielt sie fest, bis sie sich ihm entzog.

Es sei ihr inzwischen egal!, murmelte sie.

Hubert fuhr daraufhin den alten Geländewagen aus dem Schuppen und stellte ihn vor die Ställe. Dann winkte er Constanze. Sie wandte sich ab, als er den Toten mit dem Fell aus der Box zog. »Jetzt fass schon an!«, schnauzte er sie an, allein bringe er ihn nicht auf die Ladefläche. Sie wickelte das Fell um seine Füße. Hubert fasste den Toten bei den Schultern und zog ihn hoch. Sie zuckte zusammen bei dem Geräusch, als Hubert ihn auf die Ladefläche plumpsen ließ.

»Mit dem Fell können wir ihn nicht wegbringen, wer hat schon ein Bärenfell zu Hause rumliegen?«, spottete Hubert und brachte es zurück in den Stall. Kam mit zwei Kartoffelsäcken wieder und kletterte damit auf die Ladefläche.

»Hilf mir!«, forderte er sie auf und zog sie nach oben. Er hob den blutverschmierten Kopf und die Schultern an und sie musste einen von den Säcken darüberziehen. Dann dieselbe Prozedur mit den Füßen bis zu den Hüften. In der Mitte band Hubert die Säcke mit einer Kordel zusammen und verschnürten den leblosen Körper wie ein Paket. Constanze betrachtete ihre Hände und sah das Blut, das sich mit Sand und Strohhalmen vermischt hatte. Panikartig rannte sie zum Hofbrunnen und wusch ihre Finger, bürstete sie, bis sie rot waren. Sie wusste, dass ihre Hände nie wieder ganz sauber werden würden.

Hubert sagte, man müsse das Bärenfell beseitigen. Die Blutspuren könne man nie ganz entfernen. Aber zuerst einmal die Leiche! Die musste weg, das sei vorrangig!

»Wir warten noch eine Weile«, schlug er vor und reichte ihr ein Glas, halbvoll mit Cognac. »Trink das!«, forderte er sie auf. Sie schnupperte daran und wusste, dass der aus den sorgsam gehüteten Beständen aus ihrem Keller war. Aber was soll's? Sie leerte das Glas in einem Zug und fühlte sich dann gestärkt für das, was noch vor ihnen lag.

Als es dunkelte, fuhren sie auf Umwegen in die Innenstadt. Aus den Lokalen und Kneipen drang Gejohle und Lärm. Ein Fußball-Länderspiel, Deutschland gegen Spanien wurde auf großen Flachbildschirmen übertragen. In der zweiten Halbzeit stand es zwei zu null für Deutschland. Die Straßen waren wie leer gefegt. Von einer engen Seitenstraße näherten sie sich dem Dom. Hubert parkte neben den Hortensienbüschen und sah sich um. Dann machte er sich an der Seitenpforte zu schaffen. Constanze saß wie gelähmt auf dem Beifahrersitz und zwang sich, nicht nach hinten zur Ladefläche zu sehen. Nach einer gefühlten Ewigkeit riss Hubert die Beifahrertür auf. »Los! Eben ist die Luft rein!«

Er zog sie förmlich auf die Straße. Sie wankte nur kurz, fing sich dann wieder und half Hubert die Last von der Ladefläche zu ziehen. Es dauerte nur wenige Minuten, bis sie IHN auf der Altartreppe abgelegt hatten.

»Und nun nichts wie weg!«, sagte Hubert. Seine Augen funkelten triumphierend und er grinste vor sich hin. Keiner sprach ein Wort, als sie wieder auf Umwegen aus der Stadt fuhren. Auch auf der Heimfahrt schien das alte Auto keiner wahrzunehmen. Aus den Kneipen drang Jubel, das Spiel war zu Ende … Deutschland hatte gewonnen.

Kapitel 25 (im August, drei Wochen nach der Tat)

Jeden Montag- und Donnerstagmorgen hatte Bender einen Fixtermin angesetzt, für alle Mitarbeiter, die in den Fall »Siegfried« eingebunden waren.

Bender sah seine Leute an und dann zu der Pinnwand hin, wo immer noch die Fotos des Toten und der Verdächtigen angepinnt waren. Er sagte den Satz, den er in den letzten Wochen viel zu oft gesagt hatte. »Immer noch haben wir nichts Konkretes vorzuweisen!«

Er kratzte sich am Kopf und seufzte. Weber unterbrach das greifbar unangenehme Schweigen. »Wir hätten den Klasen nicht so schnell abhauen lassen dürfen. Der hatte doch Dreck am Stecken! War zerstritten mit Siegfried und drängte sich zwischen Vater und Sohn. Nun ist er außer Reichweite und wir haben das Nachsehen!«

»Er schien mir nicht genug verdächtig, dass ich Grund hatte, ihn an seiner Abreise zu hindern!«, gab Bender zu bedenken.

Weber verteidigte hartnäckig seine Version. »Er hat zugegeben, dass er sich mit Siegfried zerstritten hat. Weiß man, ob er nicht doch noch in der Stadt geblieben ist, nachdem ihn Siegfried heimgeschickt hat? Vielleicht hat er ihm aufgelauert und ihn im Streit erschlagen?«

»Jo mei! Dös is eh ne Möglichkeit! Sicher ging es um Siglinde, die der Klasen dem Freund nicht gegönnt hatte!«, warf der Moser ein. Man feilte dann an der Theorie herum. Klasen sei doch sicher auf den erfolggewohnten Freund eifersüchtig gewesen. Der im Gegensatz zu ihm mit dem sprichwörtlichen goldenen Löffel im Mund geboren worden war. Und dann noch die schöne Siglinde dem Klasen ausgespannt hatte.

»Ja, ja«, sagte Bender müde, »Utrecht ist ja nicht aus der Welt, wir können den Klasen auch dort noch einmal vernehmen.« Er glaube zwar, dass es nicht allzu viel bringen würde … aber wenn einer der Kollegen ein paar Urlaubstage in Holland verbringen möchte, könne er das veranlassen! Man lachte und Weber fühlte sich berufen zu sagen, dass er daran nicht gedacht habe. Aber nach wie vor sei Klasen für ihn einer der Hauptverdächtigten und davon ließ er sich auch nicht abbringen. Bender brummte etwas Unverständiges und erwähnte, dass eine Blumenhändlerin sich bei ihm gemeldet habe. Sie habe den Toten in der Zeitung wieder erkannt. Er sei ein paar Mal in ihrem Laden gewesen, sie konnte sich genau an den jungen Mann erinnern. Das erste Mal sei er mit einem anderen Mann da gewesen, sie hätten eine aufwendige Blumenschale mit weißen Orchideen gekauft. Der eine junge Mann, der jetzt tot sei, habe mit seiner Kreditkarte bezahlen wollen, aber das sei in ihrem Geschäft nicht möglich. Da hätten die beiden ihr Bargeld zusammengekratzt und das Präsent mit einer Karte in das Restaurant »zum Rebstock« schicken lassen. Sie glaube, dass es anlässlich des Geburtstages von Frau Kraft war.

Ja und dann habe sich die Blumenhändlerin erinnert, dass der junge Mann einige Male rote Rosen gekauft habe und einmal alle Dahlien, sie sie an dem Tag hatte. An dem Sonntag, bevor man ihn tot aufgefunden hatte, sei er noch einmal am Nachmittag da gewesen. Ihr Geschäft sei bereits geschlossen gewesen. Da habe er sie rausgeklingelt, da ihre Wohnung im selben Haus sei. Er hatte sie gebeten, ihm Blumen zu verkaufen. Da der junge Mann inzwischen ein guter Kunde war, sei sie mit ihm in das Kühlhaus gegangen und habe ihm einen Rosenstrauß gebunden.

»Rote Rosen?«, hatte Bender gefragt? Sie hatte das verneint, die habe er dieses Mal nicht gewollt, obwohl sie herrliche Bacara-Rosen da gehabt hatte. Er habe die rostroten genommen, 25! ... zu 2,50 Euro das Stück, dafür habe sie sich gern in ihrer Sonntagsruhe stören lassen!

Alle spekulierten nun, was an der Aussage dran war. Man müsse Siglinde Kraft dazu befragen, entschied Bender und schickte Max Moser zu der Dame.

Als er zurückkam, sagte er, Siglinde Kraft sei noch immer in tiefer Trauer, man würde ihr den Verlust ihres Verlobten ansehen. Sie habe sich natürlich sofort erkundigt, ob man den Mörder gefasst habe. Leider habe er ihr das nicht bestätigen können. Doch sie hatte bereitwillig über die Blumen ausgesagt. Bestätigt, dass sie oft rote Rosen von Siegfried bekommen habe. Und die Schale da, sie hatte auf eine schwarze Keramikschale gedeutet, die am Wohnzimmer Blumenfenster gestanden habe. Das sei das Geschenk gewesen, das ihre Schwägerin zu ihrem fünfzigsten Geburtstag von den beiden Freunden, Siegfried und Vincent, bekommen habe. Dann war ihr eingefallen, dass sie an dem Geburtstagsfest ihren Siegfried kennen gelernt habe und da sei in Tränen ausgebrochen und konnte sich nicht mehr beruhigen. Da habe er sich dann diskret zurückgezogen.

»Und was war mit den rostroten Rosen, konnte sie sich daran auch erinnern?«

»Oh, ich habe glatt vergessen, danach zu fragen!«, musste Moser zugeben. Er habe das »arme Hascherl«, wie er sich ausdrückte, nicht länger mit Fragen belästigen wollen.

»Wo gibt's denn so etwas?«, brummte Bender und sagte, man müsse herausfinden wer die rostroten Rosen bekommen hatte, das sei wichtig. Nachdem Moser Siglinde Kraft telefonisch nach den rostroten Rosen befragt hatte, gab er an Bender die Information, dass Frau Siglinde Kraft an dem betreffenden Sonntag gar keine Rosen von Siegfried bekommen hatte, sondern bei ihrem Wiedersehen am Vorabend. »Rote! ... wie immer!«

In den vergangenen Wochen hatte Bender viele Stunden vor der Pinnwand zugebracht und immer wieder gegrübelt, ob man was übersehen hatte. Immer wieder sich die Fotografien angesehen und dazu in seinen Notizen geblättert, in der Hoffnung, ein bedeutendes Detail zu entdecken. Wie bei einem Suchbild in einer Kinderzeitung. »Such die Maus, die hier versteckt ist!«

Wieder verging ein Tag, der keine neuen Erkenntnisse gebracht hatte.

»Dieser Holländer hat nur Unruhe gestiftet«, sagte Frau Bolte zu Bender, sie sah ihm an, dass er müde und abgespannt war, als er nach Hause kam. »Wie meinen Sie das?«, fragte er sie und setzte sich neben sie auf die Hausbank. Frau Bolte schnippelte Bohnen und schwieg verbissen. Als sich Bender räusperte, meinte sie, er, der van Heesen habe ganz einfach nicht hierher gepasst. Alle seien zwar um ihn herum geschwänzelt, weil sie gemerkt hatten, dass er reich war, aber hinter seinem Rücken seien sie über ihn hergezogen.

»Wen meinen Sie konkret damit?«, hakte er nach.

»Na, den Klüngel um den Bürgermeister und dass der reiche Holländer die begehrte Siglinde so schnell erobert hat, das war einigen ein Dorn im Auge.«

Wen sie damit meine?, wollte er wissen. Vielleicht gab es doch einen heimlichen Verehrer von Siglinde? Als er seine Vermieterin danach befragte, zuckte sie mit der Schulter und sagte, das wisse sie nicht. Und sie habe ja nur wiederholt, was man so sagte.

Bender knurrte ärgerlich, das sei leeres Gewäsch, damit könne er nichts anfangen! Er seufzte und ging nach oben. Die Katze folgte ihm. In der Küche aß er im Stehen ein belegtes Brot und beschloss, dann noch etwas zu arbeiten.

Bella hatte ihn im Wohnzimmer schon erwartet. Sie machte es sich auf der Stuhllehne bequem und sah Bender über die Schulter. Der duldete stillschweigend inzwischen die Katze, fuhr seinen PC hoch und starrte dann auf den Bildschirm. Fügte hin und wieder ein Wort ein und setzte ein Satzzeichen hinzu. Warum kam er nicht weiter? Alle Befragungen waren bis jetzt in einer Sackgasse gelandet.

Die Katze schnurrte hinter ihm. Er hatte sich inzwischen an sie gewöhnt. Seit er sie nach der verregneten Vorstellung unter seinem Trenchcoat heimgebracht hatte, waren sie Freunde geworden. Bella nannte ihn RRRROLF es schnurrte sich fast ebenso so schön wie MAURRRRA. Und er brachte ihr hin und wieder, extra für sie, einen Leckerbissen aus der Metzgerei mit. Sein Kühlschrank war jetzt immer gut bestückt, da er oftmals für sich und Monika Meiser kochte. Auch an dem Abend hatte er sich mit ihr verabredet. Sie wollten zusammen in einer der angesagten Straußwirtschaften einen Happen essen und einen guten Wein dazu trinken. So war es geplant. Leider hatte sie kurzfristig abgesagt, aus fadenscheinigen Gründen. Enttäuscht konzentrierte er sich auf seinen PC und ging zum zehnten Mal alle Ergebnisse und Befragungen durch. Viel lieber hätte er mit Monika Meiser geplaudert, wenn sie auch irgendwann doch wieder über den ungelösten Fall »Siegfried« geredet hätten, vielleicht wären sie gerade an diesem Abend auf etwas gestoßen, das sie weiter gebracht hätte.

Das sei keine Liebesbeziehung zwischen dem Kommissar und der Pathologin, hatte Frau Bolte zu ihrer Katze gesagt, das sei eine reine Interessengemeinschaft von den beiden. Von der Hausbank aus, auf der die Bolte gern saß, besonders dann, wenn Herr Bender Besuch hatte und die Fenster weit geöffnet, verstand man fast jedes Wort, das oben gesprochen wurde. Und immer wieder hatten die zwei über den Toten im Dom gesprochen, waren aber noch nicht weitergekommen.

Kommissar Bender nannte die Katze »Bella-Mieze« und sie ließ es sich gefallen. Sie hörte sogar darauf, … wenn ihr danach war und sie nichts Besseres vorhatte.

Bender kratzte sich am Kopf und seufzte. Laut sagte er dann: »Was haben wir nur übersehen?«

Er schenkte sich Rotwein nach und verglich seine handschriftlichen Notizen mit denen am PC. Las wieder und wieder die Aussagen von Vincent Klasen, vom Bürgermeister, von Siglinde und die von der Gräfin. Alles war sehr schwammig und brachte nichts Konkretes.

Er fügte die Angaben der Blumenhändlerin hinzu und überlegte, wer außer Siglinde von Siegfried Rosen geschenkt bekommen haben könnte.

»Ich sollte mich doch noch einmal auf Falkenfels umsehen … diese Gräfin war nicht sehr gesprächig!« Er hatte laut gesprochen … das machte er oft, wenn er allein war. Bella machte »MAUUUU!«.

Er wandte sich ihr zu und sagte: »Gell, da bist du auch meiner Meinung!«

Bella machte wieder »MAUUUU« … und sprang von der Lehne. Bender amüsierte sich über sich selbst. »Jetzt rede ich schon mit der Katze!«, sagte er laut. Bella hatte sich auf die Fensterbank gesetzt und sah ihn mit klugen bernsteinfarbenen Augen an. Er fragte sich, was wohl in so einem kleinen Katzenkopf vorging. Wissenschaftlich erwiesen, sagte man, dass Katzen nicht denken können … aber diese Katze, … die war etwas Besonderes, das wusste er inzwischen. Und er war davon überzeugt, dass sie jedes Wort verstand.

Also, fahren wir morgen noch einmal nach Falkenfels!, sagte er laut vor sich hin und Bella mauzte zustimmend. Bender überlegte, dass er den Max mitnehmen würde. An den lustigen »Rosenheimer« hatte er sich inzwischen gewöhnt, wenn er auch sein drolliges Bayrisch nicht immer verstand und sich die Kollegen immer noch darüber amüsierten. An dem Abend trank Bender allein die Flasche leer und zerbrach sich den Kopf, warum Monika ihm abgesagt hatte.

Auf der Fahrt zu Gut Falkenfels, am nächsten Tag, weihte er Max in seine neusten Überlegungen ein. Sprach mit ihm ab, dass er dem Knecht oder Stallburschen, Hubert genannt, auf den Zahn fühlen solle, während er versuchen würde, die Gräfin aus der Reserve zu locken.

Sie hatten ihren Besuch bewusst in die Mittagszeit gelegt und hofften, dass sie die beiden dann am ehesten antreffen würden.

So war es dann auch, die Gräfin und der Hubert striegelten zwei Pferde, draußen, vor den Ställen.

»Sie schon wieder!«, schnaubte die Gräfin und sagte, sie habe keine Zeit zum Reden. Bender blieb gelassen und drohte, wenn nicht hier, dann werde er sie auf das Kommissariat bestellen, da, wo sie offiziell vernommen werde.

Das gelte ebenso für ihren Angestellten. Der murmelte etwas Unverständliches und führte das Pferd in den Stall. Max Moser folgte ihm unaufgefordert.

Constanze von Falkenfels klopfte ihrem Pferd an den Hals und machte es fest an einem Eisenring an der Stalltür und ging mit zügigen Schritten zum Haus. Bender folgte ihr. Das zweite Mal, dass er diesen kahlen Wohnraum betrat. Sie entschuldigte sich, müsse erst einmal ihre Finger waschen. Vor dem Kamin stand ein verwelkter Rosenstrauß. Sein Blick blieb an den Silberfiguren hängen, die auf dem Kaminsims aufgereiht waren. Fast automatisch stellte er die Figur des Helden Siegfried wieder aufrecht hin, der war umgefallen und hatte zu Füßen von Hagen von Tronje gelegen.

»Sicher sind diese schönen Figuren Erbstücke?«, fragte er die Gräfin, die auf nackten Füßen fast unbemerkt hereingekommen war. Sie nickte und sagte, sie wisse nicht, wie lange die schon im Besitz ihrer Familie seien. Als Kind habe sie gern damit gespielt. Habe das Heldenepos nachgestellt, denn sie kenne die Sage genau. Anstatt Märchen habe ihr Vater ihr immer wieder aus dem Nibelungenlied vorgelesen, bis sie selbst lesen konnte.

»Interessant!«, meinte Bender und versuchte, die Kurve zu dahin kriegen, weswegen er hier war.

Er müsse sie noch einmal zu ihrem Verhältnis zu Siegfried van Heesen befragen. Sie müsse ihn besser gekannt haben, als sie es bei der ersten Befragung zugegeben habe!

Ihre Augen wurden schmal. »Wer sagt Ihnen das?«, beantwortet sie die Frage mit einer Gegenfrage.

Bender bluffte … weil er inzwischen wisse, dass van Heesen an ihrem Anwesen besonders interessiert gewesen sei. »Er wollte es gerne kaufen!« Bender sagte dann, dass er bei der hiesigen Bank erfahren habe, dass ihr Gut hoch verschuldet sei und dass ein Verkauf sie aus der finanziellen Notlage hätte bringen können.

Sie wurde fuchsteufelswild, tobte, dass man das Bankgeheimnis verletzt habe und drohte, ihr Anwalt würde sich darum kümmern. Bender resignierte, die Frau schien ihn eiskalt abzulenken. Zumal sie ständig auf ihre Armbanduhr sah und ihm mitteilte, dass sie gleich von einer Reitschülerin erwartet werde. Er kam bei ihr nicht weiter.

Als Moser auftauchte, sagte Bender zur Gräfin, er werde wiederkommen! Es klang wie eine Drohung. Sie zuckte gelangweilt mit den Schultern und schlüpfte in ihre Reitstiefel.

Unterwegs auf der Fahrt berichtete Moser, der Hubert sei sehr wortkarg gewesen. Er habe rein garnichts erfahren. Aber als der einen Strohballen aus einer leeren Box geholt habe, sei ein ganzer Stapel umgefallen und er habe darunter ein Fell gesehen, das dort versteckt war. Er habe nur eine Ecke von einem zottligen Fell gesehen, aber es sei auf keinen Fall eine Pferdehaut gewesen. Moser erinnerte seinen Chef an die undefinierbaren Tierhaare, die man an der Jeans des Toten gefunden hatte und noch nicht zuordnen hatte können.

Bender bremste den Wagen ab, fuhr auf den Parkstreifen am Salzstein und klopfte seinem jungen Kollegen auf die Schulter,

»Mensch, Moser, da haben Sie vielleicht eine Entdeckung gemacht, die von Bedeutung sein könnte. Und ich Döskopf habe mir bei den verwelkten Rosen nichts gedacht. Ich hätte sie zählen sollen, … es waren vielleicht die 25 Rosen, von denen die Blumenfrau gesprochen hatte. Dann die Silberfiguren und die umgefallene Figur des Helden Siegfried

… das passt alles zusammen. Vor dem Kamin die helle Stelle auf dem Parkett, vielleicht hat da das Fell gelegen und kein Teppich?« Er schlug dem jungen Kollegen auf die Schenkel und sagte, er werde sich umgehend um einen Durchsuchungsbeschluss für Falkenfels kümmern. Bender lief zur Hochform auf.

Davon werde Dr. Petri sicherlich nicht begeistert sein, gab Moser zu bedenken, der seinen Onkel inzwischen ganz gut kannte.

»Ja, unser Dr. Petri ist vorsichtig!«, meinte Bender. »Der Oberstaatsanwalt ist schon monatelang krank und man munkelt, dass er nicht wiederkommt und der Petri in den Startlöchern steht, um seine Nachfolge anzutreten. Deshalb reagiert er äußerst zurückhaltend, um ja nichts falsch zu machen. Ich werde mit Engelszungen reden müssen, um ihn zu überzeugen, dass man auf Falkenfels mal genauer hinsehen muss!«

Dr. Petri wiegte unschlüssig den Kopf, ließ sich von Bender die Verdachtsmomente mehrmals schildern und sagte dann, wie erwartet: »Das reicht mir nicht! Ein altes Fell … ein verwelkter Rosenstrauß und Figuren aus der Nibelungensage! Das ist mir alles zu suspekt! Bender, das sind Stecknadeln im Heuhaufen. Der Bürgermeister steigt mir aufs Dach, wenn wir die Gräfin damit behelligen und sie womöglich noch verdächtigen!«

»Was hat Herr Kraft mit der Gräfin zu schaffen?«, fragte Bender »Wieso schützt er sie? Ich ahne da irgendwelche Querverbindungen, bin aber konkret noch nicht dahinter gekommen.«

Dr. Petri sagte, das sei privat und habe mit dem Fall nichts zu tun.

Bender erwähnte dass er mit einem Bootsbesitzer gesprochen habe, der sei auf van Heesens Wunsch hin ganz nahe zum Falkenfels mit seinem Schiff gefahren. Der junge Mann habe sich auffällig für das Anwesen interessiert. Daran habe sich der Bootsbesitzer genau erinnert.

Dr. Petri schüttelte wieder seinen Kopf. Die Gräfin habe ja nicht abgestritten, dass van Heesen sich mit ihr in Verbindung gesetzt hatte. Aber sie hat abgelehnt an ihn zu verkaufen, das ist doch ihr gutes Recht? Warum sollte sie ihn erschlagen?

Als Täter käme vielleicht auch der Hubert in Frage, ließ Bender nicht locker. Immerhin sei van Heesen an dem Sonntag noch auf Falkenfels gewesen und danach habe man ihn nicht mehr lebend gesehen. Als Petri immer noch zögerte, brachte Bender den Oberstaatsanwalt ins Spiel. Sagte so nebenbei, er werde dem mal einen Besuch abstatten und ihn um Rat bitten. Mit hochrotem Kopf verbot Petri, den armen kranken Mann damit zu behelligen, und unterschrieb dann doch zähneknirschend den Durchsuchungsbeschluss. Warnte Kommissar Bender aber, man sollte äußerst höflich vorgehen und auf keinen Fall Unordnung hinterlassen, das gelte für ihn und alle Beamten.

Kapitel 26

Am nächsten Morgen, um kurz nach sechs, setzten sich drei Polizeiautos, besetzt mit sieben Beamten, mit Blaulicht in Bewegung. Im ersten Wagen war Bender mit Max Moser, die beiden kannten den Weg.

Das Tor war noch verschlossen. Zwei Polizisten machten sich an der vorgelegten Kette zu schaffen und öffneten dann weit das Tor.

Hubert kam aus dem Pförtnerhaus gestürmt und schimpfte laut hinter den Autos her, die an ihm vorbeifuhren, trocken Staub aufwirbelten und vor dem Herrenhaus anhielten. Augenblicklich kam Constanze von Falkenfels an die Tür, stand im Reitdress auf der oberen Treppenstufe und fragte ziemlich ungehalten, was die Störung am frühen Morgen zu bedeuten habe.

Bender zeigte ihr den Beschluss und schob sie unsanft zur Seite. Die Beamten drängten, ebenfalls mit ihren leeren Körben, an ihr vorbei ins Haus. Bender schickte je zwei in die obere Etage, zwei in das Kutscherhaus, Moser und ein Kollege in die Ställe und er nahm sich mit Friedel Weber den Wohnraum vor. Der Rosenstrauß war nicht mehr da, den hatte sie inzwischen entsorgt. Nachdem Weber alle Silberfiguren, unter heftigem Protest der Gräfin, eingetütet und in einen der Beweiskörbe gelegt hatte, zählte sie Bender nach und stellte fest, dass zwei fehlten.

»Wo sind die zwei fehlenden Figuren?«, fragte er die zur Salzsäule erstarrte Gräfin, die sich an ein Fenster lehnte und hilflos zusah, was in ihrem Haus vorging.

Vielleicht habe man die Figuren gestohlen, gab sie zur Antwort. Auf ihrem Gut gingen tagsüber Reiter und Reitschüler aus und ein und ihr Haus sei nie verschlossen.

Bender glaubte ihr kein Wort. Er sah sich suchend um, der Raum gab sonst nichts her, Schränke, in denen man was verstecken konnte, gab es offensichtlich nicht. Ebenso spärlich möbliert seien die oberen Räume, wie zwei Beamten festgestellt hatten. Bender schickte Weber und zwei Polizisten nach draußen, um den Müllcontainer zu durchsuchen. Inzwischen interessierte er sich für die Fotografien, die auf dem Kaminsims standen.

Das elegante Paar in festlicher Kleidung? »Meine Eltern!«, erklärte die Gräfin. Die vornehme alte Dame? Das sei ihre Großmutter. Der Mann in Jagdkleidung, mit geschultertem Gewehr und zu Füßen ein erlegter Hirsch? … ihr Vater! Ein bildschönes junges Mädchen … unverkennbar die Gräfin im Teenageralter und ein Foto von einer nicht mehr ganz jungen Frau, die mit einem ca. vierzehnjährigen Jungen an einem See fotografiert worden war. Ihre Hände zitterten, als die Gräfin ihm das Foto aus der Hand nahm und erklärte, dass es sich um ihre Tante in der Schweiz und ihren Neffen handeln würde.

Die Schweiz …? War nicht die junge Constanze einige Zeit in der Schweiz gewesen? Bender sah sich das Foto noch einmal genau mit der Lupe an, die er immer bei sich trug. Und wenn der Junge ihr Kind war? ... Er suchte nach einer Ähnlickeit mit ihr.

Max Moser kam in den Raum gestürzt, mit triumphaler Geste zeigte er auf das Fell, das er in einem Korb hereinschleppte. Es war ein dickes, gelblich-weißes Fell, auf dem rostbraune Flecken zu sehen waren.

»Chef, sehen Sie mal, das ist wahrscheinlich Blut!«, sagte Moser und deutete auf die dunklen Flecken. Die Gräfin, die sich bis jetzt ziemlich teilnahmslos gezeigt hatte und von der Fensternische aus die Beamten beobachtete, wo sie immer mal auf den Hof sehen konnte, hielt sich am Fensterrahmen fest. Die stolze, abweisende Haltung war von einer Sekunde zur anderen von ihr abgefallen. Mit unsicheren Schritten ging sie zu seinem Stuhl, dessen Lehne sie fest umklammerte. Hubert wurde von zwei Polizisten hereingeführt. Seine Hände waren mit Kabelbinder gefesselt. Die Polizisten erklärten, der Mann habe sich mit Fäusten zur Wehr gesetzt, als Moser das Fell unter Strohballen hervorgezogen habe.

»Warum hast du es nicht vernichtet?«, fragte sie mit kleiner Stimme. Hubert knurrte: »Wen interessiert schon das alte Fell?«

»Uns!«, gab Bender zur Antwort. »Wir gehen davon aus, dass es sich bei den Flecken um das Blut von Siegfried van Heesen handelt.«

Hubert gab einen Zischlaut von sich, die Gräfin griff sich an die Kehle, als würde sie ersticken. Zwei Männer von der Spusi waren inzwischen eingetroffen und untersuchten die helle Stelle vor dem Kamin. Schon nach wenigen Minuten stellten sie fest, dass hier Blut weggewischt worden war. Inzwischen waren auch die Polizisten im Müllcontainer fündig geworden. Sie hatten Reste von dem Rosenstrauß eingetütet und Weber zeigte Bender die zwei fehlenden Heldenfiguren, die er sorgfältig in seine Jacke gewickelt hatte, für die Beweistüten waren sie zu groß.

»Ganz schön schwer«, meinte er und grinste. Die Polizeibeamten waren zufrieden mit ihrer Ausbeute. Bender stellte sich vor die Gräfin und sagte, sie und ihr Angestellter seien vorläufig festgenommen, wegen des Verdachts, Siegfried van Heesen erschlagen zu haben. Moser las ihnen ihre Rechte vor.

Die drei Autos verließen mit den Verhafteten das Anwesen und Moser verknotete mit der Kette das Tor und befestigte ein Polizeisiegel daran.

»Den Mann zuerst!«, ordnete Bender an, als man die beiden Verdächtigen auf das Kommissariat gebracht hatte. Mit mürrischer Mine setzte sich Hubert Rossel an den Vernehmungstisch. Bender rückte das Mikrophon zurecht und nannte Datum und die Namen der Anwesenden.

»Was soll das alles? Ich bin mir keiner Schuld bewusst! Warum halten Sie mich hier fest?«, murrte Hubert und stand von seinem Platz auf, lief aufgebracht in Richtung Tür.

»Setzen!« Ihm werde vorgeworfen Siegfried van Heesen am 13. Juli erschlagen oder zumindestens Beihilfe zu seinem Tod geleistet zu haben. Hubert Rossel erhob sich wieder so hastig, dass der Stuhl umfiel, auf dem er gesessen hatte. Das sei eine unhaltbare Unterstellung!, brüllte er. Max Moser drückte ihn wieder auf den Stuhl und Bender sagte, man könne ihm auch Handfesseln anlegen, wenn er nicht vernünftig sei.

»Vernünftig soll ich sein, wenn Sie mir einen Mord in die Schuhe schieben wollen? Wie komm ich dazu, ich habe diesen Holländer kaum gekannt und ihn nur wenige Male ganz kurz gesehen.«

Bender sagte, dass van Heesen an dem Abend, wo er zu Tode gekommen sei, noch auf Falkenfels war, das habe die Gräfin bestätigt, danach habe man ihn nicht mehr lebend gesehen. Hubert zuckte mit den Schultern, sagte betont gelangweilt: »Keine Ahnung!«

Bender blätterte in seinen Unterlagen und fragte Hubert Rossel, in welchem Verhältnis er zur Gräfin von Falkenfels stehen würde.

Warum ihn das interessiere?, war die mürrische Gegenfrage.

Max Moser fragte inzwischen, wer einen Kaffee möchte. Bender lehnte ihn ziemlich unwirsch ab, knurrte »nicht jetzt!« und Hubert meinte abfällig, hier gebe es sicher nur eine »Plörre« aus dem Automaten, darauf könne er verzichten. Einige Minuten herrschte Stille. Der Verdächtige beugte sich vor und beschloss zu reden. Es sei in Worms kein Geheimnis, dass er der uneheliche Sohn vom Grafen sei. Nur deshalb sei er auf dem Gut geblieben, um seiner Schwester zu helfen.

»Stiefschwester!«, warf Bender ein, sicher sei er nicht das Kind der letzten Gräfin.

»Gott bewahre, diese alte Ziege mit ihrem vornehmen Getue wollte ich nicht zur Mutter haben. Sie hat kein einziges Wort je an mich gerichtet. Ich durfte noch nicht einmal auf dem Hof in ihrer Sichtweite spielen. Nun, der Herrgott lässt keine Bäume in den Himmel wachsen, sie ist nicht alt geworden und jämmerlich an ihrer Krankheit zugrunde gegangen.«

Er erzählte, dass seine Mutter, jahrzehntelang als Haushälterin im Grafen Haushalt beschäftigt war. Und wie das so üblich ist in diesen Kreisen, habe er sie auch in sein Bett geholt, während seine Frau krank war und im Sterben lag. Constanze, das Grafentöchterlein, habe ihn immer nur herumkommandiert und ihm zu verstehen gegeben, dass er nicht dazu gehöre.

»Trotzdem sind Sie auf dem Gut geblieben, sicherlich nicht wegen guter Bezahlung?«

Hubert überhörte die Ironie und sagte fast unhörbar: »Ich mag sie trotzdem, sie ist meine einzige Angehörige, außer meiner alten Mutter.«

Man rief Bender aus dem Raum. Draußen wartete Ernst Gruber von der Spusi. Er bestätigte dass es Blutflecken auf dem Fell wären und die einwandfrei mit der Blutgruppe des Toten identisch seien. Es sei sein Blut, das dort die Flecken hinterlassen habe, ebenso wie die Spuren vor dem Kamin auf dem Boden, die man versucht habe, wegzuwischen. Dort habe man ihn wohl erschlagen, war die Schlussfolgerung von Bender. Als nächstes würde man die silbernen Figuren unter die Lupe nehmen. Die habe man zwar versucht abzuwischen, aber irgendwo wäre bestimmt noch etwas zu finden, da waren sich die von der Spusi fast sicher. Die Größe des Sockels, auf dem die Figuren stehen, könnte zu der Wunde am Kopf des Toten passen, das habe Frau Dr. Meiser bestätigt.

Dr. Petri kam dazu und stellte sich wortlos vor die Scheibe, die von innen verspiegelt war, während man von außen Sicht auf den Vernehmungsraum hatte.

Bender ging zurück in den Raum, er ließ sich den Triumph nicht ansehen. Er konfrontierte Hubert Rossel mit dem, was er eben bestätigt bekommen hatte.

Hubert wehrte sich immer noch. »Wer sagt denn, dass ich es war, der ihn erschlagen hat?«

»Dann kann es nur ihre Halbschwester, die Gräfin, gewesen sein!«

Er erschrak, nein, das habe er damit nicht sagen wollen, er wolle sie auf keinen Fall belasten. Er blieb dabei, dass van Heesen das Grundstück lebend verlassen habe.

»Und warum haben wir das blutbefleckte Fell im Stall gefunden? Versteckt unter Strohballen? Das ist doch Ihr Reich?«

Hubert lehnte sich zurück und murmelte, er würde jetzt gar nichts mehr sagen. Und das tat er dann auch. Nach einigen Schweigeminuten stellte Bender das Mikrophon ab und sagte: »Abführen!«

Danach ging Bender mit Max Moser in die Kantine, wo sie einen hastigen Imbiss zu sich nahmen. Der Kommissar war so nervös, dass er nur die Hälfte des Ei-Brötchens hinunter bekam. Sein Bauchgefühl sagte ihm, dass sie endlich kurz davor waren, den Fall zu lösen Aber er wollte ein Geständnis. Von Indizien allein hielt er nichts, auch wenn sie noch so erdrückend waren. Ihn interessierte es immer, zu erfahren, warum ein Mensch gewaltsam habe sterben müssen.

Inzwischen hatte die KTU mit Hochdruck gearbeitet und klitzekleine Hautfetzen am Sockel der »Hagen« Figur gefunden. Die mit der DNA des Ermordeten übereinstimmten. Die Tierhaare an Siegfrieds Jeans waren von dem Bärenfell und die Sandspuren an den Schuhen vom Hof Falkenfels. Bender war zufrieden, das waren handfeste Beweise, damit musste er die Gräfin zum Reden bringen.

Constanze von Falkenfels wurde hereingeführt. Sie war noch in ihren Reitklamotten und in den Stunden um Jahre gealtert. An ihrer Seite war Dr. Seewald, ihr Anwalt. Bevor sie protestieren konnte, dass man sie grundlos hierher gebracht habe, legte der Anwalt besänftigend die Hand auf die ihre und fragte sachlich den Kommissar, was man seiner Mandantin konkret vorwerfe.

»Wir haben Gräfin von Falkenfels festgenommen, weil wir sie verdächtigen Siegfried van Heesen ermordet zu haben. Allein … oder mit Hilfe ihres Halbbruders Hubert Rossel!«

Die Gräfin rang ihre Hände, sie tat dies unbewusst und starrte an die kahle Wand. Der Anwalt fragte nach den Verdachtsmomenten, die die Polizei veranlasst habe zu dieser ungeheuerlichen Anschuldigung. Bender erwähnte das Fell, das sie in einem Versteck gefunden hatten mit den Blutspuren von dem Toten sowie die anderen Indizien. Max Moser kam herein und stellte eine der schweren Silberfiguren auf den Tisch. Sie war in einer durchsichtigen Hülle. Die Gräfin zuckte zusammen, als sie die Figur sah.

Bender sagte und betonte dabei jedes Wort: »MIT DIESER FIGUR WURDE SIEGFRIED VAN HEESEN ERSCHLAGEN!«

Der Sockel passe genau zu der Wunde an seinem Hinterkopf. Das habe die Pathologin, Frau Dr. Meiser, soeben bestätigt. Und die Fingerabdrücke seien die von der Gräfin, … nicht allzu gründlich abgewischt, ebenso der kleine Blutspritzer am Sockel der Figur. Ironisch fügte Bender hinzu, es sei ausgerechnet die Figur von Hagen von Tronje gewesen, mit der man Siegfried erschlagen habe.

Der Anwalt sagte, er möchte mit seiner Mandantin allein sprechen. Bender und Moser verließen den Raum. Durch das verspiegelte Fenster sah man, dass die beiden heftig miteinander diskutierten. Sie schienen nicht einer Meinung zu sein. Dr. Petri hatte sich wieder eingefunden. Er schüttelte den Kopf und sagte, er könne es noch nicht glauben, dass die Tat auf Falkenfels geschehen sei, womöglich von der Gräfin begangen. Das habe er ihr niemals zugetraut.

Bender dauerte es zu lange. »Wir gehen wieder rein!«, sagte er zu Moser. Fast gleichzeitig kam der Anwalt ihnen entgegen und sagte: »Die Gräfin möchte aussagen!«

Bender verlangte, dass sie mit ihrer Aussage an dem betreffenden Sonntag beginnen sollte. An dem Tag, wo Siegfried van Heesen zu Tode gekommen war.

Sie habe ihm eine Whatsapp-Nachricht geschickt, dass er am Spätnachmittag nach Falkenfels kommen sollte. Sie habe mit ihm reden wollen. Nur reden … und ihm sagen, dass sie es sich anders überlegt habe und das Gut nicht verkaufen wolle … und dann sei alles aus dem Ruder gelaufen.

Mit gesenktem Kopf überlegte sie, wie sie fortfahren sollte.

»Und weiter!«, drängte Bender. Sie sagte dann, Siegfried van Heesen sei davon ausgegangen, dass sie den Vertrag akzeptiere und unterschreiben werde, den ihr Anwalt aufgesetzt habe. Er sei sich seiner Sache wohl sehr sicher gewesen und hatte Champagner und einen Rosenstrauß mitgebracht.

Sie hatte ihn jetzt unbewusst bei seinem Vornamen genannt. Bender hatte das selbstverständlich registriert und witterte, dass da mehr war zwischen den beiden.

»Weiter!«

Sie fixierte wieder die Stelle an der kahlen Wand als sie mit halblauter Stimme weitersprach, sie habe zu ihm gesagt, es gebe nichts zu feiern, sie habe es sich anders überlegt und würde dem Ausverkauf auf ihrem Grundstück niemals zustimmen.

»Vielleicht verstehen Sie mich?« Sie sah zum ersten Mal die beiden Polizisten an. »Ich kann mich nicht von meinem Anwesen trennen, das über fünfhundert Jahre in Familienbesitz ist!«

Siegfried sei sehr enttäuscht gewesen und habe versucht, sie umzustimmen, und geredet und geredet. Und als er merkte, dass nichts zu machen war, habe er ihr gedroht …

»Womit hat er Ihnen gedroht?«, hakte Bender sofort nach.

Die Gräfin sah Hilfe suchend zu ihrem Anwalt. Der sagte, das sei eine Familienangelegenheit, die hier nicht zur Debatte stehen würde!

Bender entgegnete, bei einem Mord gebe es keine Familiengeheimnisse, da müsse alles auf den Tisch!

»Ich habe ihn nicht umbringen wollen!«, sagte sie fast lautlos … sie habe ihn gemocht. Er sei so voller Leben und Energie gewesen. Ein junger gut aussehender Mann. Nur ganz kurz habe sie davon geträumt, mit ihm auf Falkenfels neu zu beginnen. Erstaunt sagte Moser: »Aber …«

Sie schnitt ihm das Wort ab: »Sie meinen, ich sei zu alt für ihn? Was sind heutzutage ein paar Jahre? ... Auch Siegfried sah das wohl so wie Sie, meine Herren. Üblich ist, dass ein älterer Mann sich eine wesentliche jüngere Frau nehmen darf, das finden alle in Ordnung, … aber eine Frau macht sich gleich lächerlich, wenn es mal umgekehrt ist. Und das hat er mir dann auch zu verstehen gegeben. Außerdem habe ich erfahren, dass er sich mit Siglinde Kraft verlobt hatte. Sollte diese Frau hier auf meinem Grundstück rumstöckeln? Wo ich ihr jeden Tag begegnen müsste? Ich mag sie nicht! Ich habe sie noch nie gemocht, … sie tut so scheinheilig! Und wie schnell ist es ihr gelungen, den van Heesen zu bezirzen?«

»Also war doch Eifersucht im Spiel!«, sagte draußen Dr. Petri zu Friedel Weber, der neben ihm an der Scheibe stand.

Bender hatte drinnen wohl die gleichen Gedanken, aber er schwieg dazu. Fragte dann, sie habe noch nicht gesagt, mit was oder mit wem Siegfried ihr gedroht habe.

Die Gräfin seufzte, wieder ein Hilfe suchender Blick zu Dr. Seewald. Der wiederum flüsterte mit ihr und sie nickte, sagte resignierend, man werde es sowieso herausbekommen und jetzt sei es auch egal, wo alles verloren sei.

Dr. Seewald räusperte sich. »Die Gräfin hat versucht, van Heesen zu erklären, dass sie das Erbe für ihren Sohn erhalten wolle.«

Erstaunte Gesichter von Bender und Moser. Bender fiel augenblicklich das Foto ein, das auf dem Kaminsims gestanden hatte, die Frau mit dem Jungen am See … da hatte er so eine Ahnung gehabt, die sich jetzt wohl bestätigte.

Der Anwalt fuhr fort, der Sohn der Gräfin lebe in der Schweiz und besuche dort ein Internat. Man müsse verstehen, … damals, als Constanze schwanger war, sei das noch ein Makel gewesen für ein junges unverheiratetes Mädchen … zumal in ihren Kreisen. Und besonders hier in dem gutkatholischen Worms! Constanze sei damals, als die Schwangerschaft offensichtlich wurde, in die Schweiz gereist und habe dort entbunden. Die Tante habe geschwiegen und den Jungen großgezogen. Das alles habe sie an dem Sonntag Siegfried gestanden und ihn um Verständnis gebeten, dass sie deshalb in einen Verkauf nicht einwilligen konnte.

»Und jetzt bitten wir Sie auch um etwas Verständnis. Gräfin Falkenfels hat nicht geplant, van Heesen umzubringen!«

»Verständnis? Für Mord oder Totschlag? Da gibt es kein Verständnis! Das können Sie von mir nicht erwarten. Das Strafmaß entscheidet letztendlich der Richter!« Bender beugte sich wieder vor, drängte, sie habe immer noch nicht gesagt, womit ihr van Heesen gedroht habe.

»Ich wollte den Vater von Martin schützen, … Martin, so heißt mein Sohn. Siegfried wollte es seiner Frau erzählen, wenn ich nicht an ihn verkaufen würde, er war wie fixiert von meinem Anwesen und als er an dem Sonntag herkam, glaubte er, die Sache sei perfekt!«

Bender fiel es wie Schuppen von den Augen. Er zählte eins und eins zusammen, erinnerte sich, was Siglinde Kraft erzählt hatte, dass die Gräfin und Günter Kraft einst ein Paar gewesen waren. Aber über einen gemeinsamen Sohn, der in der Schweiz lebte, darüber schien auch Siglinde nicht informiert … oder sie hatte es geschickt verschwiegen.

»Aha, Frau Kraft weiß also nichts von dem Kind und ahnt nicht, dass ihr Mann der Vater ist und er deshalb Falkenfels nicht fallen lassen will. Im Gegenteil, er finanziert das Gut von dem Geld seiner Frau!« Bender hatte die Zusammenhänge haarscharf zusammen gezählt und der Anwalt sowie Constanze nickten betroffen. Constanze hob den Kopf und sah Bender in die Augen. »Glauben Sie, mir Herr Kommissar, ich habe ihn nicht umbringen wollen. Es ist geschehen … ohne dass ich groß überlegt habe. Er hat mich an den Handgelenken festgehalten und an den Kamin gedrängt und er hat mir immer wieder gedroht, dass er Henny Kraft noch am selben Abend informieren werde, wenn ich den Vertrag nicht unterschreibe. Ich wollte vermeiden dass Günter Ärger bekommt. Seine Frau hätte ihn wahrscheinlich verlassen und …«

»Und hätte womöglich den Geldhahn zugedreht!«, ergänzte eiskalt Bender. Die Gräfin nickte verlegen, ein trockenes Schluchzen kam aus ihrer Kehle, sie sagte sie sei in

Panik geraten, habe sich losgerissen und ihn abschütteln wollen. Es sei zu einem Handgemenge gekommen, da habe sie nach einer von den Figuren gegriffen und die ihm auf den Kopf geschlagen. »Ich wollte doch nur dass er von mir ablässt.«

Er habe dann losgelassen und sie erstaunt angesehen … diesen Blick werde sie niemals vergessen und dann sei er vor ihren Füßen zusammengebrochen.

»Jo mei, ausgerechnet mit dem Hagen ham's den Siegfried erschlagen!«, ergänzte Max Moser. Das sei keine Absicht gewesen, sondern Zufall, sagte sie.

Bender atmete innerlich auf, endlich hatte er ihr Geständnis, aber jetzt wollte er noch wissen, inwieweit Hubert Rossel mit der Tat zu tun hatte.

Der Hubert habe plötzlich neben ihr gestanden, sich über Siegfried gebeugt und festgestellt dass er tot sei. »Ich habe es nicht fassen können, ich habe doch nur einmal zugeschlagen, um ihn abzuwehren und dass er mich loslässt!« Hubert habe gesagt, er würde sie nicht im Stich lassen und ihr helfen den Toten wegzuschaffen.

»Warum sind Sie sind nicht auf die Idee gekommen, die Polizei zu rufen?«

Sie habe daran gedacht, gab sie zu, aber Hubert habe es ihr ausgeredet. »Er hat gesagt, dann sei Falkenfels verloren und der Bürgermeister würde mich fallen lassen wie eine heiße Kartoffel.«

»Jetzt müssen Sie mir nur noch erklären, warum sie den Toten ausgerechnet in den Dom gebracht haben?«

Die Gräfin war sichtlich erschöpft, Max Moser holte ein Glas Wasser für sie. Dr. Seewald sagte, er werde versuchen, das zu erklären, er wisse darüber Bescheid und habe sich einen Reim darauf gemacht. Er berichtete, dass es im

Dom eine sogenannte »Grafenbank« gegeben habe, die den Falkenfels vorbehalten war. Seit die Mutter von Constanze verstorben war, sei diese Bank leergeblieben. Der Graf sei kein Kirchengänger gewesen und seine Tochter auch nicht. An einem Sonntagmorgen zum Hochamt sei der junge Hubert im besten Sonntagsstaat nach vorne gegangen und habe sich wie selbstverständlich in die Grafenbank gesetzt. Pfarrer Gehmacher war damals gerade zum Stadtdekan berufen worden. Auf dem Weg zur Kanzel, wo er seine Sonntagspredigt halten wollte, sei ihm der Hubert aufgefallen. Gehmacher sei stehen geblieben und habe laut gefordert, vor der versammelten Gemeinde, der Hubert solle die Bank verlassen, er sei ein Kind der Sünde und habe in dieser Bank nichts verloren. Hubert hatte mit hochrotem Kopf die Bank und den Dom verlassen und man hatte ihn nie wieder dort gesehen. Auch in keiner anderen Kirche!«

Bender und auch Moser waren betroffen. »Also war es ein später Racheakt dem Dekan gegenüber?«

Der Anwalt nickte, so könne man es sehen.

Kapitel 27

Bender schlenderte über den Schlossplatz. Endlich hatte er jetzt Zeit. Er hatte den Oberstaatsanwalt besucht. Der hatte ihn zu einem Glas Wein eingeladen und wollte von ihm erfahren, wie der Fall »Siegfried« zum Abschluss gekommen war. Es war ihm natürlich darüber berichtet worden, die ganze Stadt sprach von nichts anderem, aber Dr. Reiter wollte es aus erster Hand erfahren, wie alles so gewesen sei.

»So, so, die Constanze!«, hatte er mehrmals gemurmelt. Er hatte sie natürlich gekannt. Sagte, sie habe schon immer gewusst was sie wollte. Sie sei als junges Mädchen schon eine Persönlichkeit gewesen. Er habe sie schon als Kind gekannt, ihr Vater habe mit ihm gelegentlich Schach gespielt und da habe sie zugesehen, nichts sei der Kleinen entgangen. Man werde sehen, was man für sie tun kann. Er meinte dann, dass es sich um Totschlag im Affekt handeln würde. Deshalb habe er den Hergang noch einmal von dem leitenden Kommissar erfahren wollen.

Beim Abschied hatte Bender den Oberstaatsanwalt gefragt, wann er denn sein Amt wieder aufnehmen werde. Der hat dann spitzbübisch gelacht und gesagt, ja er wisse dass man geglaubt habe, er komme nicht wieder! Pech gehabt! Er sei wieder topfit!

Bender versuchte, seine Schadenfreude zu verbergen, dass Dr. Petri sich zu früh gefreut hatte, das Amt zu übernehmen. Nun blieb er weiterhin in der zweiten Reihe.

Kommissar Bender stand vor dem Dom und weil er nichts Besseres vorhatte, ging er hinein. Die hier allgegenwärtigen Touristen, die in den Sommermonaten Worms besuchten, versäumten nie, sich den geschichtsträchtigen Dom anzusehen. Meistens hatten sie einen Stadtführer in der Hand und arbeiteten sich von Altar zu Altar und von Heiligenfigur zu nächsten Heiligenfigur. An einem Seitenaltar, da, wo unzählige Teelichter flackerten, die Gläubige in Gedenken ihrer Verstorbenen angezündet hatten, sah er Siglinde Kraft. Sie kniete vor dem Altar und schien ins Gebet versunken. Auf Zehenspitzen entfernte er sich. Gerade jetzt wolle er ihr nicht begegnen. Ganz leise schlich er auf dem Mittelgang wieder hinaus und blinzelte draußen in das helle Tageslicht.

Als er den Platz vor dem Dom überquerte, lief er dem Bürgermeister fast in die Arme. Der fragte, ob er eine halbe Stunde Zeit für ihn habe, einen Kaffee mit ihm zu trinken. Bender zögerte erst … es war doch alles gesagt, bis zu der Verhandlung … doch dann gab er sich einen Ruck dachte, was solls, es kann nicht schaden zu erfahren, was er mir sagen will. Er nickte zustimmend und folgte Kraft in eines der Cafés am Schlossplatz.

Kraft gab sich erschüttert über das Geständnis von Constanze von Falkenfels. Natürlich hatte ihn der Staatsanwalt sofort davon in Kenntnis gesetzt. Bender sagte, er habe doch sicher darüber Bescheid gewusst, zumindest geahnt, dass Constanze von Falkenfels mit der Tat etwas zu tun hatte. Kraft schüttelte den Kopf, nein, er habe nicht im Traum daran gedacht, dass Constanze so weit gehen würde. Und das alles nur, um ihr Anwesen zu verteidigen. Er habe sich zwar denken können, dass sie letztendlich zu einem Verkauf nicht bereit sei. Und das habe er Siegfried immer wieder gesagt.

»Trotzdem haben sie van Heesen zu dem Gut begleitet und versucht die Gräfin umzustimmen!«

»Ja, was sollte ich tun? Siegfried hat keine Ruhe gegeben.« Er sei ganz vernarrt in das Grundstück mit dem Turm gewesen und war nicht bereit, sich auf ein anderes Grundstück einzulassen. Schließlich habe er ihn und den Freund gezwungenermaßen dahinbegleitet und mit der Gräfin geredet und ihr einige Vorschläge gemacht. »Das Gut ist hoch verschuldet und ich hätte irgendwann nicht mehr dafür bürgen können. Nach unserem Gespräch war sie gar nicht mehr so abgeneigt, sich von einem Teil zu trennen, aber sie wollte mit Siegfried allein verhandeln. Da habe ich mich dann herausgehalten.«

»Der Kaffee wird kalt!«, erinnerte Bender den Bürgermeister. Nachdem der einen Schluck genommen hatte, erzählte er, dass er gestern lange mit seiner Frau geredet und ihr gestanden habe, dass er mit Constanze einen Sohn hätte. Henny habe gar kein so großes Aufhebens davon gemacht, wie er es erwartet hatte. Sie habe gesagt, dass sie sich schon immer gewundert hätte, warum er für Falkenfels bürgen würde. Henny Kraft hatte sich so allerlei zusammengereimt und angenommen, dass er noch immer ein Verhältnis mit Constanze habe. Das habe er ihr glaubhaft ausreden können.

»Unsere Beziehung gehört der Vergangenheit an. Nur von der Existenz von Martin hat sie keine Ahnung gehabt. Wir haben uns vorgenommen, in den Herbstferien Martin zu besuchen. Er soll es von mir erfahren, warum seine Mutter im Gefängnis ist. Wir wollen uns um Martin kümmern und würden uns freuen, wenn er nach seinem Abitur hier in unserer Nähe studieren würde.«

Dann fragte Kraft wie viel Jahre Constanze wohl bekommen wird?

Bender sagte, das würde das Gericht entscheiden. Dr. Seewald, ihr Anwalt, werde auf Totschlag im Affekt plädieren. Und so sei es ja nach ihrer Aussage auch gewesen. Er rechne mit ca. vier bis fünf Jahre! Sie habe sich bis jetzt nichts zu schulden kommen lassen!

Dann fiel Bender ein, sich nach Falkenfels zu erkundigen. Fragte, ob das Gut jetzt unter den Hammer käme?

Da war Kraft wieder in seinem Element. Mit Stolz berichte er, dass er sich mit Schweizer Investoren in Verbindung gesetzt habe, die sich schon vor einiger Zeit für Falkenfels interessiert hatten. In der nächsten Woche käme eine Abordnung zum Vertragsabschluss. Die Schweizer würden eine Wirtschaftsakademie dort gründen. Das Herrrenhaus und die Pferdeställe sowie zwei Drittel vom Grundstück gingen dann in deren Besitz über. Er sagte, er habe den Oberbürgermeister und den Stadtrat geschlossen hinter sich. Kraft rieb sich geschäftig die Hände.

»Und Gräfin Falkenfels verliert dann ihr Zuhause endgültig?« Bender wunderte sich, dass ihn das irgendwie betroffen machte.

»Mensch, Bender, sie haben nicht richtig zugehört, ich sprach von zwei Drittel. Der Turm bleibt im Besitz von Constanze. Das ist der geschichtsträchtigste Teil auf Falkenfels, ebenso das Stück Rheinufer, das zum Grundstück gehört. Der Turm eignet sich hervorragend zum Wohnen, wenn er dementsprechend umgebaut wird. Und dafür werde ich sorgen, dass es keine Schwierigkeiten mit dem Denkmalschutzamt gibt. Sodass Constanze, wenn sie frei kommt, dort mit Martin wohnen kann. An den Reitställen sind die Schweizer sehr interessiert. Reiten ist angesagt bei reichen, jungen Leuten. Vielleicht kann Constanze dann sogar wieder als Reitlehrerin dort arbeiten. «

»Sie haben aber auch an alles gedacht!«, sagte Bender und gab zu, dass er die Umsicht von Kraft im Stillen bewunderte. Das sei sein Job, meinte Günter Kraft und jetzt müsse er leider weiter, er habe noch einige Termine. Doch bevor er ging, fiel ihm noch ein zu erzählen, dass er mit Siglinde in Utrecht gewesen sei. Sie hätten Siegfrieds Grab besucht. Er habe van Heesen sofort informiert, dass der Fall aufgeklärt sei. Siegfrieds Vater habe sie eingeladen nach Utrecht zu kommen und die Brauerei zu besichtigen …

»Beachtlich!«, gab Kraft zu. Eine gut geführte Brauerei. Vincent Klasen habe sie herumgeführt und sich rührend um Siglinde bemüht. Kraft grinste, meinte, der Vincent scheint Siegfried bei dem alten Herrn zu ersetzen! …»Im nächsten Sommer will er uns besuchen!«

Kraft bezahlte die zwei Cappuccino und wollte gehen, dann fiel ihm noch ein, nach Hubert zu fragen. Bender sagte, dass der noch vorläufig in Untersuchungshaft sei. Der Staatsanwalt ist nach wie vor von einer Mittäterschaft überzeugt. Er glaube der Gräfin noch nicht ganz, dass sie die Tat allein ausgeführt habe und dass Hubert ihr nur geholfen habe, den Toten wegzubringen.

»In den Dom!«, ergänzte Kraft, »ganz offensichtlich ein später Racheakt! Sicher hätte Hubert gern zugesehen, wenn der Dekan die Leiche entdeckte und dann vielleicht einen Herzinfarkt erlitten hätte. «

Bender tat verwundert, als habe er über die Geschichte noch nichts gehört. Kraft setzte sich noch einmal und erzählte dann die Story aus seiner Sicht.

»Es muss im Pfingstgottesdienst gewesen sein, als der Gehmacher den Hubert aus der Grafenbank verwiesen hat … Ja, das war schon beschämend, der Bub hat mir damals leidgetan, so gedemütigt zu werden, vor der ganzen Gemeinde. Und das hat er nie vergessen!«

»Also ein später Racheakt!«, meinte Bender. Kraft nickte und sagte, jetzt müsse er aber dringend weiter, er klopfte Bender zum Abschied auf die Schulter. Sagte noch, er könne es immer noch nicht fassen, dass Constanze die Tat gestanden habe.

Bender trank seinen inzwischen kalt gewordenen Kaffee aus und ging dann auch. Als er an der Metzgerei vorbeikam, überlegte er, dass er am Abend mal wieder etwas Leckeres kochen könnte. Später würde er Monika anrufen und sie zum Abendessen einladen. Er hoffte, dass sie Zeit hatte. Es war ein warmer Sommertag und er stellte sich einen schönen Abend auf dem Balkon vor. Vor einigen Tagen waren die neuen Balkonmöbel geliefert worden.

Er kaufte zwei gut abgehangene Rumpsteaks und fragte die Metzgersfrau, was Frau Bolte hin und wieder für ihre Katze hier kaufen würde. »Hackfleisch! ... aber noch lieber habe die Katze wohl Rinderleber!«, erinnerte sich die Metzgersfrau.

Also ließ er sich eine Scheibe Rinderleber einpacken für 2,80 Euro. »Ganz schön teuer!«, murmelte er, »alles für die Katz!«

Frau Bolte saß mit ihrer Bella auf der Hausbank und kraulte sie und Bella schnurrte voller Wohlbehagen. Bender fragte, ob er sich im Garten ein paar reife Tomaten holen dürfe, für einen Salat. Frau Bolte hatte nichts dagegen. Die Katze streckte sich und schnupperte an seiner Tüte. Eilte ihm dann voraus, auf der Treppe nach oben.

»Aha, du hast es schon gerochen, dass ich was für dich habe!«, sagte er zu Bella. Die schnurrte um seine Beine, während er die Leber in kleine Bröckchen schnitt. Dann legte er die zurück auf das Einpackpapier und dieses auf den Küchenboden. Bella sah ihn irritiert an. Sie war gewöhnt, ihr Futter auf einem Teller serviert zu bekommen.

Das werde ich ihm auch noch beibringen müssen, nahm sie sich vor. Dann setzte sie sich davor und verzehrte die Leckerbissen. Als sie ihr Mahl beendet hatte, schnurrte sie im Vorbeigehen ein paarmal »RRRRROLf« und begab sich wieder in den Garten. Dort putzte sie ausgiebig ihr »Besteck« und beschloss dann, den Nachbarskater Tassilo zu besuchen, um ihm zu berichten, dass IHR Kommissar mit ihrer Hilfe den Fall erfolgreich gelöst habe. Sicher hatte der mal wieder nichts mitbekommen … wie immer!

ENDE